解ける闇

今われらは鏡もて見るごとく見るところ朧《おぼろ》なり。然《さ》れど、かの時には顔を対《あわ》せて相見ん。

《コリント人への前の書》

月　日

夕方、ベッドのなかで本を読んでいると、ウェイン大尉が全裸で小屋に入ってきた。彼はベッドのしたからウィスキー瓶をとりだし、夕陽のなかで軽くふってみせた。すすって飲む唯一《ゆいいつ》のバーボンだという。《ジャック・ダニエル》という銘だった。私は本をおき、大尉のあとを追って小屋をでた。

一〇メートルほどはなれたところに《アストリア・ホテル》というあだ名の小屋がある。チャーリーたちがピンポンをしたり、手紙を書いたりする小屋である。永い午後いっぱいの暑熱がたちこめて小屋は炉のようになっていた。誰もいなかったが男の汗と安葉巻の匂《にお》いがムッとよどんでいた。

大尉は眉《まゆ》をしかめて手をふり、

「羊の匂いがする」

といった。

小屋のすみに形ばかりのバーがある。

大尉はひび割れた合板のコントワールにグラスを二つおき、一滴、一滴を惜しむしぐさでウィスキーをつぐと、さて、さてといって手をこすった。私もさて、さてといった。シャワーをすませたばかりの彼のまわりでは爽《さわ》やかな石鹸と湯の匂いがうごき、胸を埋める金褐色の茂みはまだ濡《ぬ》れていて、あちらこちらに露が燦《きら》めいている。

「……スコッチは金属の匂《メタリック・スメル》いがするが、バーボンはワイン・スメルですよ。われわれはそういってるんです。とりわけこれは特別です。嚙《か》むんですよ。すすって、それから、嚙む。それから呑《の》みこむんです」

私はグラスを持ちあげて嚙む。

滴《しずく》は軽く、素朴だが、よく熟し、トウモロコシ・ウィスキーに特有の乾草《ほしくさ》の匂いがした。

窓に黄昏《たそがれ》がきていた。

こちらの窓のかなたには塹壕《ざんごう》と地雷原、それをこえてゴム林、国道、とり入れのすんだ水田などが見える。あちらの窓のかなたには水田、叢林《そうりん》、ゆるやかな丘、そして果てしないジャングルである。ジャングルは長城となって地平線を蔽《おお》っている。その蒼暗《そうあん》な梢《こずえ》に夕陽の長い指がとどきかけている。農民も子供も水牛もいない。謙虚な、大きい、つぶやくような黄昏が沁《し》みだしている。その空いっぱいに火と血である。紫、金、真紅、紺青、ありとあらゆる光彩が今日最後の力をふるって叫んでいた。巨大な青銅盤を一撃したあとのこだまのようなものがあたりにたゆたって、小屋そのものが音たてて燃えあがるかと思われる瞬間があった。

大尉は強い首をひねり、

「静かだ」

とつぶやいた。

私はグラスをおいて、

「美しい国だ」

といった。

ルビーかガーネットの内部、その核心に佇《たたず》んで酒を飲んでいるようだった。陽が傾くにつれて黄昏は燦爛《さんらん》から凄壮《せいそう》へ、凄壮から痛惨へと変り、光輝が肩をなだれおちていき、やがて夜が薄い水のように小屋のすみからにじんで物の腰を浸しはじめた。グラスの底にはとろりとした輝きが小さくたまり、瓶の肩にものうげなサフラン色が燦めいている。私は素娥《トーガ》のことを思いだした。この燦めく翳《かげ》は広場へいそぐ彼女のうなじにも植物園の鉄柵《てっさく》にもただよっているはずであった。のどにとつぜんしめつけるような痛みがきた。

顎《あご》からおちる汗をふいて大尉がいった。

「今夜は警戒五〇パーセントですよ」

「ゆうべもそうでしたね」

「三大隊か四大隊ほどがうごいてるんです。今夜もうごくはずです。それが南へいくのか、西へいくのかがわからない。南東へうごいたらここへきます」

「何時に?」

「第一波は朝の一時か二時頃です。四時か五時に第二波です。今年の正月までに何かでっかいことをやってみせると彼らはこのあたりの農民にふれまわっているそうです。ここのゲートにバスを乗りつけて一挙に砕いてみせるといってるのだそうです」

「たしかなんですか?」

「よくあることですよ。銃、弾薬、軍服、鉄兜《てつかぶと》、何でもとっていきます。それが目的なんだ。タイプライターをとられたところもあるし、スチール・キャビネットをとられたところもありますな」

「ペニシリンとか、マラリアの薬。彼らはことに薬をほしがってると聞きましたけど、タイプライターは聞きはじめてですね」

「必要な物は何でもです。われわれが彼らにとどけてやってるようなもんですよ。けれどここは強く固めてある。大丈夫です。ただし注意は怠けちゃいけない。約束を果さなければ彼らも信用を失いますからね。彼らは賢くて用心深く、かつ勇敢です。〝赤《コミイ》〟は毒々しいがあっぱれなたたかいかたをする」

「尊敬してるんですね？」

「ときにはね」

大尉は声をひそめて苦笑し、ウィスキーをゆっくりと嚙んだ。コントワールへ重々しいスパナーのようにおいた腕のあたりに夜がそろそろ這《は》いよっていた。光彩の無垢《むく》な野外劇は終って、すでにそこに亜熱帯の夜が登場していた。

どこかで胡桃《くるみ》の実をうちあわせるような音をたてて電話が鳴り、ヘインズ伍長《ごちょう》が小屋のドアをあけて大尉を呼んだ。大尉は私のグラスになみなみとウィスキーをつぐと、瓶を手におしつけ、好きなだけやってくださいといって小屋をでていった。

「ありがとう、大尉」

「あんたは客じゃない。友人ですよ。気楽にやってください。ほしい物があったら何でも私にいうんです。わかった《コムプリ》？」

「わかった《コムプリ》」

大尉は荒々しい顔に微笑をうかべて小屋をでていった。岩を削ったみたいな男だが眼を細めると子供のような顔になる。はじめてきた日に彼は私を小屋につれこみ、何もいわないのにシャツ、タオル、パンツなどをとりだし、あげく自分のはいてるゴム草履までぬいで私にくれた。うろたえて手をふると、いいよ、いいよ、これはヒモつきじゃないといって彼はよそのベッドのしたからゴム草履をとりだし、いそいそと小屋をでていった。

しばらくしてからビン中尉の小屋へ将棋をしにでかけた。午前中に約束がしてあったのである。彼はまっ暗な小屋に豆ランプをともして私を迎え、夕飯とビールをごちそうしてくれた。そのあとでぐらぐらのテーブルに向って勝負したが、一〇回やってたてつづけに八回私が負け、二回だけお情けで勝たしてもらった。陽焼けした皺《しわ》だらけの老従卒チンが土瓶の茶をはこび、ときどき私の手を覗《のぞ》いては、そっと口に手をあて、

「……ホーッ、ホッホッホッ……」

と笑った。

夕飯は焼いた鯰《なまず》、いためた豆腐、ドクダミをきざみこんだ春雨などだった。ビール

はなまぬるい《町》《ラ・リュー》だが、飯盒《はんごう》で飲むと、きつい亜鉛の匂いがする。ビンは毎日それを一〇本飲む。彼は将棋をしながらテーブルのはしにコルト拳銃《けんじゅう》をおき、ベルトにさしたりぬいたりする。どうしたのだとたずねると、部下の一人が昨日から町へいったきり帰ってこないから、帰ってきたら訓戒する。それで聞かなければ手を射つ。その用意だ、といった。

「なぜ手を射つんです？」

「バクチができないようにね」

「そのかわり銃も射てなくなるよ」

「左手を射つ」

ビンは短く、

「左手の指を一本か、二本」

といって駒《こま》をうごかした。

《アストリア・ホテル》からここへくると、とつぜん下水穴におちこんだような気がする。ひどい貧しさなのである。兵舎というよりはむしろ家畜小屋である。壁は煉瓦《れんが》だがドアがなく、窓はあるけれどガラスがはまっていない。入口には敷居がなく、小屋の床《ゆか》には板もセメントも張ってない。むきだしの土のままである。ただ土をたたいて踏みならしただけの床である。壁には兵隊が気まぐれに試し射ちをした弾痕《だんこん》が散らばり、小屋のなかにあるめぼしい物としてはぐらぐらのテーブルが一つあるきりである。兵隊たちはまっ暗ななかにハンモックを吊《つ》ったり、床に戸板を敷いたりして眠っている。ついさきほど昼寝からさめたばかりだと思っていたのにもう彼らは寝こんでいて、闇のあちらこちらに寝息やいびきが煙のようにたちのぼっていた。

闇のなかに一点、赤いホタルがまばたいているようなのは線香である。仏教徒の兵隊たちはボール紙で作った仏壇を壁にくっつけ、なけなしの給料で線香を買ってきては椰子《やし》の実やコーンド・ビーフの空罐《あきかん》にたてるのである。その火はいつ見ても誰かがつぎたすらしくて絶えることがない。カトリック教徒の兵隊はマリア様の画を壁に貼《は》りつけ、メッキの十字架をつるしている。古ぼけた田舎宿のカレンダーから剝《は》がしてきたような仏陀《ぶっだ》とマリア様がそこにいる。二人は豆ランプのとぼしい灯のなかでもかたくなに姿勢を守っている。一人はあぐらをかいて瞑目《めいもく》し、一人はまじまじ眼を瞠《みは》って涙をおとしている。

ビン中尉はさっさと手をうごかして、

「王手《チェック》」

という。

私は盤をよくよく見つめてから、

「チョーイヨーイ」

という。

ここの将棋は中国将棋である。駒は丸くて、『兵』や『炮』と漢字が書いてある。日本将棋にくらべるとルールはずっと単純である。西洋将棋とおなじで敵からとった駒をその場で味方の駒として活用することがないのである。あくまでも《敵ハ敵》であって、とったら死んでしまうのである。『兵』をうごかし、『炮』をうごかしながらしきりに私は日本将棋のことを考えている。一瞬で《敵ハ味方》となるその非凡な精妙さと辛辣《しんらつ》さのことを考えている。いったい誰があの比類ないルールを編みだしたのだろうか。敵からとったばかりの駒をすかさず味方の駒として敵陣へうちこみ、たった一線をこえただけで歩がたちまち金となる。駒はおかれる場で敵にもなれば味方にもなる。いつごろの戦争の経験から編みだされた知恵だろうか。

ルー、ルー、ルー
さあ、おねんね、おねんね
母さん、市場へいかなきゃならないの

ビンは鼻歌をうたいながら駒をいじる。ひょいとつまみあげると、私の眼を見てしばらくためらってみせ、ソッとおく。たちまち私は汗をにじませて考えこむ。ビンは微《かす》かにほくそ笑み、ぴしゃりと蚊をたたく。

さあ、おねんね、おねんね
眠ってくれなきゃ
母さん、帰りがお昼すぎ
ルー、ルー、ルー

ビンに手ほどきされて私はこの将棋を知ったのだが、日本将棋の複雑さのことを考えて、いささかバカにした。いまでもどこかでそう感じている。けれど、何回やってみても私はやぶられる。どれほどルールは簡単でも一つの将棋にはそれ自体の広さと深さがあって、不屈の定跡がある。それを知らないで私はついルールのちがう勝負を挑むものだから目もあてられない。包囲はやぶられる。退路は断たれる。中央突破は砕かれる。かろうじて待伏せしようとたくらむと、たちまち看破されてしまう。汗で朦朧《もうろう》となってくる。

ビンはものうげに、

「……チョーイヨーイ……」

とつぶやいている。

暑い。

まるで粥《かゆ》につかったようである。それが腰を浸し、顎を浸し、額をこえてしまった。駒も飯盒もにちゃにちゃ汗ばみ、膿《う》んで、崩れかかっている。酒精が毛穴からにじみだし、腹へ汗がころがりおちる。心も言葉も、すべて硬い物、輝く物、形ある物が犯される。眼もなく耳もない一頭の巨大な軟体動物がうごめいているのである。それはふくれあがって小屋いっぱいになり、壁を這いまわり、夜空までみたしている。数知れぬ足をうごかして暑熱は窓のあたりをひそひそ歩き、あらゆる物に濁った指紋をしるしてまわる。私はぼってりとした大きな海綿となって壁にもたれ、水をにじんでいる。ウィスキーも重く、ビールも重かった。手垢《てあか》によごれた将棋の駒を見ると指一本あげることもできない。何かしら菌のよう、苔《こけ》のようになるよりほか耐えられそうもない。祭りの公園で見た癩《らい》の乞食の群れが思いだされる。ここの暑熱は《濡《ぬ》れた》癩だ。音なく肉をとろかす《濡れた》癩だ。車庫のすみで素娥と体を洗いあいたい。素焼の土がめの水を体にかけあって手をうったり、ひくく笑ったりするのだ。土がめは呼吸するので肌がびっしょり濡れる。夜ふけの水は亜熱帯でも冷たい。背骨を川が音たててさかのぼる。床《ゆか》に手をついて二匹の犬のように身ぶるいする。

「休暇の許可はおりましたか、ビン中尉」

「いや、まだです」

「いつおりるのです？」

「わかるものか」

けだるそうにつぶやいてビンはランプの火を眺める。コルトのよこを南京虫《ナンキン》がよちよち散歩しているとヤモリがあらわれ、すかさず呑《の》みこんで消えた。ビンの濡れた、大きな眼がものうげに火を眺めている。もみあげを長くのばし、くちびるが厚く、眉《まゆ》の濃い二八歳の顔が汗ばんでぼんやりしている。デルタの町に二四歳の妻がいて、あと一月《ひとつき》で出産のはずである。けれど彼はこのDゾーンのジャングルのほとりの前哨点《アウト・ポスト》にとじこめられ、休暇の許可はいつおりるともわからない。知りあって何日にもならないうちに私は二、三度彼が雑談のあとで……或る日《ワン・ディ》、おれ死ぬ《アイ・ダイ》……とつぶやくのを聞いた。毎日一〇本の《町》を飯盒でぐい飲みするのは、はたして水がわるいからばかりか。

「また明日、将棋をしましょうや」

「そうね、また明日」

「明日はもうちょっと強いですよ」

「いいです。いつでも、きてください」

疲れた男の賢い微笑をうかべてビンは握手した。乾いて骨張ったその手には意外に強靭《きょうじん》な力がふくまれている。

小屋にもどると蛍光灯がつき、天井で二枚刃の扇風機がゆるく回転していた。チャーリーたちは向いの小屋へ映画を見にでかけて、誰もいなかった。私はシャワーを浴びたあとベッドにころがってマーク・トウェインのつづきを読みにかかった。しばらくしてウェイン大尉が右腕に白布を巻きつけ、AR—15自動銃をさげて入ってくると日報をつけにかかった。昼でも夜でも彼は自動銃を忘れない。一〇〇メートルとはなれない作戦司令室へでかけるのにもさげていく。そして夜になると白布を体のどこかにつける。闇で乱戦におちこんだときの目印である。この密湿な漆黒の闇でほかに敵・味方を区別する方法は何もない。

蛍光灯の蒼白《そうはく》な光のなかでも大尉はたくましかった。ベッドに腰をおろして日報をつけているだけなのだが橋のアーチのように背がたわめられ、純白のTシャツのしたで数知れぬ筋肉の群れがミシミシと音たてて争いあっている。この城さながらの肉体も、あの中学生のように小さい従卒チンの肉体も、一センチそこそこの銃弾で一瞬で解体しようとはほとんど信じられないことである。けれど近頃、私の眼は墓掘人夫のそれのようにうごくのである。以前は向うからたくましいアメリカ人がゆるやかな気流を起しつつ歩いてくるのを見ると、なにがしか畏怖《いふ》をおぼえたのだが、いまはすっかり消えてしまった。万年筆よりちょっと太いくらいのたった一個の穴から黄いろい生も白い生も流出してしまって、あとにのこるのは渚《なぎさ》にうちあげられたクラゲのような袋である。彼もまた一群の骨に薄い膜をかぶせて内臓が滝のように落下するのをふせいでいるきりである。むしろ私はこの体を作るには何千個のハンバーガー、何万本のコカ・コーラが消費されたことかと考えたくなる。それを一個ずつ、一本ずつ並べたらどんな行列になることだろう、と想像してみたくなる。

大尉のこめかみのあたりに白髪が針のように光っている。栗色の短くてこわい茂みのあちらこちらへいっせいに白い芽がではじめている。

「ウェイン大尉」

「何です?」

「あなた、白髪がありますよ」

「……」

「二カ月前にはなかった」

大尉は書類をおいてタバコに火をつけると、眼を細めて煙の行方を眺め、しばらくしてから答えた。

「先週、五回も狙撃《そげき》されたんです。ジープでパトロールしてるときにね。VC《ヴェトコン》はこのあたりの農民に私をたたいたら二〇〇〇ピアストルの賞金をだすといってるらしい。農民にしたらちょっとした金ですよ。五〇〇でも大したもんです」

大尉は手をあげ、

「……チュンッ、チュンッ……」

といってこめかみのあたりをこすった。

私はいそがしく計算する。

「闇なら四ドルとちょっとですね」

「私は知らん」

「二〇〇〇だと一六ドルとちょっとです」

「私は知らん。闇をしたことがないんでね」

「どうやってあなたをたたくんです？」

「山刀《マチェイティ》でメロンを切る。夜中にね」

「メロン？」

彼は手を首にあてて……キーィッ……といった。寝ているあいだにしのびこまれて首を切られる、というのである。よくあることだ。山刀は重いが鋭く切れる。大尉は眉をしかめ、口癖の……オオ、シーッ（ちきしょう）！……をつぶやいた。にがにがしげな顔だが、どこか昂然《こうぜん》とし、誇っているようでもあった。

「二カ月前には白髪はなかったですよ」

「そうですかね」

「フェイフォの郊外ですよ。あそこの池であなたは《魔法の魚の水《マジック・フィッシュ・ウォーター》》作戦をやってました。そのときはなかった」

「そうですかね」

彼は懐《なつ》かしそうに、

「……フェイフォ……」

とつぶやいた。

「そう。《魔法の魚の水》だった」

大尉は思いだしているうちにとつぜん声をたてて笑った。こらえかねたように肩をゆすって彼は笑い、私の顔をちらと見て笑い、ひとしきり笑ってから、また……オオ、シーッ！……といって膝《ひざ》をたたいた。

二カ月前に私はフェイフォの町はずれで彼に出会った。フェイフォはダナンの近くにある河港で、中国人はホイアン（会安）と呼んでいる。小さな田舎町だが、昔の日本人町の跡がある。切支丹《キリシタン》弾圧に耐えかねた日本人はここまではるばる逃げてきて花を育て、切り花を売って生計をたてたと伝えられている。御朱印船もよく来航したらしい。その頃の遺跡として橋や寺や墓がのこっている。私は雨雲を追って北に向う旅をしていた。ユエに着いたら、そこからこの国の北限である一七度線までいくつもりだった。南限のカマウ岬まではすでに見ていたから、もし地雷に触れなければ、少なくともこの国の地図だけは靴に入るはずであった。

その頃、デルタではとうに乾季だったが、中部では雨季が去りがてにぐずつき、霖雨《クラシャン》と呼ばれるものが降って、どの町も濡れていた。どこへいっても町は夕方六時になると鉄条網で封鎖され、国道は黄昏《たそがれ》のなかでひっそりと死んでしまう。フェイフォの町をでたときはめずらしく晴れていた。亜熱帯の陽が輝いてすべての物を蒸し、壁や道やチャアシュウメン屋の屋台などからさかんに水蒸気が発散していた。町をでてしばらく国道をいくとバスがとまり、運転手をはじめ乗客が一人のこらずおりて、口ぐちにさわぎながらどこかへ走っていった。あとについていくと、国道からはずれたゆるやかな丘のふもとに池があった。池は松林でかこまれていた。そのまわりにたくさんの農民や商人が群がり、池に向って手をあわせて拝んでいた。また一中隊ほどの完全装備をしたヴェトナム軍がいて、兵隊たちは池に向って重機関銃をすえつけていた。グランドに入ってゆくフットボールの主将のような足どりであたりをゆっくりと歩いているアメリカ人の大尉が一人いた。それがウェイン大尉だった。

とつぜん何人かの兵隊たちが手に手に手榴弾《しゅりゅうだん》を池へ投げこみ、草むらに体を伏せた。炸裂音《さくれつおん》があたりにとどろき、赤く濁った池の水は煮えくりかえって空へ噴きあがり、人びとの頭のうえへ夕立のようにおちた。人びとは口ぐちに叫び、走ったり、逃げたりした。そして兵隊たちがもう何もしないと見きわめてから、そろそろと池のふちにもどると、ふたたび拝んだり、水を汲《く》んだり、せっせと子供の頭にふりかけたりしはじめた。なかには桶《おけ》や洗面器やバケツなどに水を汲んでいく人もあった。その汲みかたはひどくうやうやしく、はこぶときは一滴もこぼすまいと努力していた。

「これは何です？」

私はウェイン大尉に近づき、従軍記者証を見せてから、たずねた。大尉の顔だちは荒かったが、眼も声も鷹揚《おうよう》で、ほがらかであった。白皙《はくせき》の額が陽に焼けてくっきりと赤く、ふと私は生焼けのシャトォブリアンの切口を連想した。ヴェトナム兵たちは筋張って塩辛そうだが、彼は柔らかくてたっぷり肉汁を含んでいそうであった。ニンニクをきかせて焼き、クレソンを多いめに添えたら、と思った。

「これは魔法の魚の水ですよ」

「何のことです？」

「このいやらしい水の畜生が魔法の魚の水ですよ。われわれは作戦行動中なんです。この池を平定《シファイ》してるんです。手榴弾と機関銃でこの池を平定するんですよ」

「何のことかわかりませんが」

「誰にもわからんですな」

大尉はおっとりと笑って説明をはじめた。

その夜、私は四つほど北の町の旅館に入り、主人の華僑《かきょう》からも話を聞いた。その華僑はこの池のことをよく知っていた。大尉の話と華僑の話を私がノートにとったところではこういうことであった。いつの頃からかこの池に魔法の魚が住んでいるという噂《うわさ》がたったのである。それはフランスのルールドの奇蹟《きせき》に似ている。噂によると木樵《きこり》が子供にこの池の水を飲ませると唖が治ったという。死にかけの結核の病人が根治したこともあった。弾傷で下半身不随となった兵隊がとつぜんたって歩きだした。そういう噂を伝え聞いて全国から人びとが水を汲みにくるようになった。それは農民、小商人、兵隊、将校、華僑など、この国の住人、全種である。ショロンの中国人の太太《おくさん》はキャデラックに乗り、ジープに軍用給水車をひかせてはるばるやってくると、ポンプで二トン半の水を汲んだというぐらいである。すると群がる人びとがキャデラックをとりかこんで口ぐちに水をくれと叫んだ。太太は立往生したので、やむなく一〇〇ピアストル札《さつ》をばらまき、やっとのことで脱出した。その噂を聞いていよいよ近郷近在から農民が集まってきた。サイゴンの文化省と心理作戦省は迷信が広がることを恐れ、省の師団司令部に平定命令をだした。それは魔法の魚を捕え、または殺して、町の広場に公開し、人心を安定させよ、というものであった。

軍隊が出動した。はじめは池の底にダイナマイトを仕掛けて爆破してみたが鯰《なまず》や鯉《こい》が浮んだだけであった。つぎに網をかけてみた。すると、兵隊たちがいうのには、網をひいているうちは何か大きな物が暴れている手ごたえがあったのに、いざ岸へあげてみたら網はからっぽであった。L—19機が偵察に出動したこともあった。上空から池を撮影してみたところ、機のカメラにはただの池しか写らなかった。しかしヴェトナム人の同乗のパイロットが自分のカメラでこっそり撮《と》ってみたら巨大な物体の影がありありとフィルムにあらわれていたという。以来そのパイロットは肉も食べず、魚も食べず、ひたすら精進している。そして彼が撮った写真は一枚五〇ピアストルでひそかに売られ、警察がいくらやっきとなって摘発にのりだしても、一度も検挙されたことがない。

もともと魔法の魚はここからさらに北方の省の或る池にあらわれたのだが、どういうものか、あちらこちらへ移動し、いまはこの池に住んでいるが、つい近頃はここから七五キロほど東の池にあらわれた。また四〇キロほど南の池にもあらわれた。どの場所にも一〇日から一五日ぐらいしか住みつかない。どこへいっても戦争があるといって魔法の魚は怒っているという。

「いま手榴弾をたたきこんだ。つぎに機関銃で掃射してみます。それでダメなら、明日、UTT（武装ヘリコプター）を呼んで空からロケットでたたいてみます。それでこの作戦は終りですよ」

「……」

「あとはミサイルだけですからね」

「……」

大尉の灰青色の瞳《ひとみ》をよく覗《のぞ》きこんだが、どこにも狂気のきざしはなかった。彼は嘲《あざけ》りも侮《あなど》りもせず、ただいわれるままに命令を果しているらしかった。

松の木かげで合掌している一人の黄衣の僧が私の眼に入った。汗と垢《あか》にまみれた中老の乞食僧であった。それくらいの年齢の僧ならたいてい漢語の仏典の教養があり、筆談ができるはずである。これまで私は寺さえ見れば入っていって筆談してきたのだ。私が書くのは文語文とも口語文ともつかず、でたらめに漢字を並べるだけのものだが、どうにか意味は通じた。私の破廉恥《はれんち》きわまる文章をつきつけられていままで立往生した僧はいなかった。何とか判読してみんな答えてくれた。旅をしていると文体をかまっていられない。

私は日航のバグからノートをだし、

『尊師』

と書きつけた。

しきたり通りにそう書きつけてから一群の漢字を並べ、合掌瞑目《めいもく》中の乞食僧の鼻さきへ万年筆といっしょに持っていった。僧はいきなりノートをつきつけられてうろたえたが、ゆっくりと考え考え返答を書いてよこした。その文章は私のよりもはるかに正しく、立派で、筆蹟もみごとなものであった。応答を意訳してみると、おおむね左のようであった。

『尊師。私は通りがかりの日本人の新聞記者です。小説家でもあります。ここまできてこの騒乱を見ました。何事でありますか。御高教下さい。私は迷信だと思います』

『これは神魚水である。迷妄《めいもう》ではない。騒乱ではあるが迷妄ではない。これは神魚水である。人民は秘薬であると信じている。神魚の名は高神禅師仙魚竜王菩薩《ぼさつ》である』

『誰がつけた名ですか』

『わからぬ』

『過去数百年間、神魚はこの池に住んでいたのでしょうか。数百年間この池の水は薬だったのでしょうか』

『そうではない。これは伝説でもなく、習慣でもなかった。過去数百年間この池の水が薬であるとは誰もいわなかった。突如としてそれは薬になったのである』

『神魚はいるのですか。いないのですか。尊師はどうお考えですか。率直な意見を聞かせてください』

『人民は池に神魚がいるといっておる』

『尊師は信じていません』

『君がそう思うだけである』

『私は神魚がいないと思います。これは怪力乱神の騒乱ではありませんか。政府は人心を安定させようとしていますが、完全に方法を誤っております』

『大切なことは現在人民が心をうごかされているか、いないかということである。この池の水で人民が心の平安を得られるのならば、それでいいのである。政府がまちがっているのはまさにそのとおりである。しかし君は人民に聞くことがあったのか』

『ありません。尊師とアメリカ人将校だけです。私はヴェトナム語が話せないのです。ただ人民の眼や顔を見るだけです。ずっとそうして旅しています。ときどき英語やフランス語を解する人に助けられました』

『よいことである』

白熱した太陽が荒地に輝き、土は焦《こ》げて熱をたて、草はしおれていた。乞食僧も私もぐっしょり汗にまみれ、ノートが黄いろくよごれた。陽焼けと禁欲で乞食僧の魔羅頭は穢れてずず黒く、手や足はやせ萎《しな》びてよじれた縄のようであったが、眼は静穏で深かった。おもむろに彼は合掌し、ものうく……ナァ・モォ・アァ・ディ・ダ・ファット……と口ずさみだした。それぐらいはわかる。な・む・あ・み・だ・ぶつである。

眼を半ば閉じて僧は水道栓から水が洩《も》れるようにひそひそとつぶやきつづけた。

とつぜん眩《くら》めくような陽のなかで私は母が《コックリさん》にこっていたことを思いだした。たった二〇年前のことである。《コックリさん》にはいろいろなやりかたがあるということであったが、母は新聞紙にアイウエオを書き、箸《はし》を持ってかがみ、箸が突く字をたどってお告げを知るのだった。B—29が油脂焼夷弾《しょういだん》や黄燐《おうりん》焼夷弾の《モロトフの花籠《はなかご》》を滝のように降らす下界で日本の女たちは《コックリさん》に明日のことをたずねるのに夢中であった。神風はいつ吹くのでしょうか。どこへいったらお芋《いも》さんが買えますか。つぎの疎開先《そかいさき》は空襲にやられませんでしょうか。すべてが《コックリさん》であった。無念無想にならねば《コックリさん》はおりてくれないというので母はひたすら息をつめ、やったあとではひどく疲れるといっていた。中学生の私は絶望し、アイウエオを書いた新聞紙を見つけると、かたっぱしから破って捨てた。

母が私を睨《にら》みすえたことがある。

「そういうたかて、どうしようもないやないか。誰が教えてくれるねン。誰が助けてくれるねン。あんたそんなに《コックリさん》をバカにするねんやったら芋買《こ》うといで。それがでけへんねんやったら黙っててんか。どや、どこいったら芋買えるか、知ってるかッ！」

彼女の小さな眼は愚かしく、あさましく、凄惨《せいさん》な光がこもっていて、正視できなかった。私は貧血質な一四歳の中学生にすぎなかった。父を早く失った私たちはただ母のなけなしの着物を芋と交換してその日その日をうっちゃっていたのである。私は熱狂したが、黙りこむしかなかった。おびただしいものが私の内部で粉末になった。私に廊下のすみへ追いつめられて母はエッ、エッと泣きじゃくりつづけた。

池のふちでおしあいへしあいしている人びとを私は眺めた。陽にたたきのめされた、やせて筋張った貧しい老若男女の群れは草むらに跪《ひざまず》いて必死の祈りをあげていた。医者は七万人か一〇万人に一人しかいず、空からいつ榴散弾やナパームがとびこむかしれないのだ。焼ける村をふりかえることもなく子供をつれた農民の女がチョーイヨーイ、チョーイヨーイと号泣しつつ国道をどこへともなく去っていくのを何度私はバスの窓から見送ったことか。二〇年前の母や私が何人となく群集のなかに見つけられそうだった。何と似ていることか。汗の匂《にお》い。陽の燦《きら》めき。何もかもあの年の夏そのままだった。

私はノートに、

『深感。多謝。我認識了多事』

と書いた。

乞食僧は合掌し、頭をさげた。私はノートをバグにしまいこんで合掌し、頭をさげた。赤い土を踏み、草むらを歩いて、ウェイン大尉のところにもどり、短く話しあった。

大尉はいった。

「魔法の魚は空をとぶんですよ」

「どんな魚なんです？」

「長さが一メートルともいうし、五メートルともいうんです。それが空をとんで、この省のあちらこちらにおりるんです。だいたい一つの池に一〇日から一五日ぐらい住んで、それからまたべつの池へとんでいくんですよ」

「どんな形をしてるんです？」

「背は黒くて腹は黄いろいのだそうです」

「インドシナ鯉だな」

「そうですかね」

「誰か見た人はいるんですか？」

「みんな見てますよ。見てないのは私ぐらいなもんだ。ふしぎに私が来ると魚は見えなくなるんです。まったくふしぎですよ。ヴェトコンの政治委員は魚まで洗脳するらしい」

ウェイン大尉は野戦服を胸まで汗でぐしょ濡《ぬ》れにし、肩をすくめて、ほがらかに笑った。そのとき耳を裂くような音をたてて三台の重機関銃が吠えだした。銃手たちは草むらに伏せ、銃身を右へ左へふってまんべんなく池を掃射した。水のなかに赤い霧がもうもうとわきかえり、うごき、流れた。岸の人びとは口ぐちにののしり、叫びながら、こけつまろびつ走った。

ヴェトナム人の将校がしばらくしてやってきた、野戦服は糊《のり》でピンと張って皺《しわ》ひとつなく、靴もきれいに磨いてあり、フランス語訛《なま》りのきつい英語でウェイン大尉にいった。大尉はサッとたちあがって礼儀正しくそれをうけ、ひとことごとにイエス・サア、イエス・サァ、といった。

「機関銃、射った。何もでてこない。今日はこれで終りだ。トラック、もうすぐくる。いつくるかわからないぞ。トラックくるまで休憩するぞ。ウェイン大尉」

「昼寝《シエスタ》の時間だぞ、ウェイン大尉」

「それがいいです」

「そうです」

「おやすみ」

「おやすみ」

将校は草むらを去っていった。口ぐちに騒いでいる兵隊に解散を命じたあと彼は堂々とした足どりで松の根かたへ歩いていき、ころりとよこになって眼を閉じた。

私は大尉に声をかけた。

「あのあたり、どうなりました?」

「ヴェトコン」

大尉は吐息をついてタバコをふかした。

荒地の草むらに腰をおろして愉快そうにあたりを眺めていた無邪気さはどこにもなかった。蛍光灯の光を浴びておぼろな影をにじんでいる巨体、ことに肩と後頭部のあたりから饐《す》えた孤独の匂いがたっていた。荒削りの岩のような顔にふとあてどない激しさとさびしさがただよっていた。

「ヴェトコンが制しました。アーヴィン(政府軍)は村の神様を射ったんですからね。農民は政治委員にアーヴィンとヤンキーがわるいんだと教えられて、みんなヴェトコンにいったんです。あの作戦のまえには何でもなかった村がいっせいに人間罠《マン・トラップ》を作ったり、逆茂木《パンジ・ステーク》を仕掛けたりしはじめましたからね。ここの農民は賢いし、強いし、忍耐強い。しかし信仰は問題が別です。農民のいやがることをしちゃいかんのだ」

「農民には何もありませんよ」

「そのとおり」

「小屋には床板《ゆかいた》すらありませんよ」

「子供はたくさん生れるけれど、すぐ病気で死んでしまいます。医者がいない。医者はサイゴンか軍隊にいるだけです。戦争がなくてもヴェトナム人の平均年齢は三四歳か、もっと下だそうです。病気になれば池の水でも飲むしかないですよ」

大尉はうなだれ、

「……最低《ナンバー・テン》だ……」

とつぶやいた。

ベッドに腰をおろしている彼の横顔に傷《いた》ましい翳《かげ》がうかんでいた。あまりにそれが傷ましいので、ふと私は、彼が祈っているのではないかと思ったほどだった。私はいい慣れたせりふを口にしたまでだ。子供がたわむれに投げた石が蛙《かえる》には致命傷でしたという寓話《ぐうわ》がある。それを思いだしてしまうくらいのものを私は彼の横顔におぼえた。

彼はしばらくして顔をあげ、のろのろと、

「われわれの援助機関」

といった。

微光が眼に射《さ》し、いくらか彼はやわらいだ。

「われわれの援助機関は村へ豚を持っていったり、薬を持っていったりしています。

井戸を掘ったりもします。私の領域じゃないが、醜いアメリカ人がいるんです。醜いアメリカ人はここの農民といっしょに働き、いっしょに寝ているんです。彼らはなかなかやってますよ。ヴェトコンもそういうところではメロンを切らないそうです。農民に憎まれますからね。いい噂をずいぶん聞くんですよ」

　私はひくくたずねた。

「USOM《ユーソム》のことですか？」

「USOMはその一部です」

「サイゴンでアメリカは一〇匹の豚をヴェトナム政府にわたす。するとどこかの村についたらそれが一匹になる。米が蒸発する。毛布もトラクターも蒸発します。このあいだ洪水があって、農村に毛布を送ったら、翌日にダナンの闇市にでていたそうです。USOMとは“You Spend Our Money”（諸君がわれらの金を使う）の略だそうです。坊主《ボンズ》はこの国には鼠が多すぎるんだといってますよ」

「よく聞く噂ですよ。ここの政府は腐りきっている。〝赤《コミイ》〟の連中でなくったって、みんなそういってます。だからわれわれは農民一人一人と握手すべきなんです。アメリカはここで毎日ものすごいドルを使ってるが、それを全部豚や薬にして村という村へ、われわれ自身の手で配って歩いたらいいんだ。サイゴンの畜生や〝赤〟の畜生どもにまかせちゃいかんのだ」

「できますか？」

「なぜできないのです？」

「ワシントンはサイゴンと握手していますよ。あなたがそれをやると、サイゴンが反対します。猛烈に反対します。アメリカは援助すべきで干渉すべきじゃないと主張します」

「畜生どもは農民に何もしてやらないじゃありませんか。農民を捨てておいて、何をわれわれに主張できます？」

「《魔法の魚の水》のときあなたは何かできましたか？」

「サイゴンはヴェトナムじゃない！」

とつぜん大尉はタバコをたたきつけた。低いが激しい気魄《きはく》のこもった声で彼はののしった。真摯《しんし》で、ひたむきであった。挫《くじ》かれた善意の底知れない憤怒が灰青色の彼の瞳《ひとみ》をキラキラ輝かせていた。うつろさ、無力、それとおなじほどの確信と責任感があった。私は彼に侮辱された農民を感じた。彼はミネソタ出身の職業軍人で、いまオリーヴ・グリーンのごわごわした野戦服を着ているが、そのなかに包まれているのは農民ではないだろうか。

「サイゴンには二種類の人間しかいない。中間がないんです。ハヴズとハヴ・ナッツしかいない。わかりますか?」

「金持と貧乏人のことでしょう?」

「そう。何か持ってる人間と何も持ってない人間です。持ってる奴《ハヴズ》はこの戦争がつづけばつづくだけ金持になる。持ってない奴《ハヴ・ナッツ》はいよいよ貧乏人になる。いや、持ってない奴はあなたのいうとおり床板も持ってない。だから変らない。持ってる奴だけがどんどん金持になっていくんです。友軍のことは批評したくないけれど将軍連中はポケットをいっぱいにしたらクーデターをやって帽子をまわしあうんですよ。そういう噂です。私はまだ見たことないが」

「或る坊主《ボンズ》が、われわれは失うべき物といっては頭の毛すらないといったそうですよ。これは強い。そう思いませんか?」

「強い。VCもおなじだ」

「彼らもハヴ・ナッツです」

「頭に毛はあるが、はだしだ。ホー・チ・ミン・サンダルをはいてる奴もいるが、はいてない奴もいる。はだしで彼らは地雷原を突破してバンザイ攻撃《アタック》をしかけてきます。失うべき物といっては命すらない」

とつぜん大尉は時計を見ると、

「……一〇時だ」

といってたちあがった。

消燈の時刻だった。小屋のすみへ彼は歩いていき、スイッチをひねった。ふいに闇が私を浸した。大尉は何もいわずに自動銃をとって小屋をでていった。暗い水のなかを大きな船がすべっていくようであった。東で鐘が三つ、カン、カン、カンと鳴る。砲弾の薬莢《やっきょう》をたたいて起きていることを知らせあっているのだ。北の塹壕《ざんごう》がそれに答え、西の塹壕がそれに答えた。大きな鳥がゆっくりと夜のなかを回遊しているようであった。闇がゆらりとゆれ、私の額へもどる。暗い蚊帳《かや》のなかで私はタバコに火をつける。

耳がざわめきはじめる。

枯葉を踏む足音。

木の枝がピシッと折れる音。

低く合図しあう男のささやき。

月　日

炊事兵《キチン・ポリス》のジョウンズが氷買いにつれていってくれた。ジョウンズはモンタナ出身のやせた猫背の小男である。とがった顔はどこか鼠に似ていて、だぶだぶの野戦服を着ている。馬蹄《ばてい》投げ遊びは上手だが、料理はひどく下手である。どもる癖があるせいか無口である。焦《こ》げてカチカチになったT・ボーン・ステーキを皿にのせておずおずはこんでくると、皿をテーブルにおくが早いか、サッと台所へかけこむ。

今朝、九時頃、ベーコン・エッグスとアップル・ジュースとコーン・フレークスの朝食をすませて私がぶらぶら小屋をでると、ジョウンズがジープにのりこむところだった。彼はカービン銃を持ち、ひどくせかせかしていた。

「どこへいくの？」

「氷を買いによ」

「カービン銃を持って？」

「そうとも」

見るとジープにはもう一人のチャーリーがのりこみ、その男は鉄兜《てつかぶと》をかぶってサブ・マシン・ガンを膝《ひざ》によこたえていた。

「つれていってくれよ」

「乗ンな」

ジョウンズはジープを走らせて門をでた。そこに国道がある。この前哨点《ぜんしょうてん》は国道にくっついているのである。ゆるやかな坂になっているその国道をおりていくと五〇〇メートルほどで町がある。町というよりは村である。雑貨屋が一軒、うどん屋が一軒とかぞえるすきもないうちに町のそとへでてしまう。道路でヴェトナム兵がサトウキビを嚙《か》んだり、チャアシュウメンを食べたりして、朝から遊んでいる。

ジョウンズは町はずれでジープをとめるとカービン銃をさげて一軒の藁葺《わらぶき》小屋へ入っていった。私がおりようとすると大きな手で肩をおさえられた。

「ここにいろ」

サブ・マシン・ガンを持ったチャーリーが鉄兜のかげで鋭く眼を光らせていた。指が引金にかかっている。

「もっと頭を低くしろ」

私がぐずついていると、かさねて、

「もっと頭を低くしろ」

とその男はいった。

シートにかがみこんで見ていると、ジョウンズは藁葺小屋に近づいて声をかけた。手にカービン銃をぶらさげ、引金に指をかけている。小屋のなかから一人の男が顔をだして、ニッコリ笑い、

「はう、ゆう。ちゃあああありい」

といって、ひっこんだ。

男はすぐ、大きな鉄の氷挟みに氷塊をぶらさげてあらわれた。ジョウンズはくしゃくしゃの札《さつ》をその男にわたし、氷挟みを左手にうけとった。彼は右手にカービン、左手に氷をぶらさげ、男の眼を見ながらそろそろとあとじさりした。男は戸口にもたれ、静かな黒い眼でジョウンズをじっと眺めた。ジョウンズは氷をジープにほりこむと、大急ぎで乗りこみ、きしみをたててジープを後退、大回転させ、いちもくさんに国道を疾走して前哨点へもどった。護衛役だったもう一人のチャーリーは門に入ってからやっと鉄兜をぬぎ、サブ・マシン・ガンをおいた。

私は小屋の台所へ入って仕事を手伝った。ジョウンズが氷を砕きつつ話してくれたところによると、あの氷屋はくさいとのことである。サイゴンの氷会社のトラックが朝早く国道をやってきて沿道の町に氷をおいていくので、毎朝あそこへ買いにいくの

だが、つい最近、狙撃《そげき》された。ジョウンズは射たれなかったが、護衛役が頬をかすめられ、あやうく命中するところだった。音におどろいて氷屋は家のなかへ逃げこんだが、さして気にしている様子がなかったところを見ると事前に知っていたのではないか。狙撃者《スナイパー》はどこから狙《ねら》ったのか、さっぱりわからない。いそいで兵隊を動員してあたりをしらべたが、影も形もなかった。子供が豚といっしょに泥んこになって遊んでいただけである。

「あんたは敵から氷を買ってるわけか？」

私がたずねると、ジョウンズは鼻を鳴らし、氷だけじゃないといった。彼はそこらにあるミカン、キャベツ、バナナ、パパイヤなどを眼でさし、みんなヴェトコンから買ったのだといった。それは台所のすみにうず高く積みあげられ、おびただしい量であった。ジョウンズはおどろきもせず、これはみんな朝早くに付近の農民が砦《とりで》へ持ってくるのを買ったんだが、この農民というのがみんなくさい。このあたりの村は九〇パーセントまでヴェトコン村なんだ、だからおれたちはヴェトコンから果物や野菜を買ってるんだ、という。

「ここらじゃずっとこうらしいぜ」

ジョウンズはべつに気にする様子もなくそういって氷をバケツに入れ、台所をでていった。あとについていくと彼は《アストリア・ホテル》のコカ・コーラの冷蔵箱へガラガラ、ざあッと音をたててほりこんだ。

私はバーにもたれて、

「コカ・コーラを冷やすためなんだ」

といった。

ジョウンズはいぶかしむように、

「……?」

私の顔をちらと見て、でていった。

上空から鳥の眼で見おろすとこの前哨点は広漠とした樹海の岸にピンの頭がおちたくらいにしか見えない。しかし今日、ジョウンズと別れたあと私がかぞえてみたところではM—24型タンクが一二台、一〇五ミリ砲と一五五ミリ砲が七門、歩兵隊と特殊部隊が数中隊いる。ピストルから八一ミリ迫撃砲までの火器は新式、旧式とりまぜてたっぷりとある。塹壕の底に未使用の実包がいっぱいおちて錆《さ》びるままにほっておくほどたっぷりとある。一〇五と一五五は朝でも夜でもおかまいなしに吠え、一晩で一三〇発消費したこともあるという。たしかにここはウェイン大尉のいうように《強く固め》てあり、《歯まで武装》してあるのだと思う。しかし、ジョウンズはたった五〇〇メートルはなれたところへ氷を買いにいくのに今朝のありさまである。一〇キロかなたの藁葺小屋は粉砕できるが目と鼻のさきにひそむ狙撃兵をつまみだすことはできない。

はじめて空からここへおりた日に私はウェイン大尉につれられてヴェトナム人司令官のキェム大佐の小屋へ挨拶《あいさつ》にいった。大佐は私を歓迎してビールを飲ませてくれ、おれは仏教徒でもなくカトリックでもなく、儒教信者なんだといった。大佐の儒教国は広大である。サイゴンに本妻がいて子供が九人、ダラットに妾《めかけ》がいて子供が六人いる。ほかに毎日夕暮れどきになると若い女がどこからともなく大佐の小屋へあらわれるのである。大佐は陽がおちるとさっさと青い縦縞《たてじま》のパジャマに着かえて小屋へ巣ごもりにかかるのである。その儒者の小屋へ夜明けに迫撃砲をたたきこんだものがあった。私が顔をだしたとき、村から二人の大工が呼ばれ、屋根へのぼって修繕のさいちゅうであった。大佐はビール瓶を持ってたちあがると、私をはなれたところへつれていき、あの大工はヴェトコンなんだ、とささやいた。

私が眼を瞠《みは》ると、大佐はうなずいた。

「あの二人はヴェトコンなんだ。ヴェトコン村から呼んできたんだ。いずれ情報が洩《も》れてまたやられるよ。だから天井へ鉄板を張ってその上へ砂袋をおこうと思うんだ」

そういって大佐は豪快に笑った。

三日か四日に一度、町から床屋がこの砦にやってくる。私も髪を刈ってもらったことがある。床屋は古鞄《ふるかばん》に手鏡と鋏《はさみ》と剃刀《かみそり》を入れて砦にあらわれる。そして火焔樹《かえんじゅ》の幹に鏡をぶらさげてヴェトナム人将校やアメリカ人将校を椅子《いす》にすわらせ、青空のしたで鋏を鳴らしにかかるのである。おとなしく、つつましやかな男で、ほとんど口をきくことがない。髪を刈りおわると、いんぎんに礼をし、ささやかな料金を恐る恐るという手つきで私の手からつまみとるのである。ところがウェイン大尉のささやくところでは、この床屋がしたたかなヴェトコンの急使《クーリエ》である。頭を刈りながら床屋は眼をすばしこく走らせて今週はタンクが何台どこにある、大砲が何門どちらを向いている、といったことを調べ、村へ帰って政治委員に知らせる。政治委員はその情報にしたがって夜襲の計画を練るのだ、とウェイン大尉はいう。

さらに大尉が断言するところではこの砦のヴェトナム兵のうちの何パーセントかはヴェトコンである。脅迫されてしぶしぶ同調したか、すすんで同調したかはどう知りようもない。しかしあきらかに《ビンバン（兵班）》の工作の兆候がある。ビンバンは政府軍兵士の転向を専門テーマとする工作班である。知識人を工作するグループは《チバン（知班）》と呼ばれる。この砦内部のビンバン細胞《セル》の工作はひそやかで深いので、誰がそれであるかはまだわかっていない。しかし、蜂起《ほうき》や大量脱走がいつ起るか、知れたものではない。おまけにヴェトナム兵は金に困ると弾丸、薬品、ときには銃までも平気でヴェトコンに売ってしまう。大尉はそういうのである。この大尉の意見には裏づけがある。私が寝る小屋のすぐよこに三重の鉄条網が張ってあって、ヴェトナム兵の小屋とアメリカ兵の小屋はハッキリと仕切られているのである。蜂起の心配がなければ友軍どうしがなぜ鉄条網でたがいをへだてあう必要があろうか。ウェイン大尉は砦のなかを歩きまわるとき、かたときも自動銃を手からはなそうとしないではないか。

ここはサイゴンから北東五二キロである。地雷原のかなたにひろがるジャングルが彼らの聖域である。《マキD》、《鉄の三角地帯》、《Dゾーン》などと呼ばれ、誰知らぬ者もない。このジャングルと、カンボジア国境へかけての《Cゾーン》の藺草《いぐさ》平原、カマウ近辺のユー・ミンの森、その三つが高名である。これらの広大な影のなかに彼らの司令部、訓練所、保養所、病院、兵器製造所などがあるとされている。地下四メートルか五メートルの深さに無数のトンネルが掘りめぐらされ、ウェイン大尉の推定では全延長数百キロに達しようかとのことである。メコン・デルタにはクリークの網があるが、その全延長はじつに四千キロに達するのだと聞かされたことがある。彼らはそこを小舟で自由自在に出たり入ったりしている。だからこの国はアメリカ大陸から見ると盲腸ぐらいの面積しかないが、ゲリラにとっては何倍、何十倍もの広大な国なのである。いったいそれが一〇倍であるのか、二〇倍であるのか、それとも一〇〇倍というような数字なのか。私には見当のつけようもない。

中国共産党の紅軍は二万五千華里の大長征をやり、チベット国境まで逃げのびて延安に拠点を作ったが、この国の革命家たちは首都からたった五〇キロ、六〇キロ、ほとんど顔と顔がふれあわんばかりのところに延安を持っているのである。この戦争がはじまって今年で六年だが、ずっとこうであったという。小人数の偵察隊や地雷敷設隊や特殊部隊などはしじゅう浸透にでかけ、またDゾーンの周辺の水田、国道、村ではたえまなく戦闘がある。しかしこの六年間に政府軍が聖域に浸透して大部隊で《大掃除》をやったことは一度もないとウェイン大尉は教えてくれた。そのあいだに彼らはたえまなく森から流れて南へいき、西へいき、三〇分きりの戦闘をやってみたり、二時間つづけざまの戦闘をやったりしては森へ引揚げた。その規模は次第に大きくなり、深くなり、神速果敢、熾烈《しれつ》をきわめたものとなりつつある。黄昏《たそがれ》にここの小屋の窓から見る長城は森閑としていても、一歩その内部へ入れば、葉と蔓《つる》の海は人と銃器ではちきれんばかりのざわめきにみたされているのではないだろうか。

この砦は洪水を笊《ざる》でおさえようとしている。

彼らは水田をわたり、夜をくぐる。ジャングルはもうロビンフッドの森ではなくて、マクベスが目撃した森となった。森そのものが流れ、移動し、包囲しているのである。空港、警察署、大使館、ホテル、酒場、レストラン、お気に召すまま彼らは狙い、成功した。ヴェトナム人の警官はいつも現場へゆっくりとかけつけた。たまにテロリストが人ごみを走っていくのが見つかっても、警官が追おうとすると、付近のサトウキビ売りやモツ料理売りの女たちがいっせいに警官の名を叫びたてるので、警官は不気味になってたちどまってしまう。先月にはサイゴン市内で警戒《アラート》一〇〇パーセント、最高《ナンバー・ワン》といわれる米軍総司令部の天井に一〇キログラムの時限爆弾が仕掛けられるという事件があった。そこにはアメリカ人だけしか入れないはずなのだが、誰かが潜入してたっぷり時間のかかる細工をしていったのである。ビエン・ホア空軍基地は一五分間に八七発の迫撃砲をたたきこまれてB—52四十数機が破壊されてしまった。鼠が走っても地雷でフッとぶといわれた警戒の厳重さであったが、彼らはまるでマシュマロをひねるように原爆搭載用の超重爆撃機群を砕き、一人の負傷者もださずに、おそらくここのジャングルへ引揚げたのである。飛行場の近くのしょんぼりした丘にささやかな土のオデキといったふうに藁葺小屋が四、五軒かたまっていて、そこから迫撃砲が一カ月も二カ月もの準備のあとで発射されたことはあきらかであった。しかし憲兵が踏みこんで点検にかかると、農民たちは茫然《ぼうぜん》としてしまい、あの晩はフクロウが鳴いて縁起がわるいから早く寝てしまったと、くどくど水の虫のように泣いて訴えるのだった。

ここの昼はキャンプ生活である。私は楽しんでいる。私はたっぷりと食べ、たっぷりとシエスタを貪《むさぼ》り、マーク・トウェインを読み、中国将棋に精をだす。山岳地帯のチャーリーたちは猿を食べているらしいが、ここではT・ボーン・ステーキ、腎臓ステーキ、フランクフルト・ソーセージ、無限のフレッシュ・ジュース、マッコーミックのコショウ、ハインツのケチャップ、何でもある。ジョウンズはナイフ、フォークに紙ナプキンまで添えてくれるのである。夜になると毎日映画が上映される。《ぶった切り屋《チョッパー》》が朝の定期便で銃手二人に守られつつはこんでくるのである。東京で見のがした《ウェストサイド物語》と《ロリータ》を私はここで見ることができた。シエスタから汗みどろになってさめると私はバス・タオルを肩にひっかけてシャワーを浴びにいく。巨大なプロパン・ガスのボンベがあるので、お好みの温度の湯がでる。私はいつも新しい謎《なぞ》をおぼえてコックをひねり、熱い、いいかげん、ちょいぬる、冷たいの四種をかわるがわるためしてみるが、いつも反応は正確である。夜ふけにトイレに入って私はヤモリの鋭い鳴き声に耳を傾ける。地雷原に掘った井戸から水をひいているのだが重油発電機が二四時間ひっきりなしに回転しているので、鎖をひけば帝国ホテルとおなじ水の音が走る。発電機やボンベや水洗便器のたどった旅路を私はぼんやりと考える。それらはすべて地雷でズタズタの十三号国道を輸送大隊によってはこばれたにちがいないのである。軍用トラックに積みこまれ、前後をタンクや武器輸送車に防衛されてはこばれたにちがいないのである。あの国道は《死の十三号道路》という異名がついていて、フランス軍がたたかっていた頃から有名な道路なのである。誰か待伏せに出会って便器のために命を流してしまった者がいるのではあるまいか。

チャーリーたちは塹壕《ざんごう》の上に毛布を敷き、サン・タンを体にぬり、パンツ一枚になって日光浴をしている。トイレわきのコンクリート槽に寝そべっている者もある。ヴェトナム兵たちは家畜小屋でとめどない眠りを貪っている。彼らは眠り虫だからパンツ一つになってバレー・ボールをしている者も半ば眠りつつ跳ねているように見える。今日の午後、三台の軍用トラックに乗って一群の兵隊たちがキャッキャッとさわぎつつ国道へでていくのを見た。小屋へもどってヘインズ伍長《ごちょう》にそのことをいうと、気楽そうに彼は笑って、あれは作戦じゃないよ、と答えた。

「……じゃ、何しにいったんだい？」

「キェム大佐の女の家を建てにいったんだよ。大佐は町に女の家を建ててやってるんだよ。それで兵隊を大工がわりに使ってるのさ。このところずっとだ」

「十三号国道をいったよ」

「そうだろう」

「タンクもなしに大丈夫なのかな」

「大丈夫だよ」

ヘインズ伍長は確信をこめ、

「キェム大佐は大丈夫なのさ」

といった。

「しょっちゅうあそこではやられるそうじゃないか。たった三台のトラックで危なくないのか」

ヘインズは私をちらと眺め、

「キェム大佐は大丈夫なのさ」

といって、薄く笑った。彼はそれ以上何もいおうとせず、枕《まくら》を腕にかいこんで、ものうくうごめき、ちぎれた昼寝をつなぎにかかった。好みの凹《くぼ》みを彼はすぐに見つけ、寝返りを一つうってたちまち眠りこんでしまった。

毎日三時間の休戦がある。クリスマスや正月に四八時間とか七二時間の休戦が申しこまれるのが毎年の習慣らしいが、毎日、昼食がすむと、ヴェトナム兵といわずアメリカ兵といわず、一人のこらず寝てしまう。まるで病気にかかったみたいにみんな小屋へ引揚げてベッドへたおれるのである。このすきを狙ってクーデターをやる将軍もいるし、あちらこちらで戦闘がないわけではない。しかし、まずまず三時間は双方とも昼寝するのである。サイゴンは五〇万人用の面積に二五〇万人から三〇〇〇万人がつめこまれているゴミ箱みたいな都だが、それでもこの時刻には通りという通りが白くなり、何かの疫病が通過したあとのように声も音も消えてしまう。真昼の深夜が訪れる。ここでもゴム林、国道、水田、すべてがけだるい仮死におちこみ、天井のヤモリまでが昼寝する。ゲートも歩哨《ほしょう》も鉄条網も地雷原もあったものではない。この麻痺《まひ》を狙ってそれこそバスに乗りこんでなだれこんだら、と私は思うのだが、いっこうにその気配はない。みんなのびのびと顔をひらいて眠りこけている。おそらくジャングルのなかでもこうなのだ。夜がなくて昼ばかりだったらこの不思議の国では誰も死ぬ者はあるまいに、とさえ思えてくる。パスカルは国境というものについて顔も言葉もおなじ人間が岸のあちらとこちらにいるという違いだけで殺しあいをするという感想を書きつけたことがある。けれどここでは虚無が赤裸の晴朗に達しているのだ。おなじ岸にいてとなりどうしで昼寝する仲の人びとが、ただ目がさめただけで、たちまち殺しあいをするのである。虚無の性格をこれまで私はまったく誤解していたようだ。それは暗く卑小でみじめなものではない。空をみたす透明な炎の大波に撫《な》でられて私はベッドにたおれ、とろとろと沈んでいく。

今日は昼食のときに奇妙なことがあった。

ウェイン大尉、パーシー軍医、ヘインズ伍長の三人と私はテーブルについていた。ジョウンズの苦心の悪作、ヴァージニア風フライド・チキンにマカロニ・サラダを添えたのがでて、食後に私はヴェトナム人のタンク隊長、ドー中佐からもらった細巻葉巻をふかしていた。パーシー軍医が面白い挿話《そうわ》を聞かせてくれた。彼は長身で、やせていて、ピンポンがうまく、何かといえば辛辣《しんらつ》な皮肉をとばす癖があるが、気の優しい男である。いつも彼は私をどこからか観察していて、マラリア予防剤をすすめてくれたり、塹壕の徹夜用に防蚊液の小瓶をくれたりする。

「ここの農民たちは聡明《そうめい》なんだが、知識がない。誰も教えてやらなかったからです。新聞、雑誌、ラジオ、テレビ、何も知らない。ネオンを見たことがないし、水道を知らない。捨てられてるんです」

或るとき、軍医は作戦について部落へいき、〝オジノ・サイクル〟（荻野式）を農民たちに教えてやろうとした。しかしその村の農民たちはカレンダーを持っていず、今日が何月何日で何曜日なのかということを知らなかったので、荻野式を教えたところでどうしようもないとわかった。そこで、つぎの作戦のときには結核を治してやろうと思ってB・C・Gをたっぷり持っていった。南の日光にまどわされて気がつきにくいのだが、ここでは結核がひどいはびこりようなのである。五人か一〇人に一人はきっと結核患者である。

そこで村について注射器をとりだし、これから胸の病気を治してあげるから並びなさいというと、村民がいっせいに逃げてしまった。ヴェトナム人の通訳に理由をたずねてみると、こうだった。彼らは生れてからまだ一度も注射器を見たことがない。つぎに、米も税金もとらずにタダで体を治してくれる医者は魔法使いではあるまいかと彼らはいう。またアメリカ人は火の雨を降らし、ジャングルを枯らしてしまうのだから、アメリカ人から薬をもらったら死んでしまう。アメリカ人は薬でヴェトナム人を根絶しようとしてるのではないか。通訳は村民がそういって逃げたという。軍医は必死になってこれは胸の病気を治す薬であって毒ではないのだといってくれと通訳にたのむ。通訳は首をふって、いやそれもダメだ、もう誰かが村民に教え、B・C・Gとは〝子供を生ませない政府〟という意味の略語なのだと教えていったから、みんなはてっきりそう思いこんでいる、といった。どうしようもなくて軍医は薬をしまって砦《とりで》へ引揚げた。

「B・C・Gとは〝バース・コントロール・ガヴァメント〟の略だ。誰かが農民にそう教えたと、通訳がいうのです」

私がふきだして葉巻の灰をアイス・ティーに散らすありさまをパーシー軍医は満足げに眼を細めて眺めていた。そして静かに私の肩をたたき、パイプにしなさい、肺ガンになりますよといった。

ウェイン大尉はかすかに苦笑し、

「ヴェトコンは頭がいい！」

といった。

そのときである。

とつぜん崖《がけ》が頭の上になだれおちるような音がとどろいた。明るく、暑く、静かな正午をその音は一瞬でひき裂き、粉砕した。音は小屋をふるわせ、グラスをゆすぶり、無数の鋭い破片が体内いっぱいに跳ねまわり、鼓膜がやぶれそうになった。一〇五ではない。一五五でもない。それらにはもう慣れた。地雷か。音は一瞬で消えた。けれど私は思わずとびあがってしまった。

「……！」

パーシー軍医は耳をおさえて顔を伏せた。

ヘインズ伍長は何か叫んで眉《まゆ》をしかめた。

けれどウェイン大尉はゆうゆうと笑っていた。音が消えると彼はおもむろにアイス・ティーのグラスをとりあげ、涼しげに氷を鳴らしながら、

「エア・ゴリラです」

といった。

一万メートルの高空をとんでいるジェット機が急降下し、よほど地上に近くなるまで墜落していき、ふいに機首をたてなおしてもとの高空へかけあがる。すると衝撃波が発生して地上に音の圧力がたたきつけられる。それが《エア・ゴリラ》である。いまのはジャングルのなかのヴェトコン部落とこの砦をまちがえたのだ。

ウェイン大尉はそう説明したあと、

「もっとやれ。どんどんやれ」

と満足げにいった。

鼓膜が裂けそうになったままもどらない。私は指で耳をもんだり、おしたりした。

生理の限界を一瞬で突破された恐怖の圧力がまだ体内にこもって、ぴくぴくうごいて

いた。いてもたってもいられない狂騒であった。脳のどこかが硬くしびれてしまったように感じられる。下腹のどこかがぬけてしまったようでもある。

ウェイン大尉はヘインズ伍長をふりかえり、

「エア・ゴリラはいい仕事をするぜ」

といって笑った。

ようやく私は顔をあげてたずねた。

「何のためです?」

大尉はおだやかな口調で答えた。

「あのパイロットはヴェトコンが昼寝できないように仕事してるんです。衝撃波で鶏が死ぬことがあるといいますからね。あれでヴェトコンは昼寝してられなくなる。夜の行動に影響がありますよ」

彼は愉快げに笑い、積乱雲のかなたへ消えていく一点のジュラルミンの閃光《せんこう》を好ましそうに窓から見送った。とつぜんこの男は変ったと私は感じた。温厚、慎重で忍耐力にみちたこれまでの彼の顔をはじめて私は陋劣《ろうれつ》な残忍さがよこぎるのを見た。それはゾッとするような、不思議な一瞥《いちべつ》であった。お面《めん》にあけられた穴のなかでうごく眼であった。眼そのものであった。

三時頃、暑熱にたまりかねて小屋をでる。話相手をさがしたがみんな眠りこけているので、塹壕に沿って散歩した。東の銃座を覗《のぞ》くと天井にパンツが干され、弾薬箱が散らかり、肉のチマキが竹柱にぶらさがっていた。一人の若い兵隊がハンモックのなかで片目をあけたが、ちらと私を見て微笑し、そのまま眠ってしまった。

そこにたてかけてあったカービン銃をとりあげて私は銃眼からゴム林を覗く。銃は一度も射ったことがないが、見よう見まねで安全装置をはずしてみた。バネはなめらかに作動した。弾丸はすでに弾倉に送りこまれている。冷たい鋼鉄の肌に頰をよせて照星をかなたのゴムの木にあわせた。ラテックスをとるためにつけた白い傷、めだって大きいその一つを狙《ねら》ってみる。

細い銃身は強靱《きょうじん》であり、どんな内部の爆圧にも平気で耐えられそうである。引金はしなやかで、柔らかく、快い抵抗が指の肉に食いこんできた。もう一ミリ力をかければ弾丸が疾走するにちがいない。ゴム林は白昼の暑熱のなかに棄てられてひっそりと静まり、うごく物は何もなかった。人の姿も見えなかった。ふと私は人の姿を見たいと思った。照星のさきを何かがうごいてほしいと思う心がしきりにうごいた。その人物が銃をかまえて射ってくれたらと私はねがった。私はただ引金がひいてみたかった。

満々たる精力をひそめながらなにげない顔をしているこの寡黙《かもく》な道具を私は使ってみたかった。憎しみからでもなく、信念からでもなく、自衛のためでもなく、私はらくらくと引金をひいてかなたの人物を倒せそうであった。一〇〇メートルか一五〇メートルくらいのものである。たったそれだけ離れるともう人は夜店の空気銃におとされる人形とおなじに見えてくる。渇望がぴくぴくうごいた。面白半分で私は人を殺し、そのあと銃をおいて、何のやましさもおぼえずに昼寝ができそうだ。たった一〇〇メートル離れただけでビールの罐《かん》でもあけるように私は引金がひけそうだ。それは人殺しではない。それはぜったい罪ではなく、罰もうけない。とつぜん確信があった。かなたの人物もまた私に向っておなじ心をうごかしているにちがいない。この道具は虚弱だ。殺人罪すら犯せぬ。

月　日

さきほどまでは国道でときどきすれちがうバスが赤や青の灯をつけた深海魚のよう

に見えたのだが、いま、陽が森の梢《こずえ》にのぼった。薄明がサフラン色の輝きにみたされ、乱雲と木のすきまから二条、三条の真紅の川が流れた。僧が托鉢《たくはつ》にでかける時刻である。掌を見て筋が見わけられる時刻である。木を見て古い葉と新しい葉の見わけがつく時刻である。

水田、森、国道、かなたの村の藁《わら》小屋にたちのぼる炊煙などがくっきりと眺められた。私は洗面器とドンブリ鉢を背負った兵隊のあとについて国道から水田へおりた。水田は刈入れがおわり、水をおとして、乾いていた。カービン銃、バズーカ、手榴弾《しゅりゅうだん》発射機などをかついだ約三〇〇人の小さな兵隊たちが右翼、中央、左翼の三方に散って水田をわたり、森にかこまれた村のなかへ入っていった。国道は穴だらけで、凸凹ずたずたになり、いつ爆破されても修理できるように道の両側に小石の山がいくつもつくってあった。四人の兵隊が地雷探知器をかまえてそろそろと進んでいった。

ウェイン大尉と私がその後姿を見送っているとトランジスター・ラジオを片手にしたヴェトナム人の下士官が一人やってきた。

「俺ノ知ッテル兵隊、レモンデ地雷見ツケルゾ。棒ノサキニレモンヲツケテ、ソノ兵隊、道ヲ歩ク。スルト、レモン、道ニ吸イツク。ソコヲ掘ルト地雷デテクル。アチラニ地雷、レモンウゴク、コチラニ地雷、レモンウゴク」

ピュウッ、ポン、ピュウッ、ポンとつぶやき、下士官は不思議でたまらない顔で棒が地面をつつく恰好《かっこう》を手真似《てまね》でやってみせた。

大尉はうなずきながら、優しく、

「OK。OK。その兵隊どこにいる？」

とたずねた。

「ソノ兵隊、ドコカヘイッタ。今イナイヨ。ケレド、ソノ兵隊、レモンデ地雷見ツケルネ。ソノ兵隊ダケガデキル」

大尉はかるく下士官の肩をたたいてから肘《ひじ》のあたりをこちょこちょとくすぐり、ヒヒッといって笑った。下士官は不満そうな顔をしながら去っていった。

今日は輸送大隊のトラック部隊が国道を通過するのである。沿道のあらゆる三角砦から部隊がでて国道の両側を制圧してゲリラに妨害されないようパトロールをやっている。私の砦からは三〇〇人の兵隊が動員されて隣町からこちらの地区を探索することとなったのである。朝六時に出発し、予定では輸送大隊の通過を見送って、夕刻には砦へ帰投する。

昨夜、ウェイン大尉がアセテートのサックに入った地図に赤の油性鉛筆でマークを入れながら状況を説明してくれた。目的地区にあるすべての村は浸透度の深浅の差はあってもヴェトコンの解放村である。このあいだまで稲の刈入れでたくさんの男たちがはたらいているのが見られたが、もう刈入れもすんだので、男たちはジャングルへ帰ったことと思われる。おそらく大量の米も同時にはこびこまれたにちがいない。情報では待伏せのある兆候が見られないが、その場へいってみるまでは誰にも何もわからない。

「どうします。いきますか？」

「いきますよ」

「銃がいるようなら何でも貸してあげます。ナイフからバズーカまであります。いってください。防弾チョッキも、よかったら」

「銃はいりません。持つと誰かを殺さなくちゃいけない。それに、私は銃の使いかたを知らないんです」

「簡単です。ひいてひけばいいんです。銃を持たなくてもあなたは誰かに殺されますよ。たしかに非戦闘員が銃を持つことは国際法で禁じられていますが、戦争ですからね、正当防衛を主張することはできます」

「鉄兜《てつかぶと》と水筒だけ貸してください」

「私のを使ってください」

大尉は鉄兜と水筒を持ってきたあと、秘蔵のジャック・ダニエルでひっそりと乾杯した。二度と彼は銃のことを口にしなかった。いつでも彼は私の好きなままにほっておいてくれる。

けれど私は信念があって銃を拒んだのではなかった。よく熟したジャック・ダニエルの最初の一滴、二滴が咽喉《のど》をおちていったときに私のこころをよこぎったのは、銃では殺人罪すら犯せないのではないかという先日の感想ではなかった。むしろ私は自分に嘲笑《ちょうしょう》をおぼえたのだ。あやふやな中立にしがみついて自分一人はなんとか手をよごすまいとするお上品で気弱なインテリ気質にどこまでもあとをつけられている自分に嘲笑をおぼえたのだ。みんなが血みどろになっているなかから自分だけは手の白いままでぬけだし、それでいて難破船の仲間なのだとどこかで感じていたいのではないか。ろくに使いもしないうちに風邪をひいてしまった、消しゴムのかけらのような良心にしがみついて、誰にともわからず潔白を証明したがっているのではないか。なぜいまになって良心を明るみへひっぱりだそうとするのだ。あの銃座のなかで私は一〇〇メートルかなたの人なら面白半分に殺せそうだと、うずうずして引金をいじったではないか。引金をひくなという禁忌の声は何ひとつとして起らなかったではないか。銃では人を殺したことにならぬという思考はたわむれに人を殺したがる自分におびえ

 たための自己弁解ではないのか。私は戦場を選びまちがったのかもしれない。夜のジャングルにしのびこんで闇のなかでゲリラと格闘しておたがいナイフでえぐりあって死んでいく特殊部隊をこそ私は選ぶべきであったかもしれぬ。ナイフか、ロープ。それなら人を殺すことの意味が全身で理解できるかもしれない。

われわれは水田をこえると小さなゴム林をくぐり、いくつかの村をとおりぬけた。ゴム林は木が若くしなやかで、枯葉が厚くかさなり、深いカーペットを踏むようであった。村に入るたびに兵たちは藁小屋のなかへ一軒、一軒入っていって、武器がかくしてないかどうかを調べた。ウェイン大尉の予想は正確であった。どの村の藁小屋にも男はいなかった。男たちはみんなジャングルへ引揚げたらしかった。どこへいってもけっしてわれわれは歓迎されなかった。老婆《ろうば》や娘たちはよそよそしくて、そっぽを向き、けっして笑顔を見せようとはしなかった。兵たちは畑の作物を盗まず、たわむれに拷問《ごうもん》もせず、おざなりに小屋を覗いてはでてくるだけであったが、老婆たちは何をたずねられても朧《おぼろ》なまなざしで何かつぶやいたあと、どこかへこそこそと消えてしまった。彼女らの皺《しわ》はかたくなによじりあわされてほぐれることがなく、眼はうつろで冷たかった。

私は眼をよく瞠《みは》って歩いた。どの村にも男の姿はなかったが、それでいて畑はきれいで雑草がぬきとられ、田はよく刈られ、どぶ水はあふれていなかった。二つの村では腐ったような小さな関帝廟《かんていびょう》のうしろに藁小屋の小学校があり、青いズボンをはいた若い先生がはだしの子供たちを集めて何か合唱させていた。先生は兵たちが銃器をガチャガチャ鳴らして通っても、ちらともふり向かず、熱心に授業をつづけた。子供たちがわれわれを見て小屋にかけこむ村もあれば、さほどおびえずになついてくる村もあった。ウェイン大尉はそのたびによってきて、この村は警戒しなくちゃいけないとか、この村はそれほどでもないとか、ひそひそと耳うちしてくれた。清潔で手入れのゆきとどいた村は危険で、不潔でだらしない村は気が許せるのだった。子供が笑いかけてくる村は安全で、すくみきった子供しかいない村は危険なのだった。村から村へ歩いていきながら私はロストウ理論なるものを思いだしていた。ロストウ教授は経済学が専門のはずなのに大統領の特別顧問となり、特殊部隊の学校の卒業式でスピーチをやった。教授はゲリラについてさまざまな分析をのべたあと、ゲリラを鎮圧することが困難なのは彼らの仕事が破壊であって、それはつねに建設よりもたやすいのだといったのである。つまりゲリラを教授は山賊か強盗扱いにしているのである。鎮圧の困難の真の原因はまさにその逆である。中国革命を目撃したこの時代に教授がまだそれほど、荘厳なまでに幼稚な誤りを犯せることに私はおどろく。しかもゲリラ戦の専門家の学校の卒業式にそういうＡＢＣの読みまちがいをやれるということにも私はおどろく。その誤解には悲惨がある。このあたりの村どれ一つを見てもわかるではないか。教授は眼を閉じたまま離陸してしまったのではあるまいか。

今日もギラギラと晴れている。昨日もそうだった。明日もそうである。この国の人びとは天候の挨拶《あいさつ》をしない。地平線の或る場所、ジャングルの上空の或る場所、昨日とおなじ場所に今日もおなじ形の積乱雲がわきあがっている。われわれは汗にまみれて喘《あえ》ぎ喘ぎゆっくりと六時間歩いた。砕けた家。焼けた畑。まっ赤に枯れた灌木林《かんぼくりん》。エア・ゴリラどもの通過した跡をよこぎってわれわれは小さな村にきた。そのとき正午になったので兵たちは甲ン高くしゃべりながら散らばり、銃を投げだして洗面器の飯を食べると、さっさと昼寝した。私もウェイン大尉やメイヤー通信兵といっしょに藁小屋のなかへ入って床几にころがった。この小屋の竹柱にはたくさんの弾痕《だんこん》があった。

「オ前、日本語ワカルネ」

「わかるよ。日本人だからね」

「来イ」

三時頃に眼がさめてぼんやりタバコをふかしているところへヴェトナム人の通信兵

がやってきた。彼は困惑した顔で私を木かげの無線機のところへつれていき、レシーバーを耳にあてさせた。

「コレ、ヴェトナム語ナイ。日本語カ？」

レシーバーの暗い騒音の海のなかで男たちのいそがしく応答している声が聞えた。にごって、つぶれた、底力のある壮年の男の声であった。広東語《カントン》か。潮州語か。意味はわからないが、南方中国語だとだけわかった。にぶい衝撃がはらわたにきた。

「日本語じゃないね。中国語だよ」

「日本語ナイカ」

私はレシーバーを通信兵に返してたちあがった。

どこからか凝視されているのを感じた。全身にその鋭い眼を感じた。いきなり裸にされたようであった。朝、砦《とりで》をでたときから耳のうしろにその眼は漂っていたのだが、このときほど痛覚をおぼえたことはなかった。彼らはどこか近くにいる。われわれのことを知らせあっている。われわれは監視され、包囲され、ただ彼らだけの知っている理由から射たれないだけだ。われわれは泳がせられているのだ。

小屋にもどるとウェイン大尉が眼をさましてアーマライト銃を磨いていた。私は中国語で彼らが連絡しあっているのを傍聴したことを話した。大尉はうなずいたが、眉《まゆ》ひとつうごかさなかった。彼はこれまでに何度も聞いたことがあるといって、銃をおき、のんびりとタバコに火をつけた。

「やつらには中国人の軍事顧問がついてる」

「見たことありますか?」

「ありませんが、考えられることです。或る戦闘でチコム(中国のコミュニスト)の顧問が死んだとき、やつらは身元がバレないよう首を切って持っていったという話を聞いたことがあります」

「中国語を話すからといって中国人だとはいえないでしょう。中国語を話せるヴェトナム人はざらにいますよ」

「あなたのいうとおりかもしれない」

大尉は床几からたちあがると、かるくあくびをし、銃をさげて小屋をでていった。

陽がおちるまでわれわれはこの村でお茶を飲んだり、ぶらぶらあたりを歩きまわったりしてすごした。メイヤー通信兵はレモンで地雷をさがす部下を持った下士官に英語を教えてやり、時計を交換しようとねだられて、しぶしぶ一〇セント時計を手からはずした。

ヴェトナム兵たちは私のまわりへ集まってきてじろじろ眺め、しきりに〝セイム・

セイム〟といったり、〝ジョートー・ジョートー〟といったりして笑った。そのうちウェイン大尉が洗面器に水を入れてひげを剃《そ》りはじめたのでみんなはそちらへ見物にでかけた。彼らは遠巻きに大尉をとりかこみ、その怒濤《どとう》のような胸毛にいつまでも見とれ、大尉がひげに刃をあてるたびにワッと声をあげた。彼らの頰にはひげが一本もなくて、まるで砥石《といし》のようにつるつるなのである。

とつぜん銃音がひびいた。真紅と黄金のたそがれに浸された空と森と水田をゆるがして銃は鳴りはためいた。少しはなれた隣町に近い丘と叢林《そうりん》のなかで銃撃戦がおこなわれているらしかった。強烈な圧力が森閑とした亜熱帯の空にとどろいた。大尉は洗面器から顔をあげると、耳を澄ませ、

「M—16ライフルだ」

といった。

メイヤー通信兵がやってきて、

「輸送隊は隣町まできてとまってしまいました。町からでられないといってます。連絡が切れました。もう一回やってみます」

といった。彼はいそぎ足で無線機のほうへもどっていき、〝ウィスキー・リマ・ソックス〟、〝ウィスキー・リマ・ソックス〟、〝ウィスキー・リマ・ソックス〟と暗号を

呼びはじめた。

兵たちはウェイン大尉がシャツを着はじめたのでがっかりしてどこかへ散った。暗くなった藁《わら》小屋へもどると隊長のチョン大尉が豆ランプに灯をつけ、床几にごろりとよこたわっていた。彼はおとなしくて無口である。英語がよくできないことを恥じているのかもしれない。今日一日ほとんど何もいわなかった。三〇〇人の兵をひきいて森をくぐり、水田をわたりながらただ何となく微笑していただけである。暗がりをさぐりながら私が靴をはいたまま床几に寝ようとすると、木枕《きまくら》をだまって彼はよこしてくれた。そして、暗がりに腕を組んだままよこたわって、たどたどしくつぶやいた。

「私の部下が、へんなことをあなたにいいました。トー・ジョートー〟とか。きたない言葉です。おわびします。許してください」

「いいですよ。気にしないでください。私は兵隊が好きなんです」

チョン大尉は口のなかでありがとうとつぶやき、おどろくほど長い吐息を一つついて、ごろりと寝返りをうった。しばらくするとまた吐息をついて寝返りをうった。見ていると一〇分に一回彼は寝返りをうつようであった。

私は小屋をでると、暗がりでウェイン大尉と話しあった。

「何を待ってるんです？」

「わかりませんな。チョン大尉の命令を待ってるんです。われわれがいなくなったので今夜は砦が夜襲されるかもしれない。無線機が故障して連絡できなくなりました。チョン大尉は何をしてるんです？」

「小屋で寝てますよ」

「何を考えてるんです？」

「眼をあけてますよ」

「オオ、シーッ！」

「われわれはここで殺される」

「あなたは殺される。メイヤーも殺される。チョン大尉も殺される。しかし私は生きのこる」

彼は残忍な冗談をいい、暗がりのなかでひくくヒヒヒヒッと笑った。メイヤー通信兵は……オオ・ノォ・サァ！……とつぶやくと、手さぐりで無線機のところへもどり、ひそひそと暗号を呼びにかかった。

われわれは夜の一一時まで暗闇のなかにじっとすわっていてから、やっと腰をあげて移動をはじめることになった。チョン大尉が何十回めかの寝返りをうってから小屋をでて歩きはじめた。ひめやかな、かぐわしい匂《にお》いをたてる灌木林のなかを手さぐりでぐり、灯ひとつない村をいくつか通りぬけて、国道へおりた。われわれは国道の両端をおとなしい獣の群れのように歩いていった。化学薬品を空からまかれて枯れ崩れた広大な灌木林のよこを通ったが、月光を浴びてそれは凄愴《せいそう》な形相をおびていた。立枯れした木たちが数知れぬ蒼白《そうはく》な骨と見えた。どこまでもそれがつづくので私は何か古代の爬虫類《はちゅうるい》の肋骨《ろっこつ》の林のなかを歩いているような気がした。これほど広大な面積にわたって自然の因果律の環を破壊してしまったからにはきっと何かの新しい災禍が起るにちがいない。ジャングルは亜熱帯の防湿剤なのではないか。それをこんなに破壊してしまうと、雨季にはすさまじい泥の海ができるのではないか……

数時間後、荒涼とした丘の頂上にある小さな三角陣地の有刺鉄線の原に入って人声と火を見た瞬間、全身に汗がふきだして、あやうく私は倒れそうになった。なぜかわれわれは射たれなかった。二梃《ちょう》か三梃の重機関銃で一斉掃射したら五分でこの玩具《おもちゃ》の兵隊のようなパトロール隊は全滅するはずであったが、われわれは射たれなかった。私は覚悟していたのだ。月がでていたので長身のウェイン大尉たちの姿は白い国道でめだつから狙撃兵の絶好の標的となるにちがいないので私は彼から離れて歩いた。私は彼らを〝棄てた〟と感じた。しかし私は射たれるものと思いきめていたから水筒で胃を蔽《おお》うようにして歩いた。足を射たれるのならかまわない。頭を貫通されて即死するならこれにこしたことはない。けれど胃や腸をやられるのはいやだ。何時間もかかって苦しんで死ぬのはいやだ。水筒で至近弾が防げるとは思わないが、骨のない、柔らかい胃のうえで固い金属がゆれているのを感ずると、暗闇からのしかかり、しめつけてくるものをかろうじて食いとめることができた。塹壕《ざんごう》にたどりついた瞬間、眼のなかで何かが炸裂《さくれつ》した。足が藁のように崩れた。私は汗にまみれ、口をあけて喘《あえ》ぎ、しばらくものがいえなかった。

暗がりのなかでとつぜん誰かが罵声《ばせい》をあげた。おぼろな月と火の光ですかし見ると、チョン大尉がはげしく何か叫びながら二、三人のはだしの兵をひっぱたいているのだった。兵たちは何もいわずに殴られて地面にころがり、やがてのろのろと起きて、どこかへ消えた。

メイヤーがやってきて耳うちした。

「あの兵隊たちは塹壕のなかでバクチをやってたんで殴られたんだよ。罰として今夜は一晩中、地雷原の向うで有刺鉄線を張るのだそうだ」

「バクチは誰でもしてるじゃないか」

「とつぜん俺たちが来たので寝る場所をチョン大尉がつくったんだ。俺はそうだと思うな。それであの兵隊たちを塹壕から追いだしたんだよ。俺は塹壕で寝ないつもりだ」

「夜襲があったら兵隊はどうなる？」

「フィ、ニだ」（おしまいだ）

メイヤーはつぶやいて消えた。

しばらくするとチョン大尉が暗闇を手さぐりで私をさがしにやってきた。彼は迫撃砲の砲座のかげにあぐらをかいている私を見つけると、優しく温厚に、嘆くような低声《こごえ》で、どうぞ塹壕に入って寝てくださいとささやいて消えた。肋骨の内側を音たてておちていくものがあった。銃でもナイフでもなく人は殺せた。

私が寝るだけで二人の兵が死ぬ。

月　日

「……ランチ、ランチ！　カモン。ボーイズ！」

ジョウンズが小屋から小屋へ呼んで歩く声を聞いたので私はピンポンをやめた。そこへウェイン大尉が入ってきた。サイゴンのＵＳＩＳ（合衆国情報部）から電話があって至急あなたは帰るようにとのことだったがと大尉はいう。チャンがUSISのビルへ走ってくれたのだろう。念のために何が起ったのだろうと大尉に聞いてみたが、彼は知らないと答えた。

「午後、ヘリコプターはきますか？」

「いまのところ予定はありません」

「明日の朝はきますね？」

「きます。《牛乳配達《ミルク・ラン》》がきます」

「それに乗せてもらえますか？」

「いいですとも」

「じゃ、それでサイゴンへ帰ります」

「OK」

ちょっと考えてから私はつけたした。

「サイゴンの仕事はすぐすむと思います。そのあともう一度ここへもどってきたいのです。大作戦をまだ見ていませんからね。いいですか？」

大尉はゆっくりと顔を崩して笑った。

「OK。OK。非常によろしい」

昼食は大尉、ドク・パーシーといっしょのテーブルについた。私はサイゴンでクーデターが始まったのではないかと予想を述べた。大尉は何度もうなずいたあと、合衆国本土では物価が上がって一カ月分の給料を妻に送っても半月たったらつぎの催促の手紙がくるといってこぼした。ドク・パーシーはそれを聞いてにこにこ笑い、物価というものはミサイルのようにシュート・アップして消えるものなんだといった。

昼食をそこそこにすませて私は小屋へもどり、マーク・トウェインの空想小説の最後の一章を読みあげた。夕方まですることが何もない。闇両替屋のキシナニ氏の店でガーネット訳の『白痴』と『チェーホフ短篇集』を買って私はここへ持ってきたのだが、ムイシュキンの独白や可愛《かわい》い女は汗から湯けむりのたつようなこの小屋の暑熱を突破することができなかった。トウェインの奔放、簡潔、晴朗なおしゃべりだけがそれを突破できた。なにげなく買ったライターやパイプがいつとなく手の一部となって切りはなせなくなるようにこのとっぴな物語に私はとらえられている。小屋のすみの木箱に西部小説や推理小説などにまじってころがっていたのを拾ってひまつぶしに読みにかかったのだが、あくびまじりで読みすすむうちに私はとらえられ、根や蔓《つる》のように物語は育ちだしたのである。今日はその梢《こずえ》を見とどけないではいられない。これはトウェインが一八八九年に発表した小説だが、笑殺するにはあまりにも正確な一致がある。私は章ごとにおどろかされてきた。

　一九世紀のアメリカ、コネチカットのハートフォードにある軍需工場で工場長をしていた一人のヤンキーが、或る日、暴れン坊の部下と喧嘩《けんか》をしてなぐられ、気を失う。眼がさめたら六世紀のアーサー王朝のイギリスの田舎の樫《かし》の木のしたにいた。ひろびろとした田園風景を見わたして眼をパチクリさせていたらとつぜん鎧《よろい》、兜《かぶと》に身を固めた騎士があらわれ、楯《たて》と剣と長槍《ながやり》をかざし、領地、レディー、何を賭《か》けてもいいが一勝負どうだと挑む。ヤンキーはおどろいて、とっととサーカスにもどりやがれと叫ぶ。とたんに騎士はドッと突進し、ヤンキーはあわてて木によじのぼり、とらえられてしまう。捕虜となってアーサー王の居城のキャメロットにつれていかれる。

　このアメリカ人には名がついていないが、のちほどみんなから〝ボス卿《きょう》〟と呼ばれるようになる。小説のなかでは終始、無名である。彼は苦心工夫をこらしてアーサー王の顧問となり、国内の改革にとりかかる。国内事情を見るにつけ、聞くにつけ、彼は義憤をおぼえて、改革せずにはいられなくなるのである。どうしてもじっとしていられなくて手をださずにはいられなくなるのである。アーサー王朝は、教会と王と貴族と地主によって占められ、農民は虫と見られ、奴隷《どれい》として虐待《ぎゃくたい》されている。迷信がはびこり、教育はなく、農民は字が読めず、貴族女は残忍に領民をなぶり殺す。円卓騎士どもの大半は下劣、卑猥《ひわい》、無智であり、権力にはぺこぺこして王におべんちゃらのかぎりをつくすが、地主は農民を税金で搾《しぼ》れるだけ搾り、小作料を納めないやつを容赦なくたたき殺し、人身売買、幼女強姦《ごうかん》、夜も日もない。アーサー王は英君であり、智勇兼備であるが、まわりの奸臣《かんしん》、佞臣《ねいしん》、魔法使いどもにたぶらかされて農民の苦悩を何ひとつとして知らない。

農民を救うよりほかにこの国の救いようはないとアメリカ人は決意を固めるが、絶対君主制の下ではどうしようもないので上から改革にかかることとし、花火、火薬、電気などを発明して魔法使いをこてんこてんにノシてしまう。つぎに電信、電話を教えてやり、陸軍士官学校を建てて少年たちに民主主義と近代軍事を教えてやり、週刊誌を発行して開化に務める。円卓騎士たちは生れてから一度も風呂に入ったことがないので衛生観念の普及ということから石鹸の製造を教えてやる。騎士をサンドイッチマンに仕立て、街道で出会う騎士と決闘させ、負けた騎士には石鹸の看板をぶらさげて宣伝して歩かせる。農民をとりわけ無智の暗黒におしこんでいかさま信仰でたぶらかしているのは坊主どもである。或る坊主は二〇年間ひっきりなしにただ体を起したり倒したりする苦業の動作だけで〝聖者〟の評判を得ている。ためしにストップ・ウオッチで測ってみると二四分四六秒間に一二一四回の屈伸運動をやっているとわかった。そこでこの坊主にしらべ革をつけてミシンをつけてみたところ、五年間、一日一〇枚、日曜も返上で、上等のシャツを一八〇〇枚以上も作りだした。それを一枚一ドル半で売ったところ、巡礼たちにとぶように売れた。

　つぎにアメリカ人はアーサー王といっしょにおしのびで旅にでる。髪を切り、ひげを切り、素足にサンダル、だんぶくろのような麻服を着こんで二人は田舎をめぐり歩く。アーサー王は英邁《えいまい》にすぎてともすれば傲慢《ごうまん》であり、農民や騎士たちから疑われるが、アメリカ人が必死になって忠告してやる。王は、生れてはじめて、農民に課せられた悪税、貧苦、蒙昧《もうまい》、天然痘《てんねんとう》の恐怖などを教えられ、何事かはらわたにしみてさとる。眼をひらいてくれたアメリカ人に感謝する。これよりさきにアメリカ人は封建制を打破して近代化するためには何より力しかないと考えて、円卓騎士たちと一騎うちをやってみせる。そして投げ縄や二丁拳銃《けんじゅう》などでランスロット卿以下をかたっぱしから倒してみせるのである。そして魔法使いを倒すためには、日蝕《にっしょく》を利用し、火薬や電気を使い、ポンプを駆使し、迷信を徹底的に粉砕するのである。失敗もあり、成功もあった。けれど、つねに失敗は小さく、成功は大きかった。人びとはようやく民主主義と科学にめざめ、アメリカ人を信愛するようになった。アーサー王朝は近代化され、よちよちと離陸をはじめた。テームズ河にはアメリカ大陸発見の探検船隊が浮んだ。

内戦の発端は愚にもつかぬところにあった。

アメリカ人が株式相場を作ってやったばっかりにアーサー王朝は屠殺場と化してしまう。ランスロット円卓騎士が株に手をだしたところ取引所の評議員が、かねてから彼の名声、またアーサー王妃との恋愛を嫉妬《しっと》していたので、一〇ペンスの株を一五ペンスに売りつけて、かげで嘲笑《ちょうしょう》したのである。それに気づいてランスロット卿は激怒のあげく株屋どもを半殺しにする。そこからはじまって国は二つにわかれ、アーサー王派とランスロット派が血で血を洗うこととなり、王もランスロットも死ぬ。教会が仲裁にのりだす。教会は内戦の発端がアメリカ人にあったことを発見し、かつみずからの失墜せる権威を回復しようとして、円卓騎士団に大号令を発する。騎士、貴族、地主、農民、全人民がその大号令に呼応して一斉蜂起《ほうき》し、つい昨日まで心から信愛していたアメリカ人を追いだしにかかる。〝ヤンキー・ゴー・ホーム！〟の叫びが六世紀のイギリス全土にこだまする。つい昨日、地主と悪税と疫病に苦しんでいたのを命がけで救ってやった貧農までも、一度教会から号令がかかると、一夜でもとにもどってしまうのだった。

アメリカ人の民主主義を心から信奉して踏みとどまったのはたった五二人の少年たちであった。彼らはアメリカ人といっしょに洞窟《どうくつ》にたてこもり、まわりに地雷原を作り、有刺鉄線を幾条にもめぐらし、発電機から電流を鉄線に流して夜襲を待ちうける。少年たちはアメリカ人を心から信愛しながらも同胞を殺さねばならない苦悩にひしがれて、迷いぬく。どうか自分の国を亡《ほろ》ぼせなどといわないでくださいと泣きくずれる。アメリカ人はそれを見て心うたれ、よろめく。彼は勇をふるい起し、全イギリス人が攻めてくるというが先鋒《せんぽう》隊は三万の騎士団である、戦争はいつだってそうなんだが、この先頭にたつのを殺してしまえば国中どこもかしこも平和で平等で自由な生活にもどるのではあるまいか。貴族と豪族以外に騎士はいないのだからこの一戦争さえすませてしまえばいいのではないか。私はいうべきことをいった。あとはどうしようと君たちの自由である。たたかうも降伏するも君たちの自由である。少年たちはその言葉を聞いて、顔をキッとあげ、たたかうことをやめませんと叫ぶ。

騎士団は攻めてきた。あとからあとから、野を埋め、丘を埋め、夜も昼もなく、命惜しまず、人の海を作って攻めてきた。少年たちは機関銃を掃射し、地雷を爆発させ、有刺鉄線に電流を流し、堤を切って洪水を起し、必死になってたたかう。騎士たちは鎧、兜に身を固めているので鉄線にふれたとたんに電撃で焼け死んだ。その死体に流れる電流でつぎの騎士が死んだ。その騎士にふれてつぎの騎士が死んだ。彼らは何も知らずに、ひたすら夜も昼も、おしよせ、おしよせ、斃死《へいし》し、斃死していった。夜になると虫が鳴き、犬が吠えた。ついに全騎士が死滅した。五二人がイギリスの主人となった。しかしアメリカ人は有刺鉄線を偵察にでかけ、死にあぐねている騎士に刺された。ベッドによこたえられて寝ているところへ魔法使いがしのびこみ、やにわに止《とど》めを刺した。

魔法使いは哄笑《こうしょう》する。

「おまえたちは相撲に勝って勝負に負けたのだ！」

魔法使いはよろよろと洞窟をでていき、有刺鉄線にふれて電撃死した。その口はあいたままで、死んでもまだ笑いつづけているように見えた。

手垢《てあか》でよごれた文庫本をおいて私はベッドにころがった。よこのベッドにはいつのまにきたのかウェイン大尉がパンツ一枚になってよこたわり、片足をたてていびきをかいていた。みずみずしい淡紅色の袋がたらりとたれてかすかに上がったり下がったりしているのが見えた。私はいがらっぽい兵隊タバコをふかしながら感動していた。爽快《そうかい》な惨敗《ざんぱい》が体にあった。みごとであった。今日までずっと私はトウェインの文章を追いながらアーサー王朝とこの南ヴェトナムをくらべて、あれがちがう、これがちがうと内心でかぞえつづけてきたのだが、いま終章を読み終って、抵抗を放棄した。相違点よりも一致点が私を圧倒した。アメリカ人、フランス人、イギリス人、日本人、左派、中立派、右派、さまざまな立場から書かれたアメリカ論、そのアジアにおける外交政策論、その軍事政策論、それら名論卓説を私はいくつ読んだことだろう。けれどこの一篇の空想小説ほどに鋭く私をえぐるものは何もなかった。

さがしもとめていたものがこんなところにあった。ここに何もかもが書かれてあった。たった一日に一〇〇億円から二〇〇億円にも達するめくらむような浪費をアメリカ人はいまこの国でやっているのだが、すべては七五年前に書かれた二〇〇円たらずのこの一冊の文庫本にある。発端から結末が、細部と本質が、偶然と必然が、このドン・キホーテとガリバーが手を携えてゆく物語のなかにあった。人びとは空想小説のなかでたたかい、おびえ、死につつあるのだ。トウェインは種において完璧《かんぺき》な人であった。なぜ彼がアメリカ人から〝真のアメリカ人〟と呼ばれ、〝アメリカ文学のリンカーン〟と呼ばれるのか、この小屋まできてようやく私はわかったような気がする。私はベッドによこたわったまま笑いだしたくなった。もう一度もどってきて大作戦に参加したいと私はウェイン大尉にいったけれど、さて、このように結末を教えられてしまうと、いったい何をバネにして跳躍すればいいのか。私は荷物をまとめてこの国を去るべきではないのか。すこやかな寝息をたてている巨大なウェイン大尉を見ているといいようのない哀切さを私はおぼえた。淡紅色のあどけない袋がいびきのたびに伸びたり縮んだり、上がったり下がったりするのを眺めていると、私は奇妙な孤独をおぼえた。

午後おそくになって私はキェム大佐のところへいとま乞《ご》いにいった。小屋に顔をだすと大佐は昼寝から起きたところで、薄暗いなかであくびをしていた。彼は従卒を呼んでビールを買いにやらせた。蠅《はえ》の糞《ふん》のいっぱいくっついたコップでビールを飲みながら私が雑談をして、今度は何も見られなかったのでつぎの機会に期待したいというと、大佐はとつぜんひそひそ声になり、じつはクーデターが気になってしかたないものだから作戦計画を延期しつづけてきたのだと告白した。政府がどうなるのかわからないようでは前線司令官としては動きようがないといいたいらしかった。あんたがつぎの大統領になるのではないかと私がいうと、彼はくすりともせず、軍人は政治に口出しすべきではないといった。二本めのビールになったときになにげなく私が、政府軍はよく捕虜を虐待したり、拷問《ごうもん》したりするそうじゃないかというと、彼はそっけなく、やられるからやるまでだといった。

「〝散歩する〟って知ってるかね」

「知りません」

「アメリカ人のことさ。われわれが拷問をはじめるとやつらはいつもどこかへいってしまうのさ。ちょっと散歩するといって、どこかへいってしまうのさ。そしてわれわれの悪口をいうんだ。ナパームをおとすことは平気でいながら拷問は見てられないっていうわけだ。やつらはソフト・ハートの偽善者だよ」

「いつかゴ・ディン・ディエムもアメリカ大使におなじことをいったそうですね」

「そうとも。評判なのさ。われわれはみんなそういってるよ。アメリカ人はソフト・ハートだ。それでいて戦争には熱心だ。妙なやつらさ」

大佐はものうく冷酷にそういったあと、私の顔を見て、われわれは友人なんだからうちあけあうのだが、おれがそういったとはウェイン大尉にはいわないでくれよ、いいな、といって高笑いした。

夕食のあとで砦《とりで》のなかを散歩しているうちに私は簡潔で大きな力から少しずつ体をひきはなすことができた。それは私をふるわせ、夕刻になって静かにしりぞきはじめ、私の内部のどこかへ吸収されていった。彼は私の抱いている茫漠《ぼうばく》とした予感に或る強い形をあたえてくれた。私は証言を、生粋のアメリカ人による証言を手に入れたのである。茶目気たっぷりにはじまったあの活潑《かっぱつ》なデトピア物語が暗愁で終っていることに私はひかれる。トウェインが同時代にどのような不幸を目撃して想像力を走らせたのかを私は知らない。おそらく彼は自分が何を予言しつつあるかなどを何ひとつ知ることなく、ただ面白半分にペンを走らせることに熱中したのであろう。彼が物語の主人公のアメリカ人に名をつけなかったこと、全アメリカ人をそこに代表させたことに私はうたれる。文学作品を現実で直訳することは避けたいとしても、塹壕のかなたの森かげでいまとつぜんM―16ライフルがたてつづけにとどろいて消えたこの亜熱帯の黄昏《たそがれ》のなかでは、やはり私は彼にとらえられる。善意をもってしてもそれは抑止できなかった。白色人種間でもそれは抑止できなかった。おなじアングロ・サクソン種間でもできなかった。コミュニストぬきでも抑止できなかった。アーサー王も死んだし、ランスロット卿も死んだ。円卓騎士団も死に、魔法使いも死んだ。そしてアメリカ人も死んだ。

戦争は七五年前に終っている。

月　日

表通りのどこかで子供がうたっている。

……モク・ハイ・バァ……

甲ン高く、尻上《しりあ》がりの、鳥がさえずるような声である。童謡であろう。《……一、二、三……》とかぞえているのだ。私にはそれぐらいしか聞きとれない。ビン中尉がいたら教えてくれるだろうにと思う。あの《……ルー、ルー、ルー……》の子守唄も彼が英語に訳してくれたのだった。

……モク・ハイ・バァ……

……モク・ハイ・バァ……

タイル張りの床《ゆか》いっぱいに散らかった新聞紙、本、酒瓶などをかきわけてズボンをはき、シャツを着る。窓のそとには小さな庭があり、ひっそりした黄昏のなかでハイビスカスの花が赤い巨大な蝶《ちょう》のように見える。

壁の赤い祝詞も暮れかかっている。

『鳥棲福来』と、一枚がある。

『天官賜福』と、一枚がある。

いつかショロンの裏通りで買ったのである。けたたましい中華街の道ばたにしゃがんで熱いモツ粥《がゆ》をすすっていたら、よこに中国人の老人がいて、字を書いていた。老人は道に紙をおき、藁《わら》のような手に太い筆をにぎり、つぎつぎと無造作に祝福の句を書いていくのだが、あまりの達筆ぶりにおどろいたはずみに私は二枚買ってしまったのだった。老人は金をおいても見向きもせず、ただ黙って筆を走らせつづけた。シクロでバクダン（白籐）河岸へいき、しばらく散歩した。海軍省のまえにM―24型タンクが数台とまり、砲口を省の白い建物に向けているが、兵隊はシャツを砲身に干して、のんびり雑談にふけっている。今日の午後、騒ぎがあったのだ。クーデターまでいかない。ここの記者たちがいう〝クーペット〟、小さいクーだった。主謀者は陸軍の某将軍だという噂《うわさ》でもあり、空軍の某々将軍だという噂でもあった。日本新聞の山田氏が助手のチャンをUSISに走らせて私を最前線から呼びもどしてくれたのだが、午後いっぱいかけまわって何も得られなかった。現在の首相が追放されて軍人内閣ができるらしいということのほかは誰も真相をつかんでいないようであった。チャンはどこかへ走り、山田氏も消え、私は学生、子供、老婆《ろうば》のデモについて走って催涙弾をしたたかに吸わされただけだった。目下、青年将軍たちはヴンタウの岬の別荘地で謀議にふけっているとのことである。いや、ダラットの涼しい高原だともいう。アメリカ大使はバンコックへ飛んだという噂がある。ショロンの華僑《かきょう》たちはテット（旧正月）までに和平工作があるといって一対七で賭《かけ》をしているという噂もある。突飛すぎるがまことしやかにささやかれているのではヴェトコンが真紅のスポーツ・カ

『凱旋《トライアンフ》』に乗って乱入してくるという噂だってある。明日、核戦争がはじまって地球が砕けるゾと私がいったら、それだってこの都いっぱいにたちまちいきわたるかーもしれない。

おしゃべり岬の《銀塔酒家《トウール・ダルジャン》》はパイプ椅子《いす》を並べにかかり、MMラインの客船の白い舷窓《げんそう》に灯がついていた。夕陽は黄いろいサイゴン河におちかかって、水や木やホテルにサフラン色の靄《もや》がかかっていた。河岸には屋台がでて、洗面器でバナナを揚げたり、スルメを焼いたりする匂《にお》いがただよっていた。渡しの舟着場で子供たちが魚を釣っている。手を握りあった二人の若者が空を眺めている。二人のシクロ引きが火焔《かえん》樹《じゅ》の根もとにしゃがんで子供相手にバクチをし、おだやかに笑っている。対岸の蘇鉄《そてつ》の原野のどこかで砲声がとどろくが、定刻どおりの夕鐘というよりは、にぶい性悪の歯痛のようなものでしかない。

華字紙が一枚、土に吸われかかっている。

フランス女のストリッパーが来たらしい。

驚天！

法国肉弾来！

脱衣娘歓喜狂舞！

一人の少年が猿のお面《めん》をかぶって河岸の石畳で踊っていた。それを見て足の萎《な》えた少年乞食が手をうって笑いころげていた。小さな部屋ほどもあるウォーター・ヒヤシンスの島が紫の花をふるわせつつゆっくりと流れていく。

広場のふちにある《プレジール》の酒場はアメリカ兵でいっぱいだった。むしむしした戸外から冷房のきいた室内に入ると、麻のシャツがとつぜんよみがえったような気がした。ブリキ罐《かん》を舐《な》めるような味のする冷房された空気も、むせぶような女の歌声も、しばらくぶりだった。荒涼とした赤い酒棚には瓶がキラキラ輝きつつ並んでいた。《ジャック・ダニエル》をさがしたが見つからなかったので、ペルノーにした。バーテンダーに太板《タイパン》を呼ぶようたのむ。

太板はアオザイ姿で竹のすだれをかきわけてやってきた。小肥《こぶと》りの中年女で、身ぶりは優雅だが辛辣《しんらつ》な眼をしている。素娥《トーガ》を今夜いっぱい自由にしてやるだけの金を私は払う。太板は娘たちに君臨している。ランデ・ヴーをしたかったら一時間いくらで娘の時間を買ってやらねばならない。

「私たちは友達どうしでございます」

「そうだよ」

「素娥は美しい娘でございますよ」

「そうだよ」

太板は非のうちどころのないフランス語をしゃべり、きわめて優雅に法外な値をささやき、私がさしだす紙幣を卑《いや》しみきった手つきでつまみとった。まるで羽毛をつまむような手つきであった。威厳をそこなわずに下劣なふるまいをしたかったらこの女に習うといい。

「彼女がきたらここへよこしてくれ」

「よろしゅうございますとも」

「アメリカ人が多すぎるよ」

「いたしかたございませんよ」

「いい客なんだね」

太板は肩をすくめ、眉《まゆ》をあげた。

「ごらんなさい。みんな《33》ですよ。一本のビールで一晩なんです。みなさん流儀《マニエール》を知ってるんですね。これでは娘たちが哀れでございますよ」

彼女はもう一度肩をすくめ、かるく下くちびるをつきだしてみせ、ゆうゆうと去った。

ペルノーをすりつつ眺めると、バーにぎっしりとアメリカ兵が並んで、高声で笑ったり、叫んだりしている。太板のいうとおり、みんな申しあわせたように《33》ビールの小瓶一本をまえにしている。ヴェトナム娘たちが何人もしなやかな蔓《つる》のようにからみつき、猫のようにじゃれついている。口は大きく笑って、歯が白く輝くが、眼は冷たい。

「……チャアオン」

若い女の声がした。

眼の大きい、くちびるのゆたかな娘がたっていた。素娥であった。純白のアオザイを着て微笑しているが、眼には怒りがあった。

私はペルノーをおいて、

「チャオコ」

といった。

彼女は早口で何かいったが、私にはわからなかった。何もいわないで私がでかけてしまったことをなじっているのだろうと思う。あの朝早く、ほの暗いカトリック大聖堂の入口で別れたきりである。兄のチャンには書きおきをのこしておいたから、いずれ彼女は知るものと思うことにきめて、私は何もいわなかったのだ。彼女が灯のついた聖堂の内陣へ歩いていくのを見送ってから私は道ばたに寝ていたシクロ引きをゆり起して空港へいったのだった。

どう弁解のしようもあるまい。

私はもう一度、

「チャオコ」

といった。

彼女は諦《あきら》めた顔になり、静かに微笑した。

ホールはまっ暗で天井にピンの頭ほどのライトが散っているだけだが、人でぎっしりつまって身うごきもできない。直径三〇センチほどの点にたって素娥を抱いたまま藻のようにゆれるのがせいいっぱいだった。アメリカ人の肉と汗の匂いがむんむんたちこめていた。スポット・ライトを浴びて眼を螺鈿《らでん》のようにキラキラさせたヴェトナム人の男の歌手が男娼のようなしなをつくって《日曜はダメよ》をうたったあと、うねるように悲しい流行歌をうたいだした。

空は薔薇色《ばらいろ》になり

ジャングル道が影でうつろになり
温かい服に着かえるとき
思いだす
遠くへ去った人のこと
戦場の若者はふるさとを思い
形見の品を撫《な》でる
こころは愛でいっぱい
けれど行手には
たくさんの風、たくさんの雨

素娥はかるく私にもたれ、耳もとで歌を口ずさみ、かすかに鼻を鳴らした。小さな歯のあいだから爽《さわ》やかな息の匂いが洩《も》れた。のどがしめつけられるように痛かった。しばらくして《プレジール》をでるとチュドー通りを横へ入った《ナポレオン》へいって食事をした。ビロードのどっしりとした黒い幕をわけるとほのかな赤い灯のついた小部屋があり、フランス人、アメリカ人、それにヴェトナム人の高級官僚などのハヴズたちが食事をしていた。水槽の底のような静けさのなかで、ときどきフォークが皿にふれる音、ひそやかな笑い声、給仕のつぶやきなどが厚いカーテンに吸われる。私は冷製ポタージュとエスカロップ、素娥はスープ・グラティネと伊勢海老のテルミドール、デザートにはパイナップルのスフレを二人前とった。素娥はまだどこかこわばっていたが、アペリチフにチンザノをすすり、食事がすすむうちに、ようやくひらいてきた。スフレをスプーンですくいつつ彼女は上目遣いに私をかるく睨《にら》んだが、顔に輝かしい、淡い波がただよい、赤い灯のなかで微笑がゆれた。

グェン・フェ通りの角にあるインド人の香水店で買った《私の爪《マ・グリフ》》の小瓶を私は彼女の手に握らせた。サイゴン市内に入って今日最初にしたのがその買物だった。

「パルドン、パルドン」

そっと合掌してみせると素娥はくすくす笑った。苦笑している大人っぽさと夢中になっている娘っぽさとがあった。アオザイの高い襟にささえられて水鳥のようにまっすぐたった彼女の首には優雅と威厳がただよっていた。

食後に散歩をした。

河には照明弾がおちて蘇鉄や水がキラキラと輝くが、並木道には《テット！　テット！　テット！》と書いた横幕が張りわたされ、あかあかと電燈がつき、夜の潮に乗った人びとが大通りいっぱいにひしめいていた。暗い辻では講釈師が椰子《やし》の実の胡弓《こきゅう》をかき鳴らしつつ、昔の王朝の興亡史であろうか、必死に叫んだり、呻《うめ》いたりしていた。道ばたでは商人がダンヒルのライターとコンドームをいっしょに並べて売っている。虎の爪や象の尻ッ尾の毛を売る呪《まじな》い師もいる。ペット屋の肩では猿とオウムがまじまじと眼を瞠《みは》り、ジュース屋はモーターの音をたててサトウキビをしぼっている。ショロンではがんがんボンボン銅鑼《どら》が鳴りひびき、暗い夜空で若い女が……アイヤーッ、ホウッ……と叫んでいた。

いま空気は酸素と窒素とテットである。

グェン・フェ通りでは花商人たちが早くも壺やら土がめやらドラム罐を持ちだして花を並べていた。菊。水仙。桃。梅。薔薇。カーネーション。ハイビスカス。温帯と熱帯のあらゆる花がドラム罐のなかで咲き乱れている。一日に双方とも平均一〇〇人は戦死するという噂のあるこの国のどこで、誰が、これらの花を育てているのだろうか。白燐弾は肥料にいいのだろうか。ナパームは水をまいてくれるのだろうか。ついこのあいだバナナ畑と灌木林《かんぼくりん》に約千名と推定されるヴェトコンが出現し、政府軍は三個大隊を投入、四日間にわたる死闘があった。そのとき空から注入された爆発物は二日間だけでも機関銃弾が約二九万発、ロケット弾が約一五〇〇発、爆弾が一七トン近く……と私は聞かされた。ここから東南へたった六五キロの地点である。しかし、ここでは赤、黄、白、紫の数知れぬ花びらが散らばり、いまも散りつづけ、それでいてドラム罐のなかの花の森はかすり傷をうけたとも見えないのだ。道は花びらに埋もれてまるでパレードのあとの紙吹雪である。そして商人は自転車に花を山と積んであとからあとから果てしなく繰りこんでくる。熱帯は冷酷なまでの受胎力にみち、屍液も蜜《みつ》も乱費して悔いることを知らない。

「キク」

「キクゥ」

「キ、ク」

「キィ、クゥ」

「スイ、セン」

「シュイ、シェン」

「スイ、セン」

「シュイ、シェン」

水仙と壺を買って素娥にわたした。

とつぜん彼女が頬をよせ、

「シェ・モァ」（わたしの家へ）

とささやいた。

「シェ・トァ?」(きみの家へ)

「シェ・モァ。シェ・モァ」

横町の暗く黄いろい漆喰壁を背に彼女は微笑する樹木として微笑していた。床に大穴のあいた《四ツ馬印》ルノーに乗って植物園のよこをすぎ、橋をわたってジャディン地区へ入っていった。そこからさきがいつもわからなくなる。湿疹《しっしん》のようなスラム街をあちらへ曲り、こちらへ曲る。ここは《苔《こけ》のようなアジア》である。ところどころの壁に穴があって蠟燭《ろうそく》の灯がつき、いつかバリ島で見た影絵芝居のように人影がうごめく。暑熱に耐えかねた人びとが闇のなかにうずくまって団扇《うちわ》をゆるくうごかしている。砲声がはるかに近くなり、重機関銃も唸《うな》っている。この地区のすぐ外、壁のすぐ裏、そこから水田がひろがっているのである。ヴェトコンの三大隊か四大隊がずっと以前からここに住みついて蜂起《ほうき》を狙《ねら》っているという噂があり、サイゴン市内のテロを担当する《決死志願隊》、第六五細胞と第六七細胞の工作員たちも潜伏しているといわれる。

タクシーをおりて湿った、暗い道に入っていく。道いっぱいにボロ屑《くず》のようなものがうずくまっているのは農村から逃げてきた避難民が寝ているのだった。どぶとニョク・ママの腐臭にまじって人の汗や息の匂いがする。手さぐりしながらその体をまたいでいくとき、やましさがこみあげてきて、私は焦燥をおぼえる。

暗闇のなかで泥のかたまりが、

「……ディ、ディ……」(いけ、いけ)

ものうくつぶやいて寝返りをうった。

鍵《かぎ》を鳴らして素娥が一軒の家に消える。私はそのあとにつづく。闇のなかでパチッと音がする。おぼろな豆電燈が天井についていて、私はがらんどうの車庫のなかにたっている。壁も床も剝《む》きだしで、まんなかにベッドが一つあり、すみに土がめが一つあるきり。あいかわらずの痛さであった。壁に沿ってゆっくりと歩く。窓がまちに化粧水の瓶が二本。口紅が一本。セルロイドの石鹼箱。壁に二枚のアオザイ。割れた手鏡が一枚。何も変っていない。ふえた物もなく、減った物もない。この娘は段ボール箱一つに入れられるだけの物にかこまれて生きている。

壺に水仙をさし、素娥は、

「……！　……」

叫んで、手をうち、笑った。

それからゆっくりと彼女はアオザイをぬぎ、ブラジャーをとって、ベッドに入り、ひっそりと微笑した。私は靴をぬぎ、ズボンを床にすてた。寒冷紗《かんれいしゃ》の蚊帳《かや》が雲のようにおちた。よこたわる女の眼を上から見るとなぜそれほど大きく見えるのか。

顔をよせると爽《さわ》やかな息の匂いがし、歯がふれあってかすかに鳴った。女のゆたかなくちびるのなかで舌が敏捷《びんしょう》にうごいた。やがて私はゆっくりと山から平野へおりていき、臍《へそ》でちょっとたちどまってから、ひとつまみの淡い茂みのある小さな丘をさまよった。鳥の巣のなかに暗い口がひらきかけていた。硬くて鋭い、触れるものをいきとめめざめさせる彼女の爪が私の下腹をさまよってから、ためらいつつ私をさぐりあて、まさぐりはじめた。塹壕《ざんごう》や汗や野戦服が知らず知らず私の皮膚のうえに分泌していた石灰質の硬い殻のようなものが音なく落ちた。脱皮した幼虫の鮮やかな不安が全身にひろがった。

彼女は素朴で稚《おさな》く、いつまでもためらっていた。いつもそうなのだ。はじしらずが私をそそのかす。とつぜん私は彼女の濡《ぬ》れた暗い口に鼻とくちびるを埋め、あらがう彼女に私を握らせ、しゃにむに吸わせた。彼女はおずおず従った。腿《もも》が弓のようにしなってひらいた。シーツが炉さながらに白熱した。私は起きなおって姿勢を正してから一挙に浸透した。

素娥が低く声を洩らした。

……チャア！……

汗が鳴った。

さざ波の音がした。

……ヨウ……ヨウ……トイ……ヨウ……

歯を食いしばりつつも素娥は声を洩らし、形相変えてうねった。朦朧《もうろう》とした薄明のなかで髪に蔽《おお》われた顔が砕けていた。必死になって私は彼女を抱きしめ、おさえ、迫ってくる潮に耐えた。

永くたち、ふいに熟しきった果実がささやかな一触れで落下した。優しく痛切な鳴動のなかへ私は炸《はじ》け、ひらき、重錘《おもり》のように沈んでいった。胴をしめつけていた素娥の腿がおちた。腹が波うち、くちびるが唾《つば》の音をたてた。私の腰、腿、腹から太鼓のとどろきが遠ざかっていった。素娥を蔽って伏したまま私は遠くからゆっくりとひろがりつつ迫ってくる夜の柔らかい海を待ち、浸されていった。

しばらくして彼女がめざめ、せっせと小さな舌のさきで私を追いだしにかかった。私は押されるままに押されていき、だまったまま戸口からおちた。

顔をあげて、私は、

「チョーイヨーイ」

とつぶやいた。

彼女は髪のなかでくすくす笑い、

「……」

そっと手をのばして私の腹をつねった。

大砲が咆《ほ》えた。壁がびりびりふるえた。まだ重機関銃は唸りつづけている。ただの威嚇《いかく》なのか。それとも戦闘なのか。車庫のなかで私たちは熟《う》れきったパパイヤのようにけだるい液にみたされてよこたわっている。何匹ものヤモリが天井の豆電球のまわりに集まって、……キッキキッ……と鳴きかわしている。隣家であろうか。壁のむこうで赤ン坊がむずかっている。それをなだめる老婆《ろうば》のくぐもったつぶやきが聞えてくる。

「べべ」（赤ちゃん）

素娥がひくくささやき、おちた私の手をひろって指角力《ゆびずもう》をはじめた。乾いて冷たい指が鳥のくちばしのように私の拇指《おやゆび》をチョンチョンとつついては逃げ、逃げては寄ってきてつつく。いつか私が教えてから彼女はすっかり面白がって、何かといえば私の拇指をとって、そっと起すのである。この国には指角力の習慣がないのであろうか。兄のチャンはフランス語も英語もできるが、素娥は外国語といってはフランス語のカタコトだけで、私のヴェトナム語といい勝負である。チャンは私を臨時特派員として雇ってくれた日本新聞社のサイゴン支局に出入りして通訳兼助手として働いている。いまは香港《ホンコン》支局からきた山田氏が彼を使っている。私は彼から情報を聞いたり、地元の新聞にのる記事を訳してもらったりしている。私がせがむのは論説欄ではなく、三面記事である。一家の借財を手榴弾《しゅりゅうだん》で解決しようとした兵隊や猥本《わいほん》を読んでいるところを父に見つかって頭を剃《そ》られてしまった女子学生の話などに私は耳を傾ける。

チャンと素娥は孤児といっていいようである。両親はハノイにいるが消息はわからない。父はハノイの高等中学校《リセ》で歴史とフランス語を教えているはずだ、とのことだが、よくわからない。チャンにたずねると、そっぽ向いて、〝わかりません〟といきりだし、素娥は〝パパ。ママン。ハノイ〟というだけである。二人は五四年のジュネーヴ協定の〝自由交換〟でハイフォン港から船に乗って南へおりてきたのである。二人とも一二歳か一三歳くらいであった。両親は彼らを送りだしたあと、なぜか自分たちは北に踏みとどまった。二人は着のみ着のままでサイゴンの伯父をたよってきたのだったが、この人は硬骨漢であったらしく、官吏の身分をかまうことなく当時の大統領ゴ・ディン・ディエムの圧政に反抗し、反政府グループに接近して、プーロ・コンドール島へ流刑《るけい》される。その後、ディエム一族を打倒するクーがあって、大量の政治犯がコンドール島から釈放されたが、伯父は帰ってこなかった。伯母は生活に窮し、市場のあたりに雑貨露天商の権利を買って、皿や薬罐《やかん》などを売る。チャンは伯母の家をでると、フランス語の知識を生かして、各国通信社のサイゴン支局をわたり歩き、情報提供や通訳で暮し、かたわら英語をおぼえた。素娥も伯母の家をでて、キャバレで踊ることとなった。

はなればなれに二人は暮している。チャンはミト街道の入口あたりに下宿し、モトシクルで一日じゅう市内を走りまわっている。素娥は正反対の方向のこのジャディン地区の車庫のなかに住んでいる。そして夕方になると橋をこえて植物園の柵《さく》に沿っていき、ハイ・バ・チュンの広場のふちにある《プレジール》へいく。手段はちがうが二人とも《手から口へ》の暮しかたである。チャンの下宿といっても、天井裏の物置部屋みたいなところで、崩れかかった階段を上りきった踊り場、そこにカーテン一枚がぶらさがっているきりである。床《ゆか》には月遅れの《パリ・マッチ》や《ニューズ・ウィーク》が散らばり、鼠が壁を逆落しにかけおり、〝家具〟といっては洗面器一つがあるきりである。手のひらで蔽うすべもない裸形である。

二人の両親がなぜ彼らだけを南へ送って自分たちは北に残ったのか、私は知らない。チャンはけっしてくわしく話してくれたことがない。彼は身上話を避けたがっているようである。政治、ことに戦争の話となると、いよいよ彼は用心深くなり、けっしてあらわに論評しようとしなくなる。戦闘の話でどちらが何人死んだとか行方不明になったとかいうことはよく話すが、この戦争の正義は政府にあるとか、ヴェトコンにあるというようなことはけっして語ろうとしない。いつも彼は鋭いが朧《おぼろ》なまなざしで私に近づいてくる。絵でいえば近景でもなく遠景でもなく、ちょうど中景のあたりを眺めるまなざしである。どこか一点に焦点がさだまること、一つの焦点を持っていることが他人に知られること、何であれ一つの立場を決定していることを他人に知られることを彼はひめやかに、かたくなに避けるのだ。今日の友がいつ明日の敵となるか知れないこの国で生きのびていくための知恵である。誰がそれを責められよう。ときどき私は胡桃《くるみ》の実を撫《な》でているような気持がする。その硬い殻の内部に何があるのか、嗅《か》ぐことも、まさぐることもできない。せいぜい私は撫でるか、爪で掻《か》いてみるぐらいである。

砦で見た奇妙な光景が思いだされる。

或る日、朝の一〇時頃、私が《アストリア・ホテル》のよこの木かげにすわってマーク・トウェインを読んでいると、ヴェトナム兵が一人、重機関銃をかついでやってきた。兵は私を見て微笑し、

「ハロォオオ。グゥモーニン。ハウユー」

と声をかけた。

私はトウェインをおいて、

「チャアオン」

といった。

兵はにこにこ笑って涼しい木かげに入ってくると、重機関銃をおいて分解掃除をはじめた。ネジをはずし、バネをはずし、一箇一箇の部品をていねいに油布でぬぐっては並べた。彼の指は敏捷にうごき、いそいそとしていて、いかにも仕事を楽しんでいるように見えた。そこへヘインズ伍長《ごちょう》が長い手をぶらぶらさせてやってきた。彼はのんきで気のいいヤンキーである。よくヴェトナム兵といっしょに遊び、馬蹄《ばてい》投げをしたり、バレー・ボールをしたりしている。将校たちはフランス訛《なま》りで〝エーヌ〟、〝エーヌ〟と彼のことを呼ぶ。

ヘインズは重機関銃を見かけると、兵のよこへしゃがみ、あっちをさきにはずしたらいい、こっちはこうはずすのだといって、手をとって教えはじめた。けっして命令でもなく、説教でもなく、むしろヘインズは遠慮しながらネジまわしの操作を説明してやった。すると兵はとつぜん手をだらりとたれ、顎《あご》をおとした。ふいに彼はエア・

ポケットにおちて眼も見えず、耳も聞えなくなってしまったかのようであった。ヘインズが一生けんめいしゃべっているのに彼はネジまわしをおき、ふとたちあがって、ぶらぶらとどこかへ消えてしまった。

ヘインズはしばらくして気がつき、

「どうしたんだ?」

とたずねた。

私が説明にかかると、彼はかるく舌うちし、

「……シャッター反応だ」

といった。

私は木にもたれてトウェインをとりあげた。兵とヘインズが去ったあとには、解体されて骨と関節だけになった重機関銃が朝の日光をさんさんと浴び、誰もとりにこないまま正午まで捨てられていた。

虫や獣のなかには強敵に追われていよいよ最期《さいご》となると、コロリとひっくりかえって死んだ真似をするのがいる。それは〝真似〟ではなくて、ほんとに体のなかがどうかなってしまうのではないだろうか。虫にしてみると意識より速い何かの反射のためにに足がしびれて、そうなってしまうのではあるまいか。つまり虫はその瞬間、ほんと

に死んでしまうのではないだろうか。ひとりでにシャッターが走ってしまうのではないだろうか。

兵の顔には指図されることへの嫌悪《けんお》、憎悪、侮蔑《ぶべつ》、反抗などは見られなかった。そのような意識らしいものは何もなかった。ふいに彼は手も足もいきいきしながら失神してしまったのである。朧だが痛い感嘆と畏怖《いふ》を私はその兵におぼえた。これほど精妙で無邪気、また徹底的な拒否をまだ私は見たことがない。よほどの消耗がなければこのような無化はできることではないと思えてならない。幾度もどん底におちこんだ経験が少年期から青年期への私にはあったけれど、それほどの状態はまだ知らない。ここへ来てからもそうだ。水田の畦道《あぜみち》や陸軍病院や戦闘直後の草原などで私はいくつとなく変形した人体を目撃したが、けっして《シャッター反応》を起すことはなかった。すぐに私はよみがえって何がしかの言葉を滲出《しんしゅつ》し、原稿を書き、東京へ送った。そしてサイゴンの銀行に振込まれた金をうけとり、ショロンで広東《カントン》料理を食べ、むくむく肥《ふと》った。惨禍を見れば見るだけ私のペンは冴《さ》える。私は屍肉を貪《むさぼ》るハイエナなのだ。鋼鉄の船腹にくっついたフジツボほどにも私はあの兵の倦怠《けんたい》と疲労を舐《な》めることができない。兵はまさぐりようもなく疲弊している。

素娥がひとりで指角力をしている。重機関銃はやんだが一五五ミリは咆えつづけている。天井ではヤモリが鳴き、隣家の赤ン坊はむずかるのをやめた。どこかで……ビーン……と音がすると、すばやく素娥は聞きつけて体を起し、尻《しり》と濡れしょびれた牝《めす》を私に見せながら蚊帳のなかをうごきまわり、音高く手をうった。

「……ムォイ、ムォイ……」

彼女は手をひらいて、つぶれた蚊を私に見せた。《ムォイ》とは蚊のことか。

「……マラリア？……」

私がたずねると、彼女は小首をかしげて考えこみ、耳をたて、……ビーン……とくるとすかさず手を走らせる。パンと鳴る。手がひらく。

「ムォイ、ムォイ」

「ムオイ、ムオイ」

「ムォイ！」

「ムォイ？」

「ボン！」

彼女は満足して静かに笑い、皺《しわ》くちゃになったシーツへおだやかに、けれど元気よく体を倒した。彼女は小声で鼻唄を一節か二節うたい、眼をつむったり、睨《にら》んだりした。ミルクをたっぷり吸ったあとの仔猫のようであった。川を流れていく溺死人《できしにん》のように私はのびのびと手足をのばして眼を閉じた。軽い、とろりとしためまいは波がゆれたのか。

とつぜん私は素娥をうながしてベッドからおりると、車庫のすみへいって、土がめの水を浴びた。渇望していたとおりであった。夜ふけの素焼の土がめは肌がぐっしょり濡れて、水はふるえあがるほど冷たかった。闇のなかで彼女は私に触れて笑い、私は彼女をさぐって笑った。奥処《おくか》の芽はすでにひきしまって硬くなっていた。私はコンクリート床に両手をつき、頭から水を浴びせてもらって、犬のように身ぶるいした。

素娥はたくましく腿《もも》をひらき、

「……ああ。いいわ……」

とつぶやいて、水を使った。

ごぼごぼと音をたてて水が吸いこまれていった。河と、湾と、荒涼たるマングローヴの湿原が背に感じられた。億をもって数えられる私の種子が発熱した土のしたをくぐって海へ帰っていった。巨大なエイや伊勢海老の棲《す》む南支那海へ鮭《さけ》の仔《こ》のように帰っていった。

月　日

朝、一〇時頃にウェイン大尉から電話があった。五日間の休暇をとってサイゴンへでてきた。明朝、香港へ出発し、そこで合衆国から来た妻と落合う。今夜はあいている。いっしょにどこかで食事をしないか、という。私はその場でOKと答えた。夕方六時にキャラヴェル・ホテルのバー・ルームで会う約束をした。

朝食は『栄華菜館』でいつものチャアシュウメンに油条《ユーチャオ》（揚げたねじりパン）。店内は壮大だがゴミ箱のような飯屋である。茶瓶は口が欠け、どんぶり鉢は傷だらけ、竹箸《たけばし》はまっ黒、床《ゆか》はびしゃびしゃ濡《ぬ》れて洟《はな》や野菜屑《くず》が散らかり、アジア特有の腐敗と栄養の熱がむッとたちこめるなかを頭の禿《は》げた野良犬がうるんだまなざしでクンクン嗅ぎまわっている。入口にすえつけた銅壺《どうこ》で麵《めん》を湯掻く男のシャツは雑巾のようによごれ、爪はまっ黒である。けれど私は十数軒も食べ歩いたあげくにこときめて、サイゴンにいるあいだは毎朝食べにくることにしている。チャアシュウメンには焼き豚のほかにレタス一枚と海老《えび》の揚げ煎餅《せんべい》一枚がのり、海老からとったダシはとろりと甘いが麵の腰はプリプリ張ってスープのなかで生きている。酢漬けの赤トウガラシをポリポリ嚙《か》みつつ麵をすすっていると口に火がついたようになるが、辛辣《しんらつ》は南の朝にふさわしい味であるように思う。

僧たちは寺に密封されて断食闘争をつづけていたが、今朝になって僧統院の指導部が軍部と話しあいに入ったという噂である。徴兵反対を叫んで投獄された仲間の釈放を要求して学生たちが河岸に集まってデモをやり、葬式の泣き女を先頭にたてて突進したが、レ・ロイ大路に達したところで軍隊と衝突、催涙弾を投げられて四散した。タンクや武器輸送車はどこかへ引揚げ、兵隊たちは広場の芝生にごろごろ寝そべって水虫の足を干したり、うたた寝をしたりしている。マジェスティック・ホテル三〇九号室へいくと日本新聞の山田氏がコアントロォをすすりつつパンツ一枚になってタイプライターをたたいていた。

「外の模様はどうです？」

「終ったみたいですね。街頭の闘争は何もありません。あちらこちら取引きの噂ばかりです。APのプラマーもそういってましたよ」

「そうでしょう、そうでしょう」

山田氏はタイプライターをたたきつづけ、何枚かできるたびにチャンがそそくさと中央郵便局へ持って走った。山田氏は徹夜でまっ赤になった眼をこすりながらタイプをたたいた。彼は北京官話と広東語の達人で、五年間香港に支局長として住み、論説委員に昇格して東京へ引揚げる途中、仕事納めにと思ってサイゴンに立寄ったところがクーデター騒ぎにひっかかって、もう二カ月もぐずついているのである。私がここへくる途中で香港に立寄ったとき、氏はさまざまな紹介状をくれた。そして私を菜館へつれていき、上海《シャンハイ》送りの蟹《かに》や鰻《うなぎ》の仔をふるまったあと、竹葉青酒をふくみながら餞別《せんべつ》にといって自作の詩を贈ってくれた。それはいつでも私の財布のなかに入っている。何度も読みかえしたので私はすっかりおぼえてしまい、暗誦《あんしょう》できるまでになっている。

臨風懐北無雁信
江水東流是那辺
惟見洋場梧桐老
何顔可待重逢筵

「きっとあなたは巻きこまれますよ」

「そうでしょうか？」

「きっとです。避けられないと思う。私はそう見ています。傍観することを英語では塀《へい》に寝そべるというそうですが、きっとあなたは塀からおりますよ。賭《か》けてもいいな。私としては楽しみにしてるんだ」

「女房、子供がいますよ」

「いや。きっと巻きこまれます」

「どうしてわかります？」

山田氏は私の質問には答えず、微笑したまま、麻雀牌《マージャンパイ》の音のひびく冬の香港の街路を静かに見おろしていた。私は竹葉青酒をふくみながら上海産の蟹のとろりとした白い肉を吸うのに熱中していた。

タイプをたたきおわると、山田氏は、

「チョードッコイ」

とつぶやいて安楽椅子《いす》に崩れた。

「クーペットはどうです？」

「いやはや。白蟻《しろあり》の巣ですな」

「ミルクの皮がふるえてるだけなんでしょう？」

「そういうこと」

氏は葉巻を私にすすめ、自分も一本とって爪で封を切った。葉巻とコアントロォ、そして食事をしたあとはくちびるが脂《あぶら》でしっとりと上品に光っているようでないといけないというのがこの人の癖である。

陸軍の某将軍は空軍の某々将軍と話をつけ、椅子をつかんだ。某々は某に席を譲った。某はどちらにつくか去就をきめかねている青年将軍たちを集め、一場の演説をおこなって、たとえわれわれはいかに貧しくとも外国人の意志にうごかされることなく自らの手で血路をひらこうではないかと叫んだ。アメリカ大使館はその反米調のあらわさに耳をたて、今朝早く某の真意を問いつめにかかった。すると某はびっくりして、信じられないこってすといった。かけつけた記者たちがおなじ質問をすると某は今度は顔を赤くして怒り、それはひどいデマだ、われわれとアメリカ人は徹底的にタムドンなのだといって追いかえした。タムドンは《心同》、一心同体のことである。

すでに某は五千万ドル近くを着服してインドシナ銀行を通じてパリへ疎開《そかい》させたという評判が高い。先月、彼の妻がパリへいったときにオルリーの空港でスーツ・ケースをあけたらドルの札束がドサッと落ちるのを税関吏が目撃している。この種の噂はひっきりなしに聞かされるので道のニョク・マムの匂いほどにも鼻につかなくなってしまったが、某が自分の腐敗をおおっぴらに吹聴《ふいちょう》して歩いているという噂にはちょっと耳がうごく。汚職を自分から吹聴してまわるのは変った趣味である。《信頼すべき、また不信頼すべき》多数の筋から山田氏が聞きこんだところによると、一致してこうだとなった。某は自分の汚職がアメリカに対する一種の私的制裁だとホノめかしている、というのである。アメリカ人はいくらいって聞かせてもヴェトナムが理解できなくて、自分勝手に戦争をやりたがる。それならチョイとお灸《きゅう》をすえてやってもいいではないか。べつにヴェトナム人民の財産をかっぱらったのではないからかまわんではないか、といってウソぶいている。そして彼は自分の手腕を誇っている、というのである。

「今日はこれからどうなります？」

「おそらく旦那は坊さんと学生をなだめにかけまわるでしょう。それでおしまいですよ。仏教徒が暴れないという約束をするなら旦那も弾圧政策はとらないと約束して、寺の一つ二つも建ててやる。学生のほうには海外留学の枠をちょっとゆるめて圧力を散らす。そんなところじゃないですか。いまはテット前だから誰しも浮足立っている。そこで、ともかく正月をして、オトソを飲んで、三ガ日がすんだらまたクーでしょうな。晩飯を賭けてもいいですよ。何なら千ピーでもいい。どうです？」

「難民委員会にでも寄付しますよ」

「また行方不明ですな」

山田氏は葉巻を嚙みつぶし、眉《まゆ》をしかめてコアントロォをすすった。せっかくかけまわって情報をつかんでも公表すれば追放されるので、思うように記事を書くことができず、彼はいらいらしていた。

チャンが郵便局からもどってきたので、氏はチャンをつれて《一巡《ひとめぐ》り》にでかけた。氏が身仕度するあいだチャンは椅子にすわってひっそりと待っていた。あいかわらず彼は冷静でしなやかであった。

私は彼にいった。

「ショロンの華僑《かきょう》がテットまでに和平交渉があるといって賭をしているそうだね、チャン。賭の率は一対七だそうだ。おれにはとても信じられないんだけどね」

「一対一五だという人もいますよ。よく聞く噂です。バスや市場でその話をしている人がちょいちょいいますよ」

「たしかめてきてよ。今日でもいいし、明日でもいい。何が根拠になってるのか知りたいんだ。デマだってかまわないんだよ。何がデマの根拠なのかを知りたいだけさ」

「いいでしょう」

チャンはメモ帳に何か書きこみ、山田氏とつれだって静かに部屋をでていった。

私は下宿にもどり、ベッドのなかでぐずぐず新聞や本を読んですごした。コニャックは暑熱に煮られて生ぬるくなり、けばけばしくてしつっこく、くたびれた舌には花の香りというよりも、むしろ安香水のようであった。白い漆喰壁のなかはギラギラ輝いて、ねっとりと暑く、けだるい耳たぶのうしろあたりに女の声が何度もひびいたり、遠ざかったりした。声には激しさと稚さがあり、息が乱れていた。いま素娥は暗いがらんどうの車庫のなかで体を丸めて寝ているにちがいなかった。ファラスへしなやかにからみつく肉の微動がありありと膚によみがえってくる。けれど日光が額をあぶり、寝返りをうつたびに汗が音をたて、欲情はむんむん酸《す》っぱく辛《から》く変っていく汗の群れに蔽《おお》われて倦怠《けんたい》へしりぞいていった。私はタバコを口にくわえたまま右の新聞をとって左へ捨て、左の文献をとって右へ捨て、眼に活字を流した。紙のなかには響きと怒りがあった。人びとは戦争を嘆き、罵《のの》り、祈り、議論し、主張し、訴え、叫び、脅迫し、絶望していた。しかし私はタバコで舌を荒し、汗とコニャックにまみれて重くなり、いぎたない眠りへ沈んでいった。

眼がさめたとき、私は何故《なぜ》か死体のことを考えた。最前線では起らなかったことである。安全な後方へさがってからかえって痛惨を想《おも》い起すのはどうしてだろうか。あそこでは私は自身に憑《つ》かれていず、いつも体を正面の方角に向ってひらき、よこたえ、立たせていたが、堅固で静かなこの白い壁のなかには方角が何もない。それを決定しようとして或る強い力が背をもたげるのだろうか。私は壁にもたれてタバコに火をつけ、記憶をまさぐる。朝の草むらにほのぼのと眼を閉じている美しい顔もあり、ぐしゃぐしゃのジェリーのかたまりとなった顔もあった。握りしめた手もあり、箸を握ろうとして思いとどまった形の手もあった。どの指も骨張って、硬く、長い。爪が白く、指の腹には小さな皺《しわ》がある。どこでも私は死者を上から見おろしてきた。私の眼はけっして死者の眼とおなじ位置におりることがなかった。そして私の見る死はいつも血が乾き、蠅がたかり、匂いがたっていた。もっとも腐ったのはダナンの陸軍病院のモルグだったろうか。小さな陶製の仏陀《ぶっだ》が黄いろい壁のなかにあぐらをかいていた。仏陀は白粉《おしろい》を塗ったように顔が白く、くちびるが赤く、背にネオン管の光輪を負い、赤や緑の豆電球にとりかこまれていた。赤く塗った棺《ひつぎ》のすみから屍液がしたたっていた、屍液はコーヒーにそっくりの色をし、小さな錘《おもり》のようにゆっくりとさがってくるとコンクリート床にふれてはじけ、匂いをひらいた。液はねっとりとのびてはちぢみ、ちぢんではのびした。霖雨《クラシャン》の無数の小さな拳《こぶし》が壁をひめやかにたたき、私は寒さにふるえて、液と仏陀を眺めていた。荒涼とした小部屋のなかには甘いような、淫《みだ》らなような、もうもうとした屍臭がたちこめ、線香も抑制することができないそれは眼にしみるとガスのように痛かった。夜店の射的の人形のような仏陀を見あげて何事か声をかけてみたい心が私のうちにうごいたが、私はハンカチで鼻を蔽《おお》うて去った。どれほど変形した死者も眼さえひらいていなければ私をおびやかさない。砂にまみれたようなあの乾いた薄膜のしたから瞳《ひとみ》が私を凝視する。私の顔と肩をこえて背後を凝視している。露に濡れしとった畦道《あぜみち》の草むらから貧しい父や母が私を眺め、空を眺め、網膜のうえを蠅がむずむず這《は》いまわってもまばたかない。生きているものはうごく。かならずうごく。生者の眼と顔は一瞬に組まれては崩れ、崩れては組まれる陽炎《かげろう》である。眼は陽炎のなかの透明な部分にすぎない。それすら陽炎とともに一瞬ごとに輝いては翳《かげ》る。生者に私は眼を見ることがない。眼は二つの皮の裂けめにできたうつろいやすく、ゆれやすい空である。私が凝視すればきっとそれはうごく。私も凝視さればうごく。倦《う》むか選ぶかで私はうごく。ときたま私はお面《めん》の穴のなかの瞳を見て凄惨《せいさん》さにたじろぐことがあるが、それすら輝いては翳り、射《さ》してはしりぞく。笑い、また、閉じる。たった一枚の紙をかぶせるかかぶせないかで一瞬に全貌《ぜんぼう》が変ってしまうとしても、やっぱり面はうごきやまない生の流れのなかの一塊の石にすぎない。

かつて魯迅《ろじん》が書いたはずである。

『革命、反革命、不革命。

革命者は反革命者に殺される。反革命者は革命者に殺される。不革命者は、あるいは革命者だと思われて反革命者に殺され、あるいは反革命者だと思われて革命者に殺され、あるいは何ものでもないというので革命者または反革命者に殺される。

革命、革革命、革革革命、革革……』

三〇年後のいま、ここでは事態はいよいよ混沌《こんとん》、かつ精妙の一途をたどっている。誰かの味方をするには誰かを殺す覚悟をしなければならない。何と後方の人びとは軽快に痛憤して教義や同情の言葉をいじることか。残忍の光景ばかりが私の眼に入る。それを残忍と感ずるのは私が当事者でないからだ。当事者なら死体が乗りこえられよう。私は殺しもせず、殺されもしない。レストランや酒場で爆死することはあるかもしれない。しかし、私は、やっぱり、革命者でもなく、反革命者でもなく、不革命者ですらないのだ。私は狭い狭い薄明の地帯に佇《たたず》む視姦者《しかんしゃ》だ。

和平交渉の賭はまったく無根拠のデマだという。四時半頃にチャンがきてそういった。チャンはひっそりとドアからしのびこむとベッドのそばにたち、いきさつを短く話したあと、一枚の紙きれをさしだした。華僑の大物《ビッグ・ショット》を訪ねて問いただしたところ、その場で一笑され、かわりに精力剤の処方をもらったのだという。

乾燥ナツメ。黒くて大きいの　七コ

小エビ。新鮮なの　七匹
氷砂糖。指の半分　一コ
水。小さなグラスで　二杯

「すごくいいんだそうですよ。大物がそういいました。これくらい彼の妻を幸福にしてやれる食べ物はないそうで、ずっとやってるんだといってました。茶碗に入れて氷砂糖がとけるまで蒸し、週一回やればいい。チャンパオチェンカンというのだそうです。健康にいいという意味です。ぼくは中国語がわからないといったら、書いてくれました」

さされるままメモを覗《のぞ》くと、こまごまと英語で書きこんだ処方箋《しょほうせん》のよこに、流暢《りゅうちょう》な漢字で《長保健康》とあった。私はメモをおいて、体を起した。

「これは長生きしろってことだよ」
「そうでしょうか」
「からかわれたのさ」
「そうは思えないな、ぼく」
「そうなんだよ」

「信じられないな、ぼく」

チャンは眼を伏せ、いらだたしげに傲然《ごうぜん》と何かいいかけたが、ふと私が顔をあげると、もう部屋にはいなかった。端正な後頭部がドアのかげに見えたので、待てというと、そのはずみに消えてしまった。

六時にキャラヴェル・ホテルのバーでウェイン大尉に会った。淡青色のポロ・シャツを着てコカ・コーラを飲んでいるところは休暇で熱帯へきたセールス・マンのように見えた。ペルノーを一杯飲んだあと、食事は《ナポレオン》ですることにしたが、ドルを両替する必要があったので、チュ・ドー通りのインド人の書店へいった。山羊《やぎ》ひげを顎《あご》にたくわえた学者風のキシナニ氏は本棚のうしろの帳場でタゴールさながらの超然とし、かつ深刻なまなざしで私からドルをうけとると、そそくさと靴下のなかにつっこみ、すばやくピアストル札《さつ》をかぞえる。そのときはどう見まちがいようもない闇屋の眼である。通ったあとに草一本のこさないという評判のインド商人の眼である。ピアストルをわたしてしまうと、とたんに氏は超然、かつ深刻な眼にもどる。

ウェイン大尉を誘ったが、彼は儲《もう》けるためにこの国へ来たんじゃないといって、かたくなに拒み、店のなかへ入ろうともしなかった。私がピアストルをポケットにねじこんで黄昏《たそがれ》の歩道へでると、大尉は夕空を仰ぎ、さて、さてと手をもみながら歩きだした。

　私は歩きながらたずねた。

「ほんとに闇をしたことないんですか？」

「ありませんね」

「一度も？」

「一度も」

「金をドブに捨てるようなもんだ。おどろいた人だな、あなたは。サイゴンにいる外国人で闇をしないのがいるとは、考えたこともなかった」

「問題はべつだよ」

　大尉ははにかみながらも、むっつりと、

「私は儲けに来たのじゃないからね。私一人が闇をしてもしなくてもどうってことはないんでしょうけどね。でもこんな脆弱《ぜいじゃく》な国だから、私が闇をしたらたちまちつぶれちまうかもしれん」

　おそらくそうなのだろう。彼は一度も闇をしたことがなく、阿呆を承知のうえで公定レートで金を換え、この海綿のような都に貪《むさぼ》られ、吸いとられるままになっているのにちがいない。あの前哨点《ぜんしょうてん》の小屋で私が彼の首の闇値を計算したときも彼はまったく興味を示さなかったではないか。

「今夜はおごりますからね。前線ではずいぶん世話になりました。《ナポレオン》の肉はジョウンズのより少し柔らかいですよ」

「うまい食事と、いいワインと、いい女ですか」

「どうですかね」

今夜も《ナポレオン》は涼しく、ビロードの幕がどっしりと垂れ、カーペットが靴を吸った。いやらしいまでにいんぎんな給仕たちのフランス語が泡音のように聞えた。バターのとける金色の高い香りのなかをよこぎってわれわれはすみに席をとり、情事の匂いのするハイビスカスを盛った花瓶のかげにすわった。椅子や窓が織巧でわずらわしいロココ模様に蔽われていた。そこにウェイン大尉をおくと、何もかもが音たてて壊れてしまいそうだった。この温室のようなレストランでは彼は巨大すぎ、未熟すぎ、野外でありすぎた。ここは美食と好色のために鼻や肩が丸くなってしまった、手のポッテリした中年男のための部屋であった。大尉はおずおず肩をすくめて椅子をひき、体重をはばかりつつ腰をおろした。

スープ・グラティネ。シャトォブリアン。グリーン・サラダ。デザートにパイナップルのスフレ。アペリチフに私はペルノーをとり、大尉はスーパー・ドライ・マーティニをとった。ほかに私は蝸牛《かたつむり》を注文したが大尉はフランス嫌いだからきっぱりとことわった。彼はミルク入りコーヒーからバゲット・パン、フランスの匂いのするものはことごとく拒む癖がある。小屋の毎日の食事にそれらがでるたび、いちいち彼はオオ、シーッと舌うちして眉をしかめた。このフランス・パンの畜生めといってパンをちぎり、このフランス・コーヒーの畜生めといってカップをおく。フランス植民地主義さえなければ彼は汗と血のなかに沈まなくてもすんだはずだった。フランスが第二次大戦後にさっさとこの国を独立させてさえいたらいまごろ彼は赤土の穴のなかで不眠の夜をかがんですごさなくてもいいはずだった。蛙《かえる》どもは《民主主義防衛のために》とか《自由世界防衛のために》とかいってアメリカから武器をねだり、さんざんナパームで女、子供を殺し、われわれをぬきさしならずひきずりこんでおきながらいまやわれわれを罵る。まるで自分たちの手が汚れていないみたいに罵る。しかもここでは電気、水道、ゴム園の利権を貪り、人民を搾取《さくしゅ》し、政府とヴェトコンの両方に税金を納めてぬくぬくしているではないか……

アメリカは不快がりながらも自らの意志においてフランスを援助もし、またその血まみれの遺産を継承したのだったが、大尉はフランスとフランス的なるもののいっさいが憎い。《赤《コミイ》》の敢闘精神を賞揚することはあっても断じてフランスを彼は容赦しようとしない。それもまた彼の信念であり、いまや妄執《もうしゅう》ですらあった。かたくなに闇をしないように彼はかたくなに蛙を憎む。水も洩《も》らさぬ憎悪《ぞうお》を敷きつめる。サイゴンで出版されるエロ本の主人公がことごとくアメリカ人であるのはてっきり英語のできる蛙どもがおれたちを侮辱《ぶじょく》するため書きまくってるのにちがいないと彼はいったことさえある。昼寝からさめ、パンツ一枚でベッドに腰をおろし、炯々《けいけい》と眼を怒らせて彼はそういって罵ったのだった。

「あの給仕がチャーリーですよ」

「どちらのチャーリーです。アメリカン・チャーリーですか、ヴィクター・チャーリーですか?」

「あとのほうのです」

「ほんとですか?」

「そうでないといえますか?」

「彼に聞いてください」

「ビフテキにプラスチックを入れますよ」

「まったくだ」

壁のどこかでダニエル・ダリュウが年齢《とし》とも思えない声で《さいごのダンスを私に

とっといて》を唄っていた。革のように輝く声がうねり、叫び、遠ざかる。われわれは従順にアルジェリア産の赤を飲み、スープをすすり、肉を食べ、スフレをすくい、船のように重くなり、眼をうるませてタバコをくゆらした。大尉は私が小説家であることに興味を抱いたので、私は日本語には漢字とひらがなとカタカナの三種があって、小説家はその三種を縄のように編んで文章を書くのだが、主語が無数にある。英語のように《I》一つではすまないから、どの《I》を選ぶかでまず作品の雰囲気が決定される、これは他のどの国の作家にもない苦心のところだ。なかには《I》を作品中に一度も書かないですませられる手法もある。また、不可解であればあるだけ有難がられる傾向があるから、どの程度にそういうものを入れるかの計量がむつかしいのだと説明にかかった。はじめのうち大尉は東京の《ラテン・クォーター》で法外にボラれたことをこぼしていたが、つぎに日本は伝統を破壊せずに近代を導入することに成功した珍しい国で、いたるところに純粋があるといいだした。けれど私が文章作法を説明しつづけるうちに、だんだんとまなざしが朧《おぼろ》になってきた。

食後のコーヒーをすすりながら大尉が、未知のものに対するありありとした、けれどひかえめな尊敬の口調でたずねた。

「あなたは才能のある人のようだ。私は日報しか書いたことがないけれど、小説を書くのはむつかしいものなんでしょうね。日本へ帰ったらこの国を舞台に小説を書くんでしょう?」

「いや、まだきめていません。小説を書くためにきたのじゃないんです」

「われわれのことも書くんでしょうな」

「もし書くとすれば匂《にお》いですね。いろいろな物のまわりにある匂いを書きたい。匂いのなかに本質があるんですから」

「日本語が読めないのがざんねんですよ。あなたの小説を読んでみたいな。一部、献辞と署名をして送ってくださいよ。ぜひね。けれど、私の考えでは、文学は匂いよりも使命を書くべきものではないですか。もちろんあなたの自由ですけれど、私なら使命を書く。匂いは消えても使命は消えませんからね。私ならそうする」

「使命は消えませんか?」

「消えませんとも」

「使命は時間がたつと解釈が変ってしまう。だけど匂いは変りませんよ。汗の匂いは汗の匂いだし、パパイヤの匂いはパパイヤの匂いだ。あれはあまり匂いませんけどね。匂いは消えないし、変らない。そういう匂いがある。消えないような匂いを書きたいんです。使命も匂いをたてますからね」

壁にもたれ、ハイビスカスの花のかげでタバコを噛《か》みながら、私は、小説は形容詞から朽ちる、生物の死体が眼やはらわたから、もっとも美味な部分からまっさきに腐りはじめるように、と考えていた。ひょっとしたら大尉が正しいのかもしれない。使命が骨なら、それはさいごまで残り、すべてが流失してから露出される。しかし、匂いが失《う》せてからあらわれる骨とは何だろう。

しばらくして店をでると、二人で河岸へ散歩にいった。暗くて広い対岸の原野はひっそりと静まり、夜空を一台のガン・シップが赤い灯を明滅させながら西へいそいでいた。屋台では七輪にマングローヴの炭が赤く熾《おこ》って火の粉を散らしていた。茣蓙《ござ》を敷いて暗い対岸を静かに眺めている恋人たちのうしろをわれわれはそっと歩いた。大尉の塔のような体は闇にとけて顔が見えなかった。ハイウェイ・パトロールにでかけた朝の水田の闇のなかで彼の体がまるで新鮮な、切りだされたばかりの岩のように感じられたことが思いだされた。いまも彼はゆるやかに息づく大陸であった。

声がためらいつつたずねた。

「日本人はこの戦争をどう見ています？」

「わかりません」

「あなたは日本人じゃないか」

「だけど東京にいるのじゃないんですからね。新聞なら読んでいます。新聞は東京から来ますから、しじゅう読んでいます。そこにでてる意見ならいえます」

「どんな意見なんでしょう？」

「知識人のですか、ふつうの人のですか」

「道を歩いてる人の意見です」

「十人のうち七人は不公平な戦争だと見ていますね。アメリカの民主主義はフェア・プレイの精神に基づくものだと思っていたのに、この戦争はひどいアンフェア・プレイの戦争だ、だからアメリカは民主主義を裏切っているのだ。そう見ているようです」

「われわれは〝赤〟の侵略を防ぎ、東南アジアを守るために戦ってる。日本とわれわれ自身を守るためにも戦ってる。自由は健康とおなじで、失ってからはじめて貴重さがわかるんです。そしてそのときはもう手遅れなんだ。平和のときは消防夫、侵略されたら兵隊だ。そうは見ていないのですか」

「問題になってるのは不公平な戦争だという点で、イデオロギーではないんです。ヴェトコンは小さくて、貧しく、はだしだが、アメリカはとほうもなく強大で豊かだ。そして空からナパームで何も知らない女や子供を殺している。どんなイデオロギーがあってもアメリカは大国なんだから譲歩してやるべきだし、子供殺しをやめるべきだ」

「日本人はそう見てるんですか？」

「そうです」

「一〇人のうち七人も？」

「私の印象ではそうです」

闇のなかで息を吸う気配がした。

河岸から道路をわたってマジェスティック・ホテルのまえへくると、ネオンの灯を頰にうけて大尉がうなだれていた。顎《あご》をおとし、背を丸め、眼はどんよりとし、苦痛を全身にさらけだして彼は茫然《ぼうぜん》としていた。まるで下腹部へしたたかな一撃をうけた人のようであった。

沈痛に彼はつぶやいた。

「考えなければいけないな」

「……」

「たいせつなことだ」

「……」

「よく考えなくちゃ」

崩れ、沈澱《ちんでん》したまま彼は並木道をゆっくりと歩いていった。カティナ・ホテルの入口で握手して別れたが、彼の暗い眼には傷をうけてもだえているものがあった。またしてもそれは純潔であった。またしても蛙が石を投げられたのだった。灯をうけて彼は青い血を流しているように見え、いかめしい顔はねっとりした暑熱のなかであらわにゆがんでいた。握手したあと陰鬱《いんうつ》に微笑して彼は暗い廊下をゆっくりと歩いていった。その広い背を見送っているうちに、とつぜん私は力と羨望《せんぼう》をおぼえた。何事であれ私がそんなふうな苦しみかたをしなくなってから、何年になることか。苦しむことを避ける工夫に私はひたすらいそしんで、不感を鎧《よろ》い、ただ緩慢に安穏に仮死しつつあることだけをまさぐってきたのではなかっただろうか。

月　日

正月である。

町は閑散とし、人びとは暑熱に喘《あえ》ぎつつ汚れた壁のなかでまどろんでいる。またシヤツだけ新しいのを着て親類を訪ねに辻から辻へ大家族がぞろぞろとわたっていく。表通りの店は戸をおろし、夜はネオンもとぼしい。人影のない並木道は乾いた溝か盲目の寡婦《かふ》のように見える。あちらこちらの酒場でレコードが鳴りひびき、ときどき暗い穴にアメリカ兵の顔が閃《ひらめ》いては消える。子供が線香を持ってかけまわり、木の幹に花火をつき刺しては火をつけて逃げる。うつろな町にM―16ライフルにそっくりの炸《さく》裂音《れつおん》がこだまし、思わず私はとびあがってしまう。

午後、連合通信の森記者の下宿へいってコイコイをして遊んだ。東京から来た罐詰《かんづめ》の餅《もち》と罐詰のゼンザイを持っていくと、森は罐詰の日本酒と、罐詰の福神漬と、罐詰のミツマメをだしてくれた。そこへ他社の記者が何人も罐詰のタクアンや罐詰の蒲焼《かばやき》や罐詰の豆腐などを手土産にして遊びにきたので、たちまち部屋が罐だらけになってしまった。タイル張りの床《ゆか》にあぐらをかき、ベッドにもたれてコイコイをしていると、川末がぼんやりした顔であらわれた。彼は勝負に入ろうとせず、ミツマメを肴《さかな》に酒を飲みだした。

「川ちゃん、元気ないね」

「どうした」

誰かが声をかけると、川末はようやく顔を上げ、昨夜、舐《な》め屋へいってひどい目に遭ったのだといいだした。助手のヴェトナム人に誘われるままついていくと、一軒の家につれこまれ、真紅のカーテンをつるした部屋に案内された。部屋のまんなかには革張りのベッドがあり、一人の混血女《メティス》があらわれて手術をはじめた。女は微笑して川末をベッドに寝かせるとオムツを替えるような手つきでシャツやズボンをとって裸にしてしまい、舌をそよがせて全身を舐めはじめた。額からはじめて鼻、顎、咽喉《のど》とおりていき、膚《はだ》のすみずみ、穴という穴を微細、かつ徹底的に女は舐めた。薬も酒も蒸気もなく、ただ舌だけで女は川末を蘇生《そせい》させた。女の舌はたえまなくそよぎ、ふるえ、まるで氷の焔《ほのお》にあぶられるようであった。川末は感動して、全身が寒くなり、眼鏡がくもってしまった。女は臍《へそ》を掘り、茂みを踏査し、ふるえるファラスをおさえて上ったり下りたりしてから蟻《あり》の門渡《とわた》りへ迷いこみ、肛門《こうもん》に達すると、あッというまに穴をこじあけてしまった。川末は愕《おどろ》いたけれど、つぎの瞬間、頭蓋《ずがい》の中心を恍惚《こうこつ》につらぬかれた。そこに集まった襞《ひだ》の群れは新生児の膚のようだったから女の舌にくすぐられると歓呼の声をあげてざわめきたち、川末はいいようのない親和と眩惑《げんわく》におそわれて、溶解してしまった。しばらくして、おぼえのある、熱い、少しいがらっぽいような匂いが迫ってきたので、川末が眼をあけると、くもった眼鏡の向うで女が微笑しつつくちびるをさしだしていた。

森がひくくたずねた。

「それで、あんた、キスしたの？」

川末がうなずいた。

「したよ」

水野が花札をたたきつけた。

「よォ、川ちゃん、川ちゃん。そのミツマメ、おまえにやるよ。まわさなくたっていいよ。一人でやってくれ。もうちょっとはなれて。おねがい」

川末が暗鬱に薄笑いした。

「はなれてやらないよ」

私が酒の罐をおいてたずねた。

「どんな味がした？」

川末は小さな眼を光らせた。

「うン。甘いような、にたにたしたようなところがあった。舐めてみると、ちょっと舌さきにモロモロがのこるみたいで……」

少し考えこんでから、真摯《しんし》に、

「嚙むと、ネットリしていてね。とてもこなれがいい。びっくりするくらいだよ。超微粒子ですタイ。わしゃ昨夜《ゆうべ》、皮膚の面積が百倍になったかと思うた。全身ゾウーッと粟肌《あわはだ》がたって、気を失いそうになった。この年になってまだそんな部分が残ってるとは知らなんだとです。ありゃあ、よかもんですなあ」

彼は昂然《こうぜん》と顔をあげ、わざとぴちゃぴちゃ音をさせてミツマメをすすり、酒を飲んだ。われわれは彼が顔をひたひたよせて手の札をのぞきにかかろうとするのを肘《ひじ》でさえぎりながらコイコイをつづけた。

二時に大松がやってきた。彼は蒼白《そうはく》な顔をして部屋にあらわれると、つかつかとよこぎって庭へでた。そしていきなりすっ裸になると、シャツやズボンを草に並べ、ハンカチ、財布、紙幣なども一枚一枚皺《しわ》をのばしてそのよこに並べた。並べおわると彼は部屋へもどろうとせず、両手をだらりとさせてしゃがみこみ、うなだれていた。レ・ヴァン・デュエットの公園へ正月の参拝客を見物にでかけると、もうもうと線香のくすぶるなかにハンセン氏病の乞食がひしめいていた。いまさら珍しがったり、おびえたりする光景でもなかったが、乞食たちは一人一人の体が識別できないまでに溶《と》けあい、からみあい、もとは鼻や口であった穴をジュクジュク膿《う》ませ、まるで土の腫《は》れ物《もの》のようにうずくまって、いっせいに甘い匂いをたてつつ、物乞いやなむあみだぶつの声をたてていた。その崩壊した肉のぬかるみと膚を接して娘や子供たちは平気でタンメンを食べ、春雨を食べ、しゃがんだり笑ったりしていた。大松はそれを見て感嘆もし、絶望もした。《癩者《らいしゃ》へのくちづけ》ということばを思いだしつつ彼は道を歩き、膿汁の匂いにムカムカとなりながらも、病んだ人に厭悪《えんお》をおぼえる自分をかつはやましく、かつはいたわっていた。

しかし、ふとふりかえると、たったいま自分が乗ってきたシクロに、首へ罐をぶらさげた一人の乞食が乗ろうとし、車夫が介添えしてやっていた。乞食は濡《ぬ》れしょびれていて、すでに手首や足首が形を失い、まるで亀のように道を這《は》っていた。大松は垢《あか》と汗でじっとりしたシクロの手すりや座布団の感触を思いだし、油のように沁《し》みだして日光に輝く乞食の膿汁を眺め、息がつまってしまった。癩は薬で治せる。癩は伝染しない。その二つだけを彼は頭のなかでくりかえしくりかえし道を走ったが、われわれのところへくるまでには、二つは消えて、菌は直射日光で死ぬという一つだけがあった。彼は道も壁も、紙幣もテーブルも、スプーンも皿も、木も川も、これまでに接触してきたいっさいの物が菌に蔽《おお》われてゆるやかに疼痛《とうつう》なく崩れつつあり、空いっぱいに膿がたたえられてチャプチャプとゆれているのだと感じた。すでに彼も肉がゆるみ、筋をとかされ、関節がきしみ、膚に斑や結節が浮びつつあるようであった。孤独が靴のなかからふくらはぎをつたって這いのぼり、腹をおそい、胸をおそい、運河へ沈みつつあるような感触が全身にひろがった。

水野が手の花札をばらまいた。

「やめれ。やめれ。てめえの雲古を舐めたやつのつぎに濡れ癩ときやがる。世話ねぇや。とんでもねえ正月だ。おちおち遊んでもいられねぇ。このやろう」

森が花札をおいて、つぶやいた。

「東京へ帰ったらいい薬があるよ」

川末が蒼《あお》くなってひとりごとをいった。

「大丈夫、大丈夫、心配ないさ」

私は花札を投げてたちあがった。

「ちょっと手を洗ってくる」

大松は眼をギラギラ光らせ、八五キロの山塊のような肩ごしにこちらをふりかえり、片手でわれわれから見えないように睾丸《こうがん》をすくいとってかくしながら、

「とけるねんデ。とろとろになるねんデ。道を亀みたいに這うていくんや。おれ、もう、イヤになってしもた。東京へ帰りたい。クメール帝国も癩で滅びたんや。やせまんせんでもええ。みんなお紙幣《さつ》、日光消毒したらどうや。バイ菌でネトネトやぞ。恐《こわ》ないのンか。恐ないねンやったらそれでもええけどな。あとで泣きなや」

大松はうなだれてくどくどとそういい、草のうえに手をさしだして、上にしたり下にしたりした。音のない、とらえどころのない溶解の感触が私の体の芯《しん》から沁みだして、じわじわと全身にひろがっていった。私は大松のよこへいって草に財布をおき、紙幣を一枚、一枚、皺をのばして並べた。水野も森も川末もはにかみながらうずくまって、めいめいの紙幣を日光のなかに並べた。どの紙幣も皺くちゃで、汗にまみれ、ネトネトになっていた。或る大群がその皺の谷から追いだされ、焼かれ、敗走し、消えていく光景を私は眼で見たくてならなかったが、ただ底深い冷たさが体内に、指から砂が洩《も》るようにひろがるばかりなのをどうしようもなかった。

水野は腹立たしげに嘲《あざけ》って、

「もう遅すぎらあね」

といった。

四時に私はコイコイをやめて市場裏の小さな新聞社へいった。新聞社といっても東京の下町の名刺やビラを印刷する町工場ぐらいしかない。正月は休みだが、一人の男が私を待っていて、ドアの鍵《かぎ》ははずしてあった。チャンが連絡をつけてくれたのである。男は小説家で、二、三の新聞に匿名《とくめい》で連載小説を書き、住所はわからない。原稿はいつも浮浪児が駄賃をもらって新聞社へとどけにあらわれ、稿料をうけとってどこかへ消える。浮浪児は毎回、顔が変り、ただ通りすがりのおじさんにたのまれたといって原稿をとどけにくる。

チャンは短く、

「わるくない作家ですよ」

とだけいう。

野菜屑《くず》や魚のはらわたやパパイヤの皮などが散らばった露地を歩いて番地をさがしていると、どこかそのあたりの黄いろい漆喰壁に穴があり、酒場が開いているのだろうか、女の歌声が流れてくる。私が小学生だった頃に流行《はや》った歌である。それがここではいまだに歌われている。

わたしゃ十六　満州娘
春よ　三月　雪どけに
迎春花《インチュンホア》が　咲いたなら

……………………　……

……………………………………

歌が消えるまで私はタバコをくゆらしながら何となくあたりを歩きまわり、消えてからまた番地をさがしにかかった。溝《みぞ》のすりきれたレコードのなかで女の声はへんに甲ン高く、きれぎれで、喘いでいたが、懐《なつ》かしさが湯のようにわきあがってきた。癩の冷たい恐怖が後頭部のあたりへしりぞき、よほど弱まった。とつぜん私は父がデパートへつれていってくれたことを思いだした。めずらしく父は自転車を買ってやろうといいだしてつれていってくれたのだったが、デパートへいってみると、自転車があまりに壮麗に輝いているため、私は『宝島』でいいといった。それも硬い箱に入って壮麗ではあった。私は一晩で読んでしまい、翌日になって自転車のほうがよかったと思った。父と母は食卓の向うから私を眺め、だまされやすいといって笑った。自転車があまりに壮麗で高価だったので私は父が私のために無理をしようとしているのだと思って本を選んだのだった。だまされたのは父で、私ではないはずだったので、私は笑われて、苦しい気がしたが、黙っていた。それはまだ小学校で旗日には紅白の饅頭《まんじゅう》をくれる頃で、あの歌はいつでも町に流れていた……

汚れたガラス戸をおして入ると、紙屑だらけの薄暗い部屋のなかで一人の壮年の男が新聞を読んでいた。

「あいにくと三十分しかなくて」

男は私を見てたちあがり、ゆっくりとした英語で詫《わ》びた。ヴェトナム人にしては珍しく背が高く、筋骨たくましい男で、牡牛《おうし》のように首や肩が厚かった。

彼は私をバネのとびだしたソファにすわらせると、口の欠けた土瓶から冷《さ》めた茶をついでくれた。私は彼にタバコをすすめた。男は茶をすすりながらひっそりした口調で問わず語りに話しはじめた。若い頃、彼はパリに留学し、マルセル・プルーストに熱中し、作家になりたいと思いきめるが、帰国してからはロシア文学、ことにチェーホフとゴーリキーにひかれるようになる。いつからともなくプルーストからはなれた。第一次インドシナ戦争がはじまると彼はペンを捨て、ヴェトミンの戦列に加わり、デルタの或る地区でゲリラの隊長となってフランス遠征軍やバオダイ軍を向うにまわしてたたかった。いまは当時の体験に基づいて名声ある将校や将軍ではなく、果敢にたたかって死んでいった無名兵士たちのことを連載小説として新聞に書いている。政府はヴェトミンとヴェトコンをいっしょにして検閲、抑圧するから、擬装になみなみならぬ苦心がいる。

男は茶をすすりつつたずねた。

「グレアム・グリーンの『おとなしいアメリカ人』を読みましたか？」

「読みましたよ」

「どう思います?」

「いい。シニカルだがいい作品ですよ」

「映画はだめでしたね」

「ひどいもんです」

「あの小説の材料はね、私が提供したんですよ。小説になったのを読んでみたら、グリーンはわが国のことを何も理解しなかったと思いましたよ。あれはヨーロッパ人の読者を喜ばせるための小説だ。そう思って、私は不満だった。あれに阿片《アヘン》を吸う若い娘がでてきますが、これも知っています。いまはパリにいるらしい」

男は懐かしそうに顔をあげ、眼を細めた。それまで鋭かった眼がやわらぎ、何か淡い波のようなものがゆれた。彼は話をつづけた。グリーンはマジェスティック・ホテルに泊り、阿片窟《くつ》に出入りしたり、戦場にでかけたりするが、デルタの村に連絡がきたので男はサブ・マシン・ガンをおいてサイゴンに潜入し、グリーンと会う。フランス軍の敗色が濃くなり、アメリカが〝経済使節団〟、〝医療奉仕団〟の形式で介入しはじめていた頃であった。男はたずねられるままヴェトナムのことをいろいろとグリーンに話して聞かせる。或る日、グリーンが、アメリカ人のことをどう思うかとたずねるので、その頃流行りだしていた小話を紹介してやる。

ミシガン州立大学でヴェトナム史とヴェトナム語を勉強した青年が《自由防衛》の理想に燃えてサイゴンへやってくる。着くとすぐに彼はシクロをつかまえ、流暢《りゅうちょう》なヴェトナム語で、マジェスティックへいけと命ずる。シクロにゆられながら青年は運ちゃんにいう。ぼくはミシガン大学でヴェトナム語を勉強したんだよ。ヴェトナムのことは何でも知っているし、ヴェトナム語はペラペラだ。君たちはよく人をダマすそうだけれど、ぼくはダマせないよ。まっすぐマジェスティックへいきたまえ。運ちゃんはすっかり恐縮してしまい、旦那のヴェトナム語は大したもんだ、これじゃダマそうたってダマせるもんじゃありませんや、という。三〇分ほどかかって青年はホテルにつき、一〇〇ピアストル払う。払いながら彼は、どうだい、わかっただろう。ぼくだけはダマせないんだよ。何しろミシガン大学なんだから、という。翌日、彼は散歩にでて、昨日シクロを拾ったところまでいってみたら、たった七分でいけた。ためしにそのあたりにいたシクロの運ちゃんにマジェスティックまでいくらと聞いてみたら、運ちゃんはとびあがって手をうち、

「旦那、五ピーでいきやしょう！」

と叫んだという。

男が微笑して聞いた。

「よくできた話でしょう？」

私は黙ってうなずく。いまから一〇年も以前に、まだアメリカ人がちらほらとしかいない頃に、もうそんな批評をここの人たちがいいかわしていたのだとすると、鋭い国民である。ウェイン大尉の苦い顔、マーク・トウェインの笑う顔が見えそうである。

「いまでもそうですか？」

「何が？」

「ここにいるアメリカ人です」

「昔ほどじゃない。彼らはよく勉強もし、努力もしている。これはたしかですよ。けれどいくら勉強しても彼らは若すぎる。わが国や日本みたいな古い国の人間を理解するには彼らは若すぎるんです」

「国がいくら古くても一国民が他国民を理解できるとは思えませんね。古い、新しいの問題じゃないような気がしますよ。他国民どころか、私は日本人ですけれど、まったく日本人が理解できない」

「それは問題がべつですよ」

とつぜん男は私の腕時計を覗《のぞ》きこんで、顔をあげ、もういかなければならないとつぶやいた。男の眼はふたたび鋭くなり、頑健な体から優雅さが消えて、敏捷《びんしょう》と危険の匂《にお》いがたった。

「またお会いできますか?」

「いつかね」

「どうすればいいのです?」

「こちらから連絡しましょう。私をさがそうとしないでください。私のほうで日を選ぶことにします。待っていてください」

口調は謙虚で慎重だが、男の眼と額に激しい、容赦ない力が閃《ひらめ》いて消えた。たくましい体軀《たいく》をソファから軽く起し、男は握手を求めた。私の掌を粉末にしてしまうかと思うほどの握力がそのなにげない接触にあった。ひとこともふれなかったが、ひょっとすると、いままでもこの人物は、デルタの村と……

ショロンで電気屋が一軒、店をあけていたので、電球を一個買った。果物や臘腸《ラプチョン》なども買いこんで市をはしからはしまでよこぎり、ジャディンの素娥《トーガ》の車庫へいった。明るい電球がつくと、車庫はいよいよ荒涼と見えた。しかし、素娥は叫び、拍手し、噴水のように笑ってベッドをころげまわり、何度も何度も天井を見あげて茫然《ぼうぜん》としていた。

「うれしい?」

「うれしい、うれしい、うれしいわ!」

「はじめてか?」

「はじめてよ。はじめてだわ。私のお部屋に電燈がつくなんて。伯母も兄もランプだわ。こんな明るいの、見たことない。まるでジャロン宮殿よ」

しばらくして体を洗おうとベッドから起きると、さながら温室のようにパイナップルの芳烈な香りがたちこめていた。すみっこにころがしておいただけなのにその熟《う》れきった果実は香水瓶の栓をとったように車庫いっぱいに呼吸しているのだった。

月　日

午後、チャンを見舞いにいった。

パパイヤは食後の消化の薬になるといわれているので、とちゅうで市場に寄った。昨日の夕方、素娥といっしょにいったときはパパイヤのほかにクロロマイセチンも持っていった。チャンは傷口が膿《う》み、悪寒《おかん》と熱がある。キャフェにもホテルにも私の下宿にもあらわれない。ずっと下宿にこもったきりである。何度か医者に診てもらうようすすめ、昨日もそういったのだが、彼は首まで毛布をかぶってふるえ、クロマイの用法を教えてほしいといった。素娥がタオルをしぼって額にのせてやると、彼はされるままになって天井を眺めていた。

下宿はミト街道への出口の近くにある。ドブ水のあふれた、豚が泥のなかをころげまわっている、苔《こけ》の群生地のような貧民窟である。古ぼけたミシンを一台おいた仕立屋があって、その二階である。腐った、暗い階段をのぼっていくと、踊り場によれよれのカーテンがぶらさげてある。部屋というよりはゴミ箱である。ベッドがわりの床几に辞書、新聞、本などを散らかし、チャンはパンツ一枚で小さくなってうつらうつらしていた。私が入っていくと、彼はものうげに熱でうるんだ眼をあげた。

「どう?」

「ありがとう。ちょっとましです」

「熱があるようだね」

「でも、寒いのはひきましたよ」

「それはよかった」

パパイヤをポケット・ナイフで切ってやると、チャンは右手をかばいつつ体を起し、まずそうに橙紅色の果肉を食べた。舌に黄緑の苔がベットリとついていた。右手の包帯が雑巾のようによごれ、薬と血膿のいやな匂いがゆれている。

先日、彼は徴兵令状をうけとったのである。見せてもらったところでは日本の葉書の半分くらいの紙である。黄褐色をしていたかと思う。入営の日と兵営が指定してあって、あと十日ほどである。彼は令状を持ってホテルへやってくると、静かに山田氏に見せた。予期はしていたもののふいをうたれて山田氏は狼狽《ろうばい》した。彼は助手としては優秀だったから、彼を失うことは耳と足を失うことだった。山田氏は翌日からあちらこちらと出歩き、しきりに人と会ったり、密談したりした。ヴィザからバズーカ砲まで金で買えない物は何もないという折紙つきの土地柄である。ショロンに出没する忌避者や脱走兵たちは身分証明書の裏に紙幣を一枚ひそませておいて警官に訊問《じんもん》されるとトカゲが尻尾《しっぽ》を切って逃げるみたいにそれだけをつかませて遁走《とんそう》するという噂《うわさ》がもっぱらである。

大学生は三年間、兵役を免除される。外国へ留学することもできる。将軍、高官、商人たちの子弟はパリへ逃げる。あまりその数が多いのでエール・フランスは《エア・コンディションをしたノアの方舟《はこぶね》》と異名がついたくらいである。チャンにはどの条件もなかった。政府が強硬方針の声明をだした直後でもあった。指なし、びっこ、肺病、にせ気違い、強盗、自殺未遂、同性愛、誰彼なしにさらいとって前線へ送る、というのである。役人や医者や徴兵官で買収されるものがいたら、それも前線へ送る、というのである。それでもどこかに穴があるはずなので山田氏は汗にまみれて歩きまわったが、見つけることができなかった。日本大使館をうごかして政府筋に特免措置を懇請してみようと考えた日もあったが、大使館では当然のことながら、ほのめかしただけで一蹴《いっしゅう》されてしまった。チャンは屋根裏にもかくれず、水田にも潜らなかった。自殺もせず、鶏姦《けいかん》もしなかった。彼は包丁を借りてくると、さっさと指を二本切りおとしてしまった。

昨日の夕方、彼は素娥にされるままになりながら話をしてくれた。毛布を顎《あご》までかぶり、ときどき悪寒をこらえて体をふるわせながら彼が話すのを見ていると、壁や窓からしみだす暑熱の波にのって菌が二個の穴から侵入し、彼の体のなかでぴりぴりと肩をゆするのが眼に見えるようであった。声をおさえおさえ、彼は低くつぶやいた。政府は腐りきっている。国軍も腐りきっている。将校は屍《しかばね》を食って太っている。兵が戦死すると政府から慰霊金が遺族に贈られることになっている。階級によって金額はまちまちである。兵は生れてきたことがまちがいだったと思っている。死ねばもっといいことがあると信じている兵もいる。兵はその金で父親の借金を払ってやろうと思う。来年の種籾《たねもみ》を買ってやろうと思うものもいる。わが国は儒教と仏教の国だ。ところが兵が死ぬと、隊長はやれ棺桶《かんおけ》代だ、やれバクチの借金だなどと嘘《うそ》をついて天引きしてしまい、金は隊長のポケットに入る。隊長のなかには生きてる兵の数を水増しして報告するのがいるが、死んだ兵の数まで水増しして報告するのが、ざらにいる。その分の金は隊長のものになる。いったい兵は父親のために何度死んでやればいいのか。何度死んだら豚を一匹、父親に買ってやれるのか。

「……少佐から上の連中はみんなプーロ・コンドールに送りこむか、南支那海に沈めてやるかです。やつらはフランス遠征軍の手先だった。《赤》《コミイ》をやっつけるためだなどと大演説したり、食うためにはやむを得なかったなどというけれど、誰の靴だって平気で磨く連中ですよ」

だんだん激しくなってきてチャンは毛布から顔をあげた。口調は憎しみにみちて、顔がゆがんでいた。彼がそんなあらわな顔をすることがあろうとは思いもかけぬことだった。話しおわると彼はブルッと肩をふるわせて毛布にもぐりこんだ。素娥が何かつぶやきながらかけより、ランプに灯をともすとテーブルのはしにおいてから、暗いすみへいってしゃがみこんだ。

しばらくして彼は毛布から眼だけだして、じッと私を眺めた。ランプの灯で彼の眼のしたにナイフでえぐったような凹みのあるのが見えた。

「ぼくは腹《ガット》がないんだ」

彼はよわよわしくつぶやいた。

「誰も殺したくないんだ、ぼく」

その声の稚さが私をうった。天井がとつぜん低くなり、壁が迫ってきたように感じられた。つぶやきは柔らかい触手を生やして私の内部に入り、ひそひそと歩きまわった。

「どうして指を切ったんだね、チャン」

私はタバコに火をつけた。

「指を切っても前線に送られるし、切らなくても送られる。引金がひけてもひけなくても兵隊は兵隊だ。おなじことじゃないか」

「ちがいますね」

何かが変った。闇のなかでチャンはいらいらしたような声をだした。眼は熱でうるみながらも、きびしく、うつろになり、彼は顔のうしろにとじこもってしまった。絵の中景を見るいつものまなざしで彼は私を見た。

「捕虜になると政治委員に訊問されるんですよ。インテリとわかると責任を問われるんです。ただの兵隊とはちがうはずです。ぼくは人を殺す意志がなかったことを証明しなくちゃいけないんだ」

「そんなにきびしいのか？」

「ええ」

「はじめて聞く話だ」

「ぼくはそう思ってる」

「考えすぎじゃないの？」

「ぼくが彼らならそうします」

私は拒まれるのを感じた。いつものチャンがそこに寝ていた。ただ洗練されたいんぎんさがなく、荒涼としたよそよそしさがあった。そして何かしら執拗《しつよう》で陰険であった。確信の感触だ。確信を抱く人はいつもその匂いをたてつつ接近してくる。

チャンは用心深い。これまで一度も感情を洩《も》らしたことがない。情報はいくらでも見せるがけっして彼は自分を見せたことがない。コーヒーや酒に誘って一時間、二時間話しあっても、そのあとでは結局、情報の解説しか聞かされなかったと気がつくのである。それでいて冷たさやよそよそしさは感じられない。匂いをたてないことについて彼はじつに注意深くて、匂いがないという匂いもたてないのである。指紋や埃《ほこり》を一つものこさないで部屋に出入りする技を心得ているのではないかとさえ感じさせられることがある。越漢辞典編集という時代離れした仕事にふけっている老学者を郊外の藁《わら》小屋に訪ねたときに私は《トーガ》が《素娥》だと教えられた。老学者は《素》をさして白い絹糸だといい、《娥》をさして蝶の精だといった。それで私はトーガの意味を知ったのだった。けれどチャンは、ただ《チャン》と呼んでくれというだけである。本名を私は知りたいだけで、それを知ったところで何事もあるまいと思うのだが、なぜかしらチャンは打明けることを避ける。彼が全心をひらいてのびのびするのはモーター付き自転車の中古ヴェロを走らせるときだけである。レ・ロイ大路を走る彼を見かけてよく私はたちどまったものだった。髪を風になびかせ、しなやかに大胆に体をひねって得意がっている彼はまるで形相が変って、疾走する名器といいたい顔であった。

「不幸な国だな、チャン」

「不幸な国、不幸な国」

毛布のなかで彼は辛辣《しんらつ》にせせら笑った。鞭《むち》を鳴らすのを待ちあぐねていたかのようであった。鋭い声のなかには愉しげな調子さえあった。

「でもね。記者には天国ですよ」

「……」

「西じゃ不幸だといって涙を流すし、東じゃ勇敢だといって拍手する。こちらでほんとのことはあちらじゃ嘘で、あちらでほんとのことはこちらじゃ嘘だ。モンテーニュのいうとおりだな。でも、どちらの記者にとってもここは天国なんだ。あんたも楽しそうだ」

「そのとおりだよ」

「そうですよ」

「君のいうとおりさ。おれは楽しんでる。一言もないな。東京やパリの人間もそうだろう。戦争を非難しないやつはいないだろうが、新聞に残酷な写真がでていないと物足りなくてしようがないのじゃないか。この戦争が早く片付いたらみんなガッカリするだろうな。そう思うときがあるよ」

「セ・ラ・ゲールか」

「そうとも」

チャンは体を起しかけてやめた。彼はさびしそうに天井を眺めた。何かが音なく崩れ、辛辣は消えた。ふたたび彼の顔に稚い孤独があらわれた。彼は力なくくちびるを嚙《か》み、頭を枕《まくら》におとした。

素娥がすばやくたちあがった。

「じっとしてるの」

「……」

「病気なんだから」

「……」

彼女はタオルを洗面器でしぼったり、毛布をかけて優しくたたいてやったりした。チャンは眼を閉じてふるえ、口のなかで何かつぶやきながら、されるままになっていた。素娥はとつぜん一〇歳熟したようであった。夜ふけの車庫で指角力《ゆびずもう》にふける娘のおもかげはどこにもなく、私は眼を瞠《みは》った。

今日、パパイヤを食べながら、あらためてチャンと話しあった。彼は壁にもたれ、ちびちびタバコをふかしながら、静かな口調で話をした。それで、彼が政府を憎むのに劣らぬくらい反政府者におびえているとわかった。恐怖、それに不信である。不信は石灰質の殻となって彼をくるんでいた。それは体の内奥《ないおう》からじりじりと沁《し》みだし、ひろがって、皮膚を蔽《おお》い、いまとなっては体を砕かずに殻を砕くことはできるまいと思えるほどのものになっていた。彼の意見は私にとっては新しくなかった。仏僧や学者や新聞記者などからこれまでに何度となく聞かされたものである。しかし血膿《ちうみ》や酸《す》っぱい汗の匂《にお》いがチャンの声にいまはじめて耳にするような鮮明さと特異なものをあたえていた。

彼はいうのである。いまコミュニストは深く身をかくしている。一人でも多くの協力者を得るために彼らはいいたいこともいわずに譲歩し、妥協することに夢中である。彼らはコミュニズムを主張もせず、説教もせず、おおらかで《マグナニマス》、誰でも歓迎する。反米でありさえすればいい。反米なら犬でも歓迎する。

「《ドク・ラップ》って知ってますね？」

「独立だ。魔法の言葉だ」

「もしここに一匹の犬がいるとしますね。それがバウ、バウといわないでドク・ラップといってアメリカ兵に吠えついたとしますね。すると彼らは夜になって握手にでかけ、犬の頭を撫《な》でてやりますよ。けれど目的を果すと、彼らは犬に鎖をつけて小屋につなぐんです。つまり革命のあとです。そして犬が吠えたら殺しちゃう。鎖でつないだまま棍棒《こんぼう》で殴り殺しちゃう。ただ吠えたというだけで殺すし、そっぽ向いているというだけで殺しちゃう」

チャンは自由なほうの左手をゆっくりとあげ、ふいに激しくふりおろしてみせた。そしてまたタバコをとりあげると、静かにくゆらした。憎むでもなく、さげすむでもなく、眼には影を見せないまでに深く不信が沈んでいた。

「裏切られる、というのだね？」

「彼らは平気で人を蒸発させさせますよ。利用できるものは何でも利用しろ。役にたたなくなったらさっさと捨ててしまえ。マルキシズムを受入れられないインテリは糞《くそ》の役にもたたないと毛沢東はいってますよ。蔣介石《しょうかいせき》とたたかってるときにそんなことをいいましたか？」

「進化論なんだ。彼らは進化を信じてるんだ。或る段階から或る段階へ進化するんだ。だから裏切りだとは感じない。適応できなかった動物は滅びちゃうというのだな。だからそれを抹殺《まっさつ》したって裏切りにはならんのだ」

「言葉の問題ですよ。裏切りだろうと進化だろうと、要するに言葉の問題ですよ。吠える犬やそっぽ向く犬はマラリアの山へ追放しちゃうんだ。山か、それとも沼地です。彼らはいつも〝現段階では〟といいますね。一つの現段階の戦友はつぎの現段階で敵か……糞になっちまう。ならないのもある。けれど敵か糞かになると、消してしまう。それがまちがいだったとわかると新聞で謝ります。けれどそのあとにきっと、党は矛盾を克服して現段階の諸問題と誠実に、すぐれて精力的に取組んでるっていうんです。誠実に殺し、誠実に謝るんです。人民はどうしたらいいんです？」

「民族解放戦線のなかには民主党も急進社会党も入っている。カトリックの司祭もいるし、山岳民族の指導者もいるし、仏僧も入っている。こういうノン・コミュニストたちは君のいうとおりだとショウウィンドーの花だということになる。そんなに彼らは弱いのか？」

「おっしゃるとおりですよ。けれど、ぼくは、あの人たちはあの人たちなりに誠実なんだと思いますよ。めいめいアメリカを追放して自分たちの理想を遂げたいんです。けれどね、わが国の政治組織で深くて広く、ほんとに固く統一されてるのはコミュニストだけなんです。人民革命党です。政府側の国民党や大越党はチリヂリばらばらでお話にならない。一人が一つの党を作ってることだってあるんです。フランスの影響ですよ。個人主義と《分割して支配せよ》の影響ですね。戦線《フロント》のなかの民主党や急進社会党にしたって、党員が何人いてどんな組織になってるのか、誰も知らないじゃありませんか。彼らは少数民族ですよ。象徴なんだ。民主・民族統一戦線の象徴なんだ。政党の綱領とおなじようにいつでも書き替えられるんです」

「民族革命のあとで抹殺されるのか」

「殺されるか、遠ざけられるか、それとも人形としてうごくかですよ。一人また一人、一派また一派と消えていくと思いますよ」

床几にあぐらをかき、壁にもたれ、汗と熱で苦しげな息をつきながらチャンは淡々と話した。昨夜のような辛辣《しんらつ》さも稚さもなく、彼はゆっくりとした口調で冷たい深さのうちに糸をまさぐった。今日は彼は自身に憑《つ》かれていないように見える。

いつか断食闘争をしている高僧を訪ねて、おなじことをもっと簡潔に私は聞かされたことがある。僧は寺のコンクリートの床にマットレスを敷いて寝ていた。寒冷紗《かんれいしゃ》の白い蚊帳《かや》のなかに彼はよこたわってうつらうつらしていた。断食はもう五日めになり、ジュースしか飲まない彼は一本の古縄のようになっていた。肩も腰も渋紙のように薄弱で、皺《しわ》ばんでいた。私が僧の枕もとにうずくまり、合掌しつつ蚊帳の外からたずねる英語を、眼鏡をかけた若い僧が訳して高僧につたえ、高僧はひからびて小さくなった、毛をむしられたツグミのような頭をかすかに右へふったり左へふったりして、かぼそい声で答えるのだった。つるつるに剃《そ》った頭に一束だけ長い髪をのこした小坊主が椰子《やし》の葉の団扇《うちわ》をゆるやかにうごかしてわれわれに微風を送ってくれた。高僧は眼をつむったまま、政府が倒れるまで断食をつづける覚悟だといった。不退転の決意が彼の肩や首にクッキリとあらわれていた。しかし私が戦線《フロント》との関係をたずね、提携、抵抗、中立のいずれでしょうかと問いただすと、僧はしばらく黙っていてから、短く何かつぶやいた。そして藁のような手をあげ、一度掌をひらいて見せ、ついでギュッとにぎって見せ、パタリとおとした。

通訳の僧がささやいた。

「彼らがイニシャティヴをとるまでは友人だ。それからはわれわれは奴隷《どれい》となる。尊師《ヴェネラブル》はそうおっしゃっておられます」

僧は瞑目《めいもく》してよこたわり、ふたたび口を開こうとしなかった。小坊主がにじりよって彼の額をタオルで恐る恐るぬぐった。僧の落ちくぼんだ眼窩《がんか》の底に閉じた眼は小さな褐色の貝殻のように見える。いたましい晦冥《かいめい》を私はおぼえた。政府に対しては断食、焼身までして対決しようとするのに戦線に対してはただ冷暗の瞑目があるばかりだった。たちあがったばかりの巨人が膝《ひざ》を屈して傾くのをまざまざと見るような気がした。螺旋《らせん》状に上昇することだけをめざして行進してくるものを迎えると輪廻《りんね》の、輪の、広大な円の回転だけを眺める人は、一点で接し、切りあい、まじわるだけで、つぎの瞬間には離れてしまうしかないのであろうか。螺旋と円がたがいにたがいを内包しあうことはあり得ないのだろうか。僧にはそれがガラスにひかれた傷痕《きずあと》のようにクッキリと眼に見えているのだろうか。

くらめくような戸外へでていくと、そこは白熱の日光がみなぎり、貧しい男や女たちがおしあいへしあい、いっせいに汗とキンマの匂いをたて、なむあみだぶつ、なむあみだぶつと唱和していた。

チャンがつぶやく。

「しじゅうドアをあけたてしていたら蝶番《ちょうつがい》は錆《さ》びないんです。戦争になったら相手が誰であろうとかまうことなく握手しなくちゃいけない。だけど、すんじまうと、ドアが閉まっちゃう。閉めきった部屋のなかへ人をつめこんで手榴弾《しゅりゅうだん》を投げこむんです。そういうことが起るんです」

「百の花の運動のことか？」

「それだけじゃない。何もかもそうですよ。そうじゃありませんか。インテリだけが不幸になるんじゃない。以前はぼくは革命は貧しい農民のためにやることだと思っていたけれど、農民もやっぱり不幸になるんです」

チャンは左手で《バストス》の赤い袋から一本ぬきだして口にくわえると、吐息まじりに長ながと煙を吐きだし、眉《まゆ》をしかめた。熱にうるんだ眼のなかで彼がどんな言葉を私のためにさがしているのか、わかるような気がする。

ホー・チ・ミンは革命家として味わった言語に絶する経験を悠々としてユーモラスな詩に書く。簡潔でたくみな稚雅の笑いをたたえたそれらの詩は読んでいて心和《なご》まずにはいられない。もし政治家の書く詩の味わいが彼の率いる社会そのものの味となるのだったら。ふと町角を歩いていてそう思うことがある。八年の惨苦をきわめた対仏抵抗戦のあとで食うや食わずの貧農をふくめた夥《おびただ》しい数の人間が洪水となって南へ移動し、彼の指のなかから去ってしまったと知ったとき、彼は号泣してカトリックの一司祭に、

「私の過《あやま》ちでした」

といった。

それは一〇年たってもいまだにサイゴンの知識人のあいだで語られている挿話《そうわ》である。コミュニズムを憎む人のあいだですらホーのこの挿話は愛されているようである。彼の幕僚や部下たちが夢中になって《アメ帝と結託した反動司祭どもの煽動《せんどう》》と罵《ののし》り、そのためかえって敵の実力を認める結果となってしまったことにくらべると、何か事件があるたびにすかさず裏の裏を読みこんだ、卓抜な警句や挿話を製造する癖のある、ここの人の幻想だとしても、それは彼の広大な性格と力のまぎれもない一面を語っているように私には思える。もしそれが創作であるなら、人びとが彼をそのように率直な人物なのだと眺めたがっている心情をこそ察すべきものと思える。

しかし、五六年に発生した二つの事件には詩もなければ涙もなかった。その年、労働党は北京にならって《百の花の運動》、つまり《百花斉放》をやり、あらゆる知識

人に批判と反論の自由をあたえた。たちまちおきまりの党と党官僚の汚職、腐敗、専制、狂信、硬直、派閥根性、教条主義が摘発され、攻撃され、鉄壁のディエン・ビエン・フー世代が鼻持ちならぬ腐臭をたてていることが明るみにだされた。そして非難はホー・チ・ミンその人から労働党の存在そのものに対する疑いへと変りさえした。党は自由討議で薄明のなかからひきずりだされた矛盾の持つ反撥力《はんぱつりょく》を生産性に転じたいという哲学から運動を開始したのだったろうが、たちまち庭に米粒をバラまいて鶏をおびきよせたところへ散弾を射ちこむという結果になってしまった。《百の花》は三カ月で枯れた。作家、詩人、編集者、記者たちで行方不明になったり、急死したり、変死したり、自殺するものが続出した。昨日までの革命戦争中は焰《ほのお》の輪をくぐりぬける虎であった指導者たちが、今日、権力を樹立してしまうとたちまち水を恐れる猫となってしまうのだった。権力と時流の動向に対して微気圧計のように繊細で注意深く、かつ巧妙な処世ぶりを見せる日本の知識人しか知らない私には、いっさいの脱出口という脱出口が密封されているにもかかわらず捨身の抗議をおこなって消えたそれらの人びとの行為が、霧のなかの閃光《せんこう》のように感じられる。

その年の秋、ハノイは致命傷にもひとしい汚辱を味わった。食うや食わずのはだしの貧農が蜂起《ほうき》し、それを人民軍が出動して流血のうちに弾圧したのである。しかもそれはホー・チ・ミンの故郷で、歴代、革命家ばかりを輩出し、対仏抵抗戦中は革命家にとって聖域中の聖域として活動していたゲアン省の農民であった。十一月二日、国際監視委員会のジープが或る村にさしかかったところ、村民がとつぜんジープをとりかこんで、南へつれていってくれと嘆願したのが発端であった。民兵が銃でそのあまりに赤裸な破廉恥《はれんち》を散らそうとすると農民たちは血相変えて兵にとびかかった。騒ぎはたちまち広がり、その日の夕方までに全郡が燃えあがる気配を見せた。ハノイはヴェトミン第三二五師団の全部隊を派遣し、四日間でこの蜂起を弾圧した。約六千人の農民が連行され、または処刑された。その数字が正確であるかどうかは誰にもわからない。しかし、一国の一師団、それも師団所属の全部隊が動員されるほどの大蜂起であったことに変りはなく、人民軍が人民弾圧の武器に使われたことにも変りはなく、およそ武器も、スローガンも、組織も、指導者もなく、ただ手に棒一本を持ってたちあがって悲鳴をたてることしか知らないはだしの農民を革命軍が粉砕した事実に変りはなかった。その年はスエズとハンガリーの年であったし、ハノイは情報を密封してしまったので、ディエン・ビエン・フーを敢行した政体がそれからたった二年後にどんな破廉恥な犯罪を人民に加えることとなったか、誰も知らなかった。ブダペストではロシア人がハンガリー人を粉砕したのだったが、アジアの水田のほとりではヴェトナム人がヴェトナム人を粉砕したのであり、かつての植民地時代や解放戦争中とおなじ様相で無名のはだしの死者の原ができたのだった。

ホー・チ・ミンは号泣して謝罪し、ハノイのサン・ジュストともベリアとも噂《うわさ》される、チュオン・チン（長征）は党第一書記の位置を追われてその陰鬱《いんうつ》で苛烈《かれつ》な顔を消すこととなるが、しばらくして、彼はどうしたことか、不死身の精力で神々の座へよみがえる。ハノイの神々のうちで彼くらい前歴があいまいで、人気がなく、ただ恐れられつつ傲然《ごうぜん》と、かつ足音をしのばせて幕裏を歩き、それでいてつねに重大決定の発表のときにはきっとどこかに顔をだしてその強力な支配力の一端を覗《のぞ》かせる人物は他にいない。ノルマ制、階級分類法などに基く土地改革の強行、教養への茶番じみた妄執《もうしゅう》で農民を蜂起に追いこんだのもこの人物なのだが、さてその責任をとって退場するときにもホー・チ・ミンのような悲痛な明晰《めいせき》の声は何一つとしてたてていないのである。

ゲアンの農民の蜂起が人民軍に粉砕されたあと、ホーは声涙ともにくだる謝罪演説を放送し、全党員と人民にひたすら寛容を乞《こ》い、誤って殺されたり投獄されたりした人びとの名誉回復や誤謬《ごびゅう》修正を深くいたましく約束し、

「死んだ人はもう呼び起せません。だから……」

といった。

南ではディエムが眼も口もあけていられない独裁の暴政と虐殺《ぎゃくさつ》をつづけていた。南では勤労党《カンラオ》、北では労働党《ラオドン》と、ただ呼び名が変るだけのこととなってしまった。南でも北でも人びとは政治された。或る哲学者の悲痛な饒舌《じょうぜつ》に私は従いたい。人びとは資格も知識も徳もない輩《やから》によって、きびしく監視され、検査され、スパイされ、指揮され、法律をつくられ、規制され、枠にはめられ、教育され、説教され、吟味され、評価され、判定され、難詰《なんきつ》され、断罪された。取引きや売買、物価変動のたびに、書取られ、登録され、調査され、料金をきめられ、捺印《なついん》され、測定され、税の査定をされ、賦課《ふか》され、免許され、認可され、許可され、但書《ただしがき》をつけられ、説諭され、邪魔され、改善させられ、矯正させられ、訂正された。公共の福祉という口実、全体の利益の名において、利用され、訓練され、強奪され、搾取《さくしゅ》され、独占され、着服され、税を絞られ、だまされ、盗まれ、そして反抗の兆《きざ》しでも見せたり、少しでも嘆こうものなら、抑圧され、改心させられ、蔑視《べっし》され、怒られ、追いつめられ、こづかれ、殴り倒され、武器をとりあげられ、縛られ、投獄され、銃殺され、機関銃で掃射され、裁かれ、罪を宣告され、流刑《るけい》にされ、生贄《いけにえ》とされ、売られ、裏切られ、なおそのうえにもてあそばれ、冷笑され、侮辱され、名誉を汚《けが》されたのだった。

一人の大学教授が、道ばたの老婆《ろうば》からタバコを一本だけ買い、線香の火を吸いつけながら、私にたずねたことがあった。

「人民が蜂起するときはいかなる犠牲を払ってもこれを援助せよ。誰かがそういいましたね。ごぞんじでしょう？」

「いや。思いだせません」

「ほんとに？」

「ええ」

「レーニンですよ」

教授はひっそりとそういい、惜しみ惜しみタバコをくゆらした。おとなしい茶褐色の眼がわびしそうに並木道のかなたを眺めてまばたいていた。

チャンが静かにしゃべっている。

「あの事件のあとでチュオン・チンは憎まれましたけれど、ホーおじさんはむしろ同情されたくらいなんです。どんなことがあっても南北を問わずホーおじさんはナンバー・ワンなんです。コミュニストのなかにはサイゴンのことをホー・チ・ミン市と呼ぶのがいるそうですよ」

「彼は神話だからね」

「事実なんです」

チャンは壁にもたれて、くちびるについたタバコの粉をつまみ、しげしげと眺める。美しい犬に似た顔。どこか体の内奥で液がとどめようなく洩《も》れおちていく気配にじっと耳を傾けている犬のように見える。何が自分に起ったのかわからなくて途方に暮れている眼のように見える。

とつぜん彼は謎《なぞ》のように、

「わが国には諺《ことわざ》があるんです」

といった。

「水牛と蚊の話ですよ。二頭の水牛がぶつかったら一匹の蚊が死ぬというんです。この戦争でできた諺じゃありません。ずっと昔の諺なんです。水牛が二頭ぶつかると角《つの》にとまっていた蚊が死ぬんです。一匹の蚊がね。つぶれちゃうんですよ」

ひそひそつぶやいて彼は力なく笑った。ふいに顔のなかに穴があいたようであった。私は眼をそむけた。この子は死ぬ、という思いが胸にきた。もう半ばとけかかっているのではないか。匂《にお》いもたちはじめているのではないか。

「あさっての夜、作家の集会があるんです。右でも左でもないが非合法です。いってみませんか?」

「面白そうだね」

「アドレスはここにあります」

「ありがとう。いってみよう」

「連絡はぼくがしておきます」

紙片をうけとり、歪《いびつ》な彼の右手の包帯にちょっと触れてから、じとじと湿った階段を私はおりていった。道へでると午後三時の白熱した陽が、ゆらり、とゆれて頬をうった。まッ赤な唐辛子をすりこんだように顔や腕がひりひり痛んだ。

夜、《プレジール》へいった。金を払って素娥をうけだし、ショロンへタイ式ボクシングを見物にでかけた。とっぷり暮れた、排気煙のもうもうとたちこめる、騒がしいチャン・フン・ダオ大路を私は素娥のよこにすわってシクロにゆられていった。夜の箱からだされて彼女はつつましやかにはしゃいでいた。体育館はみすぼらしいが満員で、喚声や拍手でどよめき、子供たちがゴミ箱にのって窓という窓にしがみついていた。紺青と真紅のパンツをはいた二人の若者がリングにあがり、汗を砕いて殴ったり、蹴《け》ったり、飛んだりした。革籠手《かわごて》をはめた両腕をかざし、やせこけて筋張った彼らが腰を沈めてたちまわりをするところは二匹のカマキリが踊るように見えた。

素娥にコカ・コーラを買ってやり、私は椰子《やし》の実にストローをさして吸った。堅い核に三ツ目錐《ぎり》で穴をあけてもらい、液をストローで吸うのである。よく熟していないらしいその液は青い匂いがして、草を噛《か》むようだった。

「おいしい？」

「若い。まだ、若い」

「あなたは何でも食べるんですって？」

「そう」

「鼠を食べたって聞いたわ」

「誰。いうたか？」

「兄よ」

「鼠、おいしい」

「あれは兵隊の食べるもの」

「かまわない」

「犬は？」

「何か？」

「犬よ」

「犬。おいしくない」

素娥は小さな、白い歯を見せてのびのびと笑った。それが何よりも複雑でないことが私を安堵《あんど》させた。議論や言葉のない場所が私はほしかった。無気力が私をとらえていた。暗鬱にしぶとくそれが体のすみずみにわだかまっていた。あてどない嫌悪《けんお》が酢のように咽喉《のど》までつまり、誰かが寄ってきて息を吸っただけで私は崩れてしまいそうだった。シャツに包まれ、ベルトでしめられ、靴でとめられてかろうじて私は体形を保っていた。

体育館をでると大路をもどっておしゃべり岬の銀塔酒家《トゥール・ダルジャン》へいった。川のなかへつきでたテラスの突端に席をとるとゆるやかな川風が頬をなぶった。今夜も照明弾が何分おきかに落されて川は輝き、砲声でビリビリふるえていたが、人びとは七輪や土鍋《どなべ》をかこみ、のんびりと食べたり、喋《しゃべ》ったりしていた。素娥は私のために掌へ米粉《ビーフン》の皮をひろげ、海老《えび》の竹輪《ちくわ》、セリ、ドクダミ、さまざまな野菜や香草をのせて器用にくるくると巻いてくれた。

「唐辛子。入れろ」

「唐辛子、入れるか？」

「入れる」

「辛い。好きか？」

私の口真似《くちまね》をして彼女はたどたどしくつぶやき、クスクス含み笑いしながら水鳥のくちばしのように箸《はし》を使った。皿に盛った葉や根が彼女の小さな、敏捷《びんしょう》な掌のなかに消えていくのを私はビールをすすりつつ眺めていた。

川は生温かく息づき、潮と藻の匂いがした。無気力が私を包囲し、しめつけていた。滅形が起って私はパイプ椅子《いす》の背にもたれかかっていた。冷えきって、ぼんやりとし、荒《すさ》んだ河原のようだった。轟音《ごうおん》も光輝もよそよそしくてけだるいものに感じられた。柱に吊《つる》された提灯《ちょうちん》がもう少し明るければ素娥は私の顔を見て箸をとめることだろう。自分がどんな様子でいるか、いえそうであった。何度も鏡で見て知っている。すくんで、けわしく、魚のような眼をし、どこか正視したくない卑賤《ひせん》さのある顔だ。孤独はなぜあのような賤《いや》しさを蠅の卵のように人の顔に産みつけるのだろうか。一人でいるときにも人まじわりしているときにもふいにいっさいの意味と時間が私から剝落《はくらく》する。理由もなく、予兆もない。慣れることもできず、飼うこともできない。それが起ればどこかへいって、私は人目を避け、崩れるままに崩れるしかない。町角。劇場。料理店。オフィス。靴音のなかでも計算機のとどろくなかでも私はおなじ病気に犯されている人をすばやく嗅《か》ぎあてる。ときには発作におそわれているさなかの人の顔を見ることもある。まるで手術をうけるようにその時間のすぎるのを瞑目《めいもく》して待っている熟練家もいる。けれど、どの顔も、何かしら賤しいところがある。ぞッとして眼をそむけたくなる。自分もそんな顔をしているのかと思うと耐えられない気がする。病人たちはけっして憐《あわ》れみあわず、むしろ厭《いと》いあい、さげすみあう。私たちはたがいに不可触の賤民だ。

外出禁止の時刻になると人びとはたちあがり、兵営へもどる兵、檻《おり》へもどる獣のように家へ帰っていった。からっぽのテラスに暗い川風が吹き、何かの枯葉が掌をたてたように走っていった。給仕がそそくさとテーブルにパイプ椅子を裏返しはじめる。追われるようにたちあがって私たちは店をでた。河岸にはすでに犬の影すらなく、町は蒼白《そうはく》に輝く墓地のようであった。二五〇万人が一人のこらず壁のなかへ消えてしまったのだ。並木道のタマリンドのたわわな葉繁《はしげ》りが原生林のようであった。毎夜、毎夜見慣れたはずの光景なのに、ふと私は足をとめた。この静寂のどこかには怪物が棲《す》んでいてもよかった。

素娥の眼を風が吹きぬけた。

「私、寒い」

「帰る」

車庫はあいかわらず暗い。影もできないほど暗い。蠅の糞《ふん》にまみれた豆電球が一個ついているきりである。このあいだ正月のプレゼントに一〇〇ワットの電球を買ってやったのに、つけていたのは三日間だけで、正月がすぎると彼女はさっさとどこかへしまいこんでしまった。顔が見えない、本を読みたいといくらいっても彼女はかたくなに拒んで、つけようとしない。来年の正月までつけないつもりなのではないか。農民が塩を惜しむように彼女は光を惜しむ。光はせいぜい正月と盆、年に二度、ありつけるか、つけないか。御馳走なのだ。

「暗い。暗い」

「そうでもないわ」

「本、読めない」

「持ってないじゃありませんか？」

「明日、持ってくる」

「夜は寝るものですよ」

「おれ、フクロウでない」

彼女は蚊帳《かや》のなかで寝返りをうった。乳房は丸く、腿《もも》は長く、しなやかな蔓《つる》のようにからみついてくると、彼女はいっしんに私の体を爪《つめ》で掻《か》きはじめる。鋭く、硬い爪を羽毛のように使って胸から腹、腹から下腹、下腹から腿へと小さな手が上ったり下ったりする。荒んで厚くなった膚《はだ》が一触れごとに爪のしたでめざめ、まるで傷口に張った薄い新生皮のように敏《さと》くふるえる。

川がざわめきつつ走っていった。衰頽《すいたい》が呼応した。弱って、冷えて、沈んだまま私は熱狂をよそおい、自分をそそのかした。私は賤しくて破廉恥であった。ためらっている彼女にしゃにむに私はにぎらせ、吸わせた。いやがってもがく彼女の小さな頭をおさえつけおさえつけして従わせてしまうと腿をひらいて鳥の巣のしたにひそむ果心を私はしゃぶった。それは濡《ぬ》れしょびれて、ひらき、熱かったが、つつましやかだった。逃げまどうのを追ってくちびると舌でおさえこんだ。鼻孔に尿の匂いと愛液がつまって私はむせた。私は起きなおり、浸透した。熱く若い果肉のふるえがファラスへ鼓動のようにつたわった。素娥の小さな顔に髪がかぶさり、砕けて見えた。食いしばった歯から声が洩れはじめ、肩が精悍《せいかん》にゆれ、闇のなかでおぼろな眉《まゆ》が貪婪《どんらん》な意志でひきつれた。彼女は呼応し、熟し、凌《しの》いでいった。額を枕《まくら》におとした瞬間、破廉恥はこころよかった。首まで泥にひたって手足をのびのびさせるようにこころよかった。

……！　……！　……

きれぎれに空で素娥が叫んでいた。

今日は、終った。

暗い蚊帳のなかによこたわっているとヤモリの鳴く声がした。彼らは今夜も豆電球のまわりに群れて蚊をあさっていた。素娥はあえぎあえぎ下腹を波うたせ、咽喉を鳴らし、枕に顔を伏せていた。毛布をひきよせて背にかけてやると、かろうじて眼をあげ、ひろびろと微笑した。私は手をのばし、コンクリート床からシャツを拾うと、《バストス》を一本ぬきだして火をつけた。煙はにがく、タバコは湿っていた。ここでは何もかもが湿る。水までが湿る。

しばらくして素娥が、爪をしげしげ眺め、

「兄はどうなるのかしら」

とつぶやいた。

月　日

車庫からの帰り、橋のたもとに屋台がでて、燻《いぶ》した豚の胃を鉄鉤《てつかぎ》に吊して売っているのを見たので、それを半分と棒パンを二本買い、下宿にもどってサンドイッチにした。そして買いおきのスミルノフ・ウォッカを一杯ひっかけてから寝た。正午すぎに起きてサンドイッチの残りを食べ、ウォッカを飲み、東京から送られた新聞や雑誌を読んでいるうちに、また眠ってしまった。さいごにハッキリ眼がさめたのは夕方だった。暗くなりかけた部屋に酒精と汗の匂《にお》いが澱《よど》んでいた。

燃えのこりのウォッカが体のあちらこちらで青い炎をあげてくすぶり、舌がふくれあがって毛虫のようになっていた。陽はすぐにおち、庭のハイビスカスが消えた。私はランプに灯を入れると窓ぎわのテーブルにおき、ナイフで豚の胃の残りを切った。ひときれずつ指でつまんで口にほりこみ、舌にのこる脂《あぶら》をウォッカですすいだ。ぐらぐらする椅子からおちないよう、足で床をおさえていなければならなかった。うるんだ眼を瞠《みは》って『アーサー王宮廷のコネチカット・ヤンキー』を読みにかかったが、二頁《ページ》とつづかなかった。こまかい活字の横列がひからびた蟻《あり》の死骸《しがい》の行列のようであった。あちらこちらに爪の跡や汗のしみのついた頁が褪《あ》せた押花のように見えた。えぐるようだった洞察力も予言も、いまは何も感じられない。あの小屋そのものがなぜか極地のように遠いものに感じられる。

ヴェトナム人の通信兵がくれた二枚の丸いボール紙が灰皿のよこにころがっている。ハイウェイ・パトロールの夜、前哨点《ぜんしょうてん》へ帰りつくことができなくて、途中の《二四高地》の塹壕《ざんごう》で寝た翌朝だった。私が穴から這《は》いだして便所のありかをたずねると、中学生のように小さな兵が黙って地雷原の向うを指さした。地雷原の向うにはゴム林がひろがり、その手前に穴があり、蛆《うじ》の大群団が踊っていた。私がもどってきてぼんやりタバコをふかしていると、さきほどの兵が寄ってきて黙って手に何か握らせた。見ると迫撃砲弾のサックの紙蓋《かみぶた》であった。ボール・ペンで、フランス語で、

『隊長殿。森へ行かして頂きたいのであります。メルシ！』

とあった。

私が眼をあげると、兵はまたソロソロ寄ってきて、そっぽ向いたままもう一枚、握らせた。そして、ちょっとはなれたところへしゃがみこむと、チラチラとこちらを盗み見た。

紙には、

『隊長殿。あなたを好きになりたいのであります。メルシ！』

とあった。

士官か誰かに書いてもらったのにちがいない。私は短く笑った。兵の顔には見おぼえがある。昨日ずっといっしょだった。彼は通信機におしつぶされそうな恰好《かっこう》で隊長のよこをチョコチョコ歩いていたようである。いっしょに洗面器の飯を食べ、いっし

ょに夜の灌木林《かんぼくりん》を歩いた。暗くてわからなかったがおなじ塹壕で寝たのかもしれない。けれど私たちは話しあわなかったから二個の漂流物であった。いわばそれが最初の交信であった。私が笑うのを見て寝不足で蒼《あお》くふくれた兵の小さな顔にひきつれたような満足の微笑が浮んだ。てれたように顔をそむけ、彼は通信機を背負うと、洗面器のまわりに群がって騒いでいる仲間のほうへ、ヨチヨチと消えていった。後姿を見送っているうちにとつぜん私は落涙した。

それすら褪せてしまった。二枚のボール紙は汗のしみがつき、毛ばだち、字が薄れている。ウォッカは眼のなかで鳴っているが私は閉じていた。冷たくて、よそよそしく、ぼんやりしていた。いじらしさもうごかず、懐《なつ》かしさもうごかなかった。たわむれの情熱もなく、気まぐれの決意もなかった。ここは熟しきって強壮な、膿《うみ》を流す八月だが私は一〇月の終りだ。ベッドによこたわってタバコをくゆらしていると無数の言葉や像が膚《はだ》のしたに魚のようにあらわれては消え、消えてはあらわれ、そこに手を浸しても指のなかにとどまるものは何もなかった。どの観念もよりかかろうとして近づいていくと、それより早く崩れてしまった。死は下腹を固くせず、冷たい汗をにじまず、枯葉を踏むようにしのび足で歩いていない。物や音には寡黙《かもく》だが満々たる力をひそめた予兆が読みとれなかった。私はアルコールに倒され、手と足をひろげてベッドにとらえられ、指一本持ちあげることもできない。旅は膜がやぶれ、ひからびてしまった。なぜ自分がこんなところにいるのか、それがわからなかった。ウォッカでふくらんだ、重い顔。湿った壁。床に散らばった新聞。吸殻でいっぱいの灰皿。何もかも遠のいて見え、かさばっていて、わずらわしいだけだった。戦争は靴のなかから去り、いまはどこか海や大陸のかなたはるかの辺境でおこなわれている。

月　日

東京は一カ月前に正月だった。今日、日本大使館にいくと、新聞社からの小包が着いていて、書物やマラリア剤や焼海苔《やきのり》の罐《かん》にまじって、妻が入れてくれたのだろう、知りあいの古本屋の主人や友人たちからの賀状が何枚も入っていた。下宿にもどってウォッカをすすりながらベッドへ一枚、一枚並べてみたり、掻《か》き集めてみたり、また一枚、一枚並べて読みかえしたりしてすごした。

謹賀新年
毎々格別の御引立を蒙《こうむ》り有難く厚く御礼申し上げます
尚《なお》本年も相変らずの御愛顧の程を御願い申し上げます
水魚房主人　藤堂与兵衛

謹みて新春を寿《ことほ》ぎ参らせそろ
三十七歳にナッチャヤッタア　美架子
旧臘《きゅうろう》国手に酒と莨《たばこ》を禁じられ、生駒《いこま》の聖天《しょうてん》様で籤《くじ》をひけば大凶。何で水飲みながらオセチ料理がつつけますか。　健

草色全経細雨湿　くさはうらうら　あめはしとしと
花枝欲動春風寒　はなにはるかぜ　まだつめたい
世事浮雲何足問　しょんがいな　しょんがいな
不如高臥且加餐　ごろりちゃらりと　ねしょうがつ
王維

向井　敏
元子
洪
晴

賀正
おお、人間のおろかさよ、
論理の秩序の中に救いを求める！
おお、残酷な知性よ、
あらゆる共存一体の根を枯らすまでに
もって生れた温かさを冷やしてしまう！
オーデン「新年の手紙」より

雅夫

あけましておめでとう

安竹澄信

新年おめでとうございます

松本一郎

秋子

頌春《しょうしゅん》

年たちかへるあしたの空のけしき、なごりなく曇らぬうららかげさには、数ならぬ垣根のうちだに、雪間の草、若やかに色づきはじめ、いつしかとけしきだつかすみに、木の芽もうちけぶり、おのづから、人の心ものびらかにぞ見ゆるかし。

乾　武俊

月　日

ジャディン地区の市場裏のごみごみした露地へ私は入っていき、ライターで壁の番地標を照らしながら目的の家をさがした。まっ暗な井戸の底へおりていくような気のする露地であった。蠟燭《ろうそく》の火がゆらめく戸口に老婆《ろうば》たちがしゃがみ、子供がはしゃぎつつ水溜《みずたま》りをころげまわり、カーバイド・ランプをともした屋台に男たちが群がって何か食べたり、タバコをふかしたりしていた。

或る壁に近づき、青地に白く数字をぬいた番地標とチャンのくれた紙片を照合していると、ふいに一人のはだしの子供があらわれ、やせた指で私の腹をつついた。

「……？」

「……！」

子供は黙って顎《あご》をしゃくってみせてからすたすたと歩いていく。ライターを消してそのあとについていくと、壁の凹みとしか見えなかった影の澱《よど》みが穴で、穴のなかにはバケツや洗面器が散らばり、もぞもぞとうごめく生温かい影は父、母、赤ン坊などであるらしかった。手と足でさぐりながらその穴をぬけると、一軒の小さな家の戸口にとつぜん私はたっていて、ふり向くと子供はもういなかった。

ひそひそ叩《たた》くと戸があいた。

「……？」

「日本人の小説家です」

自己紹介しかけたとたんに戸が大きくあき、やせた中年男の顔があらわれ、《……ビアン・ヴニュ……》とつぶやいていた。竹すだれのかげに佇《たたず》んで男は微笑し、ていねいに、フランス語がいいですか、英語がいいですかとたずねた。英語のほうが、と私がつぶやくと、男は私の肘《ひじ》をとり、《……ウェル・カム……ウェル・カム……》とささやいて奥の部屋へつれていってくれた。どうやら彼が主人のようであった。

飾りも何もないその部屋では二、三人の男がたったり、すわったりして茶を飲んでいた。どの男も貧しくてやせこけ、ちょっと見たところではシクロ引きと変らなかったが、眼鏡や高い額で路傍の人びとではないと知れた。主人にひきあわされて私は老いて骨張っていたり、若くて骨張っていたりする手と握手した。主人は私をすみにつれていって輪切りの象の足につめものをした腰掛けにすわらせた。そして、ランプの灯のなかにおぼろに浮いたり沈んだりしている顔をさして、あれは小説家だ、これは劇作家だといって、手短かにめいめいの作風を説明してくれた。一人は道教の仙術を書く作家で神秘的なナンセンスの達人であり、一人は『水滸伝《すいこでん》』を現代風に翻案した武俠《ぶきょう》小説を書き、一人は若い娘が封建気質の両親と争って家出するテーマを好んで書くとのことであった。主人自身が最近書いた作品は行方不明になった恋人を求めて一人の娘が野や山を放浪するという小説である。昼は飛行機におびえ、夜は虎におびえながら娘は恋人のあとを追っていき、とうとうヴェトコンの村にいるとつきとめる。けれど二人は会うことができない。娘は橋の欄干に手紙をのこし、泣きながら去っていく。

「エヴァンジェリンみたいですね」

「三文小説ですよ」

「なぜ娘は村に入らないんです？」

私がたずねると、主人は眉《まゆ》をしかめ、

「私は刑務所にいきたくないんでね」

と答えた。そして、にがにがしげに、ここにいる仲間はみんな生計のために怪奇小説や恋愛小説を書いているのであって、ほんとに書きたいことはべつにあるのだが、検閲がきびしくてどうしようもない、といった。

そこへ革ジャンパーを着た若い男が入ってきて主人と握手し、主人に紹介されて私とも握手し、あとでゆっくり話しあいましょうといって消えた。

主人が後姿を見送って、

「批評家です」

といった。

「最近彼は大きな買物をしましたよ。五万ピアストルで命を買ったんです。兵役をのがれたんです。いい買物ですよ」

「ほんとですか？」

「もっぱらの噂《うわさ》です」

「五万で買えるんですか？」

「まずね」

主人はこともなげに答えて花模様のある土瓶から茶をついだ。私は象の足に腰をおろしたまま眼で革ジャンパーをさがしたが、どこにいったのか、見つからなかった。どこからか苦《にが》りがしみだしてきたが、それは怒りに似ていた。

黄衣をまとった僧が一人、部屋にあらわれた。主人は私の耳に口をよせ、彼が今夜、マルロォ氏宛《あて》の公開状を朗読する、雑誌が出版できないのでわれわれはそれを批評しあって楽しむ、いずれパンフレットに収録するつもりだが、そのときは完本と偽本《にせほん》の二種を作る予定だ、という。

「ヴェトナム語がわかりますか？」

「いや。目下、勉強中です」

「外国語に訳したのがありますが、それを読みますか？」

「ええ」

主人はたっていって、どこからか二、三枚の紙を持ってきた。タイプライターでうったものをガリ版刷りにしたものであった。僧は壁ぎわに佇み、手に持った紙に眼を近づけた。作家たちは静かになり、つつましやかにうなだれたり、首をかしげたりした。主人はタバコをそっと灰皿につぶして謙虚に首をかしげた。鳥の囀《さえず》るようなヴェトナム語で僧は朗読をはじめた。私は眼鏡をはずしてランプに紙を照らした。

「……私は大臣としてのあなたに手紙を差上げるべきであったかとも思いました。大臣か芸術家かの選択が私には必要だったのです。けれど、具体化するにはあまりにも状況にたよりすぎるというような若干の提案を除けば、お役人に何が申上げられましょう。そこで、私の言葉で芸術家にお話するのがいちばんいいように思えたのです。

私の思い違いでなければあなたの小説の真髄が正当化されているともいうべき序文と後書であなたは人間の敗北を声高く強調なさったことがありました。そして、この大問題の解決をもたらすべく西欧の知性に訴えておられました。この問題こそ知識人が関心を示すにふさわしい唯一《ゆいいつ》のものであろう。たとえ問題が解決されなくても文学として残るであろうと。

アンドレ・マルロォ様。

第二次大戦の終末まで、すべての実在主義的体系は、孔子、老子など東洋の偉大な哲学者たちの思想体系も含めてですが、いわゆる抽象的人間、一般にはっきりした観念が抱けないような人間を取扱っておりました。したがって、感覚でとらえ得るような道徳的な輪郭もなく、知性で感知し得るような知的な内容を持つものでもありませんでした。一つのタイプの人間を対話と討議のなかにおくには無神論の実存主義的思潮の再現を待たねばなりません。この人間は具体的人間と呼ばれ、真実であり、触知でき、明白、また理解し得るものであり、人類学、一言にしていえば科学による改良の試みのまともな対象となるものです。

私どもにとって思考体系は失敗しました。わが国の哲学者たちは道徳的意図という意味では人間の意志のなかで最良のものを持っておりました。しかし、幾多の経験に照らしだされてもそれらの体系は決定的なものとはならず、学問の資料にいまはしまいこまれているだけなのです。実存主義に結論がだされ、人間を救済するための呼びかけが聞かれるようになるまでは、純粋かつサルトル風論拠に基づく無神論の実存主義を私はただちに、また絶対的に弁護するものではありません。人間は現在、そしてこれからも、集団自殺という恐るべきイメージに直面しており、どんな創造力、どんな洗練された知性をもってしても、その醜悪、その悲劇的性格、とうてい頭に描くことはできないほどのものであります。

アンドレ・マルロォ様。

たぶん私がまちがってそう呼んでいるのでしょうが、あなたはあなた自身のイデェの体系をお持ちでしょう。私がまちがっていると思うのは、かつて、そしていまもあなたは作家でいらっしゃるが、その思想の戦略的方法が限られているからです。哲学に適用される〝体系〟という言葉は、むしろその言葉の力において、あなたの伝言の明白な存在を拒みはしますまい……」

私は茶碗《ちゃわん》をとりあげ、つよくてにがい、さめた茶をすする。僧が何をいいたがっているのか、この部分になってよくわからない。〝体系〟と〝存在〟の用法がよくわからない。

「さて、要約しましょう。あなたにとって人間とは、自己の表出と救済を求めながら、自己を探り、自己を具現するものです。人間はこれらのことを極東の森の大いなる深みまで追求していくような考古学的探求のなかでおこなったのでした。極東の森では、今度は、人間精神が、大胆な探険の対象となります。かくて冒険は人間の魂のもっとも繊細なしとねでさえもおこなわれることになるのです。つまり人間の魂は知識の道具の一つなのです。あなたの初期の作品にはこうしたものの反映が見られます。そのつぎに人間は革命と呼ばれる歴史的な人間の企てにおいて、自己を具現することとなります。ガリン、キヨ、チェンたちは澄んだ水辺のナルシスのように自己の映像をさがし、行動のさなかで自己に問いかけているのです。前者には涙が、後者には微笑があるという違いはございますが。けれど人間は自己のためには成功しなかった。そう思えます。ヘーゲル的体系による歴史の流れのなかで人間が成功するかどうかはわかりません。人間はただ一人、大地を踏みしめ、耐えがたく、絶望……自殺という考えをとりのぞけない非常に実存主義的な絶望……それと背中あわせで存在していることに変りはございません。ガリンは何もほのめかさなかった。しかし『征服者』の作者はそれを暗示するのが適当と考えたのでした」

砲声がとどろきはじめた。女の歌声や赤ン坊の泣声などを漂わせた広大な貧民窟《くつ》のざわめきが潮のようにゆれている。いささかこわばって、くどく、衒学《げんがく》的でもあったが、僧はふたたび私をとらえる。彼は迷っているとしてもマルロォをよく読みとっている。肉食、妻帯、自慰、女犯《にょぼん》、飲酒、すべてを禁じられて古縄のようによじれた彼が貧しい寺の蚊帳《かや》のなかに端座して激情と哀傷の書物に読みふけっている姿が眼に見えそうだった。ミミズを殺すかもしれないから棒きれで土をほじってはならぬという戒律さえ負わされている彼がいっしんに暗殺と破倫と革命戦、内省と決意にゆらぎ、孤独と憎悪《ぞうお》で裂けそうになりながら耐える人びとの物語に読みふけっている。

「……多くの思想史家たちが考えるように仏教は偉大な治療法なのです。何故《なぜ》なら人間の世界は精神を病んでいます。もし社会的な外科手術――こういってよいとすれば

——それが革命という名をいただき、或るメスの気のつかない弱さが、ほとんど責任を感ずることのない若干の指導者たちの政治手段の一部をなしていて、それらが人間の昏睡《こんすい》状態と全体の死をひきおこす恐れがあるとすれば、道徳的、形而上学《けいじじょうがく》的な医療が必要となります。私が話しているのは仏教によって提起された治療のことでありま す……ひかえめなわれわれヴェトナム人は歴史上のあらゆる人間の会合におけるように自分たちの意見を述べる番を待っていました。戦争は——何という戦争でしょう！——われわれの土地でつづけられています。嘆きを訴えようにもわれわれはもう人間の能力と可能性をたよりにしてはいないのです。私たちの意見は問題にされていないのです」

僧は読みつづけた。無関心は悪の共犯である。マルロォ氏は声をあげるべきである。芸術家はつねに人間の自由と全体の平和のための闘士であった。プラトンは歴史上の詩人の役割を定義する場合にかぎり誤った。作家マルロォ氏には《最後の弦《つる》》が残されているかもしれない。しかし大臣マルロォ氏は自国の利害に縛られている。一人のヴェトナム人の声に耳を傾けるゆとりなどはとうていございますまい。暗黒時代に免じて数々の非礼は許してください。そう申しあげてペンをおくこととします。

僧は読みおわると原稿を道教の怪奇作家にわたして合掌した。作家たちは彼のまわりに群がってひそひそと談笑した。僧はしばらく茶をすすりつつ作家たちと話しあっていたが、やがて静かにたちあがり、人びとに挨拶《あいさつ》してでていった。彼のエッセイは縄が固く編まれていず、修辞が混乱を蔽《おお》いきっていず、未醱酵《みはっこう》が全体をそこなっていた。けれど、ところどころに覗《のぞ》く鋭さには深い知力があった。混乱のなかにさらけだされている率直な憂愁には一種の力が感じられた。彼は博識であったが少なくとも苦悩を直視しようとする態度において行方は失っていないもののようであった。薄明りのなかにやせた手と黄衣が浮び、声は壁から発散し、ときどきそれはひどく幼い甲ン高さでひびくことがあり、子供が夢中で抗議しているようなところがあった。あらためて本文を読みかえしてみると僧は《戦争》という単語をたった二回しかだしていないことに私は気がつく。遺棄された人のあてどない憤怒と諦観《ていかん》が忍耐のなかで争いあっている。これほどの学識と感性が、おそらくそれゆえにこそ、たださきやかれて消えていくだけだという事態には、いたましさが感じられた。彼は腰まで惨禍にくわえこまれ、感じ、考え、理解する。けれど、行動しない。理解する人は行動の契機をどこに見いだせばいいのか。それとも理解はそれ自身のうちにすでに敗北を含むものなのか。

蠅の糞《ふん》にまみれた瓶をさげて主人があらわれた。瓶には密造酒らしい紫色のとろりとした酒が入っていた。舌にのせると日本酒にそっくりだが、いくらかピリッとしたところがある。

「どうです。おもしろいですか？」

「とても」

「わが国にもインテリがいるのでびっくりしたのとちがいますか？」

主人は私の眼をちらと見て、おだやかなうちにも辛辣《しんらつ》に微笑した。鋭い男だ。私は弁解をやめ、米の酒をすすり、二、三度深くうなずく。

「そのとおりです」

「人口の八割が農民だから、農民だけが問題だ。外国の人はしょっちゅうそういう。それはまさにそのとおりでね、異議はない。だけど革命を指導するのも、それに反対するのも、みな知識人なんだということも事実ですよ。それをお忘れのようだ。わが国にはインテリが多すぎるくらいなんです。革命前の中国とくらべると人口比からいえばはるかにわが国のほうが多いんです。これはたしかですよ」

「やっとそのことに気がついたんです。率直にいって、いままで《ひとにぎりのインテリ》で片付けていたんです。尊師《ヴェネラブル》がマルロォをよく読んでいるのでおどろきました」

「以前は木曜日ごとに集まって夜会をしていたんですが、近頃はときたまです。来週はルネ・シャール氏宛の公開状を読みます。あとヘンリー・ミラーとかマーティン・ルーサー・キング師とか、予定はいろいろあるんです。いつかチャンスがあれば日本文学について話してくれませんか」

「結構です。お約束します」

「日本の古い宮廷の物語でド・ラクロやプルーストに匹敵する心理小説があると聞いたことがあります。わが国にも『ローランの歌』に匹敵する古典があるのです。そういうことをくらべあったらおもしろいと思いますよ」

「サイゴンで」

「サイゴンでね」

「近頃、何をお読みです?」

「あまり読みません。読むとすればカミュとウェーユですね。若い人にすすめられてルネ・シャールの詩を読むこともあります。カミュは好きです。われわれのあいだでは圧倒的にカミュとウェーユですね。ウェーユはすばらしい。まさに流星です。二度とあんな女はでないでしょうね」

皺《しわ》だらけの波止場労働者のような男の顔がしみじみと微笑した。深い哀惜が眼にゆっくりと起きあがってきて、頰と額にひろがった。彼はその瞬間だけ、心からくつろいだ微笑を見せ、欠けた茶碗をくちびるにあてたまま、死んだペットの鳥の名を呼ぶように……ウェーユ……ウェーユ……とつぶやいた。

「《ルトゥール》って知ってますか？」

「フランス帰りの人のことでしょう？」

「そうです。《ルトゥール》のなかの急進派を《エヴォリユエ》ともいうんです。私は再帰組《ルトゥール》で進化組《エヴォリユエ》でした。もう二世代も昔のことですけどね。ヴェトミンだったんですよ。ユー・ミンの森にいたこともあるし、藺草《いぐさ》平原にいたこともあります。いまは特価品《ボン・マルシェ》小説を書いてますけどね。これは森をでてからのことですよ」

男は酒をすすりつつ低い声で記憶を話しはじめた。遠い激情の日が酒でうるんだ眼に光を投げ、彼は懐《なつ》かしそうであり、辛《つら》そうでもあった。グレアム・グリーンに素材を提供したという先日の作家とよく似た経歴であった。ほぼ二〇年前、第二次大戦の直後、彼は留学先のボルドォから帰ってくるとすぐにヴェトミンに入り、フランス遠征軍とたたかう。彼は主として宣伝と煽動《せんどう》を担当し、ビラをまいたり、地下新聞を発行したりする。農民といっしょに食べ、いっしょに眠り、いっしょに働き、昼は稲刈りや田植を手伝い、夜になると防疫線《コルドン・サニテール》をくぐって村から村へ歩き、集会をしたり、お祭りをしたり、演説をしたりした。彼はどの政党にも所属しなかったが、当時コミュニストたちは仲間ですら見わけがつかないくらい深く身分をかくしていたし、また《政治は政治、芸術は芸術》という方針を掲げていたので、彼は自由に書き、自由にたたかうことができた。農民は彼をよく助けてくれた。村を急襲されると、いそいでミカンを持ってトンネルにとびこむ。トンネルの蓋《ふた》のまわりをさっとミカンで拭《ふ》いておくと、シェパードの鼻がきかなくなる。シェパードは優秀な犬だがミカンには弱かった。そのうえトンネルは二重、三重になっているので、モロッコ兵がもぐりこんできて喋《しゃべ》っているのが三〇センチさきで土壁ごしに聞えても、こちらはゆうゆうと寝そべっていてよかった。

「ジャングルを移動するときは足跡をつけないように、川などをよく歩くんです。むやみに木の枝を折るのも禁物でね。よくそういうことは目につくんです。デルタでは米もあるし果物もあるので助かったが、ジャングルでは苦しいんですよ。赤い小便がでたこともあります。タケノコの芽やカサヴァの根を食べるんです」

「カサヴァって何です?」

「澱粉《でんぷん》ですよ。そういう木があって、その根をたたいて水で洗うと、できるんです。まずいものですけどね、団子《ダムプリング》にして食べてましたよ。おそらくいまでもそうでしょう」

男は四年間、必死になって奔走したが、やがて戦線を離脱する。中国革命が完成して蔣介石が駆逐され、紅軍が北ヴェトナムの国境に到達するとコミュニストたちは公然と姿をあらわして活動し、ヴェトミン運動の中心から細部までを把握する。民族独立運動が民族コミュニズム運動に変り、洗脳や自己批判が徹底的に強化され、ひろめられ、人びとはたがいの口に手をつっこんではらわたをひきずりだすようにして告白し、懺悔《ざんげ》し、大義への献身を誓いあわねばならなくなる。男たちのような知識人は《体制の情婦》と見なされることとなる。夥《おびただ》しい数の知識人が絶望して戦線を離脱しはじめる。ロボット化に耐えられなくなった男たちはフランスを追放するまでは死んでももどるまいと決意してたどっていった森への道を踏んで日光のなかにあらわれ、水田をこえ、平野をよこぎりして、町へ引揚げてくる。人民公安官が街道や村を密封しているので、昼は森や水田で寝て、夜になると歩く。男はフランスを追放すると同時に農民に土地を与えてやらねばならぬと考えていた。また、いまは挙国一致の戦争なのだからいっさいを捨ててたたかわねばならぬと考えていた。しかし、四年間の寝食を忘れた苦闘と忍耐をもってしてもついに耐えきることのできないものがあって、高原からおりてくる。サイゴンでは国民党が腐敗と分裂をきわめて粉末状になっていたし、フランスの敗北は日に日にあきらかであったが、同時にアメリカ人の数もふえはじめ、ディエムが放浪を終って帰国する噂《うわさ》が流れ、戦争はすでにつぎの戦争を用意しつつあった。男は絶望して三文小説を書きはじめ、金が入ると阿片窟《アヘンくつ》へでかけるようになる。ディエン・ビエン・フーの陥落を聞いたときは煙のなかで希望した。八〇万人の北からの脱出を見たときは絶望した。百花斉放の情報を聞いたときはコミュニストを誤解していたかと思って希望した。ついで三カ月後にそれが終って行方不明者や変死者の情報を聞いたときは絶望した。ゲアンの農民が土地改革の暴力的行政に耐えかねてついに蜂起《ほうき》したという情報は人民軍が流血の大弾圧をやったという情報やホー・チ・ミンが号泣して謝罪したという情報などと同時に入ってきて、男は教えにきてくれた男が部屋をでていくと、ペンをとりあげて、せっせと三文小説を書いた。

酒瓶の首をつかんで男は私の茶碗に酒をついだ。ランプの灯で手がよく見えた。それは骨張っていて、たくましく、鉄の爪のように瓶をつかんでいた。眼には悲愁も晦暗もない。ものうげに彼はつぶやく。

「阿片は知っていますか？」

「いや。まだです」

「一度おやりになるといい」

「そのうちにね」

「近頃は少なくなった。チャン・フン・ダオに一軒いいのを知っています。農民は生阿片を財産にしていて、死んでもはなしません。家を焼かれても阿片の包みは忘れませんね。けれど自分ではぜったい喫《す》わない」

「一度やってみたいものです」

「一度や二度ではわかりませんよ」

「そうですか」

「雨季がくると私はやりたくなる。自分がコントロールできなくなるんです。雨季はいやだ。息がつまりそうになる」

作家は静かにつぶやいて酒をすすった。傾き、頽《くず》れているとも見えない剛健さが彼の顔にあった。しばらくしてたちあがると彼は足音をしのばせて部屋をでていった。つつましやかで礼儀正しいその後姿は砕かれた心を肉に浸ませているにしては精悍《せいかん》であり、毅然《きぜん》としていた。

革ジャンパーを肩にひっかけた批評家がランプの灯のなかにあらわれた。若く、腰が薄く、しなやかな体をしている。くちびるのはしにタバコをひっかけ、あきあきしたそぶりを眼にあらわに見せている。

「どう。でない？」

「いいよ」

「いいところへ案内します」

「煙屋？」

「インド女のティーズです。もう見ましたか？」

「いや。まだです」

部屋の戸口で竹のすだれをなぶりながら主人が怪奇小説家と立話をしていたので私は招いてもらったこと、興味深かったことの礼をいい、また何かあれば教えてほしいといった。主人は軽くたわむれに合掌してみせ、次回はルネ・シャール氏宛《あて》の公開状を朗読するはずで、予定がきまればお知らせします、といった。顔に微笑がもどって静かに彼は佇《たたず》んでいたが剛毅の気配はやはり消えず、何かがまだ保持されているかのようであった。

右に折れたり、左に折れたりしてかなり長い道を歩いた。或る暗い露地の角では男たちが豚の腸を洗っていた。道のまんなかに大きな金盥《かなだらい》を持ちだし、湯をなみなみ入れて、男たちは帯をしごくように豚の腸をしごいていた。血、脂《あぶら》、糞の匂《にお》いがあたりにみなぎって眼もくらみそうだった。批評家は川岸にある一軒の泥小屋へ私をつれこんだ。中年のインド人がでてきて彼と何か話し、ひっこんだかと思うと、ランプと蓄音器を持ってもどってきた。どこの蚤《のみ》の市《いち》へいっても見られないような古物で、ぼろぼろの四角い木箱に朝顔型のラッパがついている。インド人はクランクを回し、レコードをのせると、ランプを床においた。

「博物館だな」

「青銅時代だよ」

批評家が低く笑った。

インド人はたちあがると、英語で、

「タミールの音楽です」

静かにつぶやいて消えた。

木箱がぶつぶついいだした。波の音、市場の雑踏、空罐《あきかん》をひっ掻《か》く音などのごった煮のようであった。よほど耳を澄ますとその潮騒のかなたにかすかな弦や管のさざめきが聞きとれる。何か孤独な者たちが遠くの木の梢《こずえ》に群れてはしゃいでいるようでもある。

批評家が泥壁にもたれ、

「そら、来た」

とつぶやいた。

一人のインド女が入ってきて、ゆるやかに踊りつつ紗《しゃ》を一枚ずつ捨て、全裸になると、性交の態位を演じはじめた。熟れた乳房や下腹やたくましい背がオリーヴ油でもぬっているのか、青銅のように輝いてランプの灯をはねかえした。長い腿《もも》をひらいた瞬間、一本のこらず毛をぬきとった谷底で小さな生物が崩壊した顔をあげて笑うのが見えた。

批評家が耳もとでささやいた。

「眼と指」

「……」

「眼と指だけ見ているんだよ」

女の指は精妙にうごいた。態位がかわるたびにそれはむすばれたり、ほぐれたりし、柔らかく静かに数知れぬ形をつくっては散り、散っては集まり、花びらのようでもあれば水の紋のようでもあった。いったい骨のある指がそのように反《そ》れるものだろうか。

やがて女の体から汗がしたたりはじめ、名の知れない香りが泥小屋のなかにゆれた。壁にもたれ、暗闇にあぐらをかいて眼を凝らしていると女がまざまざ男と二人で媾合《こうごう》しているように見えてくる。はっきりと全裸の男が一人そこにいて、二人は無心で競いあっているかのように見えてくる。谷がひらいては閉じ、丘が出没した。巨大な臀《しり》をこちらに向けて女が背をそらし、腿をひらくと、ランプの灯がキラキラ腰で砕け、波うつ下腹に射《さ》し、厚くて重々しいくちびるが無花果《いちじく》のようにゆれた。ふと見ると、女が肩ごしに私を瞶《みつ》めていた。たけだけしく、また深い、完璧《かんぺき》なアマンド型のインドの眼が私を瞶めていた。

女は、ひどい英語で、

「モット、見ルカ？」

とたずねた。

私がうなずくと、荘重なまなざしで、

「金、クレ」

女は手をさしだした。

私の手から金をうけとると女は唾《つば》をつけて一枚、一枚かぞえてからランプのそばにおいて、ふたたび演じはじめた。胸や腹や肩が折りたたまれる。積みなおされる。いそぎんちゃくのような肛門《こうもん》が明滅する。大陰唇《だいいんしん》がたれてぶらぶらゆれる。

批評家がふと顔をあげた。

「この女、買えるよ」

「いや。いいよ」

「もういくかい?」

「うん。でよう」

声を聞きつけて女は演技をやめ、蓄音器をとめた。おちていた紗をひろってすばやく体に巻きつけ、女は主婦のような手つきで私から金をうけとると、いそいで小屋をでていった。きつい香料と汗の匂いがしたが、眼のしたのひどく老《ふ》けた女であった。

土のうえでランプがさびしく鳴っていた。

「あれはタミールだ。インド人はたいていそうだけどね、あの女もひどいけちんぼなんだよ。いまさきの男もタミールで、ひどいひどいけちんぼさ」

「夫婦なのか?」

「いや。そうじゃない。男がどこからか女を呼んでくるんだ。タミールは結婚しないよ。酒もタバコもやらない。肉も食べない。蚊も殺さない。ひたすら金を貯《た》める。故《く》郷《に》へ帰って尊敬されたいのだそうだ」

「きわめて正常だな」

「度がすぎるよ」

露地の出口ではまだ男たちが豚の腸をしごいていた。批評家につれられるまま迷路をたどって本通りにでると、ごみごみした道のふちに小さな湯麵屋《タンメン》があった。私たちは道にだした椅子《いす》にすわってビールを飲んだ。批評家が日本の文学の話をしてくれというので、私は話しはじめたが、彼は聞いている様子がなかった。すばやいまなざしをものうげに右、左へふって、並木や通行人を眺めていた。さきほど泥小屋へたどりつくまでにもおなじことをいうので私は歩き歩き話をしたのだったが、彼はうわの空の生返事ばかりしていた。戦後文学のことを話しはじめると彼はタバコをくわえて眉《まゆ》をしかめ、テーブルのしたで禿《は》げ犬がまずそうに鶏の足を嚙《か》むのをしげしげと眺めはじめた。私は話をやめ、コップの氷をゆすりながら水っぽくなったビールをすすった。

しばらくして批評家はタバコをすて、もう二日すればドイツから楽団がくるといった。ここの大学の教授たちの『ゲーテ協会』が西独大使館と協賛してバイエルン民俗楽団を招待したのだそうである。市の議事堂を会場にして四日間、演奏をするはずで、切符は明日から発売される。

「おれは初日に招待されてるんだよ。いい楽団だそうだ。どうです。切符がいるのならいい席を工夫してあげるよ」

「ありがとう」

「ミュンヘンの楽団なんだよ。ヨーロッパ中世の楽器を使ってその頃の民俗音楽をやるそうだ。現代のバイエルン地方のもやるそうだよ。サイゴンには何でもあるね。プチ・パリさ。競馬。ゴルフ。煙屋。科学風呂。ファッション・ショウ。集団自殺もある。これはパリにはないね」

「おれはいかない」

「ざんねんだな」

彼は冷たく、静かに、少し疲れた様子でパイプ椅子に腰をおろし、何かしら傲然《ごうぜん》たる侮蔑《ぶべつ》をみなぎらせ、コップ、野良犬、ゆれるカーバイドの灯などをうつろに眺めていた。力の弱い冷酷がうごき、私はあてどなく彼を憎んですわっていた。彼はタバコをくわえ、指でテーブルをかるくうちはじめた。低く、くちびるのなかで、フランス語で……わたしに、さいごのダンスを、とっといて頂戴《ちょうだい》……と彼は口ずさんだ。

月　日

市場のまえには小さくて丸い緑地帯があって、広場になっている。そこへ四つの大路が溝の口をひらいて、人の群れを吐きだしたり、吸いこんだりしている。ハム・ギ、レ・ヴァン・デュエット、レ・ロイ、チャン・フン・ダオの四つである。中心の〝丸い点《ロン・ポアン》〟から章魚《たこ》の足のように八方へ街路が放射する様式をフランス人は好むが、この広場も彼らの遺物かと思われる。この都の街路はアジアとフランスが入りまじり、縦横に組みあうのもあれば点から八方へ放射するのもあり、ときどき碁盤に章魚をのせたみたいだと思わせられる。

一昨日の午後遅く、私が噂を聞いてでかけると、丸い緑の点には火事でもあったみたいに人がひしめき、道へこぼれおちそうになっていた。点からはみだした人びとはバスの停車場、市場の入口、四つの大路の出口あたりにひしめいていた。汽車会社の建物のまえの歩道に軍用トラックがとまり、兵隊たちがせっせと砂袋を積みあげていた。砂袋は二重、三重に積みあげられて壁となり、壁はコの字型に築かれ、中心に棒が一本たっていた。荒削りの、ただの丸太ン棒である。群集はロープにさえぎられて遠くから眺めているが、顔見知りの各国の記者やカメラ・マンたちは一団となって棒のまわりに群がっていた。私は警官に記者証を見せてロープをこえた。

記者たちは午後の陽のなかで待ちくたびれてシャツに大きく汗がしみだし、顎《あご》をたれて歩道にすわりこんだり、佇んだりしていた。彼らにたずねたり、答えたりして歩いていくと、さまざまな短い声がした。

「三人ともいうし、五人ともいうんだよ」

「おれは二人と聞いたがね」

「まず今晩か、明朝かだろうね」

「大学生だそうだよ」

「二〇歳の私立高校生だそうだよ」

「地雷を運んでいたそうだよ」

「手榴弾《しゅりゅうだん》だというよ」

「文書もあったんだよ」

「待つんだね」

　私が歩道のふちにしゃがみ、やせこけた一羽の鶏が野菜屑《くず》をついばむのを眺めていると、二人の混血児の少女が腕を組んで、おずおずと寄ってきた。白い裸足に革のサンダルをつっかけ、二人は小さくてやせているが、アジアの肌とヨーロッパの眼を持っていた。美貌《びぼう》ではないが、眼があふれるような生への興味で輝いていた。少女の一人が、あなたは記者でしょうとたずねる。そうだ、と答えると、憲兵《ジャンダルム》が叱《しか》るのでいっしょにいさせてください、憲兵には友人だといってください、邪魔ならいつでも向うへいきます、と少女はいった。つつましやかで、低く、優しいが、ハキハキした声だった。いいよ、そうしてあげよう、と私が答えると、二人はうれしそうに何かささやきかわして、私の腹のよこに小さくなった。

「君、いくつ？」

一人は静かに答えた。

「一八歳よ」

一人はクスクス笑いながら答えた。

「私。一七歳」

私はたずねた。

「何があるか、知ってるの？」

二人は同時に答えた。

「知ってるわ」

「君たちのくるところじゃないよ」

「いいの」

「かまわないの」

「幽霊《ファントーム》が今夜、ドアを叩《たた》くよ」

「いいの」

「来ないようにって幽霊にいっとくわよ」

「幽霊は君たちのために死ぬんだと思ってる」

「よけいなお世話だわ。ねぇ」

いくらか背の高いのが、そうたずねると、

「そうよ、そうよ」

一七歳と答えた、背の低いほうの少女が眼を輝かせ、爪を噛みながらうなずいた。まばゆいほど二人ともいきいきとして晴朗であり、白い歯を見せて微笑していた。

「どこの学校？」

「マルグリット」

「カトリックか？」

少女たちはロープで食い止められた群集の誰彼を指さして、ささやきあったり、笑ったりしていた。二人はしばらくそうやって遊んでいたが、やがていなくなったと思うと、鉄道会社のなかに入りこんで二階の窓からそろって顔をだし、私を見て手をふった。その窓からは死刑柱が肘《ひじ》ほどの近くから見おろせるのである。私は顔をそむけて群集を眺めた。人びとは陽にあぶられてくたびれ、砂糖キビを噛んだり、ジュースを飲んだり、うどんをすすったりして黙々とこちらを眺めていた。少年は貧しい人びとのために死ぬはずであったが、人びとは無料の野外劇を見物するつもりでそこに集まっていた。少女たちはさらに近くから流血を目撃したくて二階の窓から体をのりだし、いまかいまかと待ちかまえ、顔いっぱいに笑って手をふっていた。そして何個かの憎しみでよじれた眼がどこか物かげから私を注視していた。耳のうしろ、肩、後頭部のあたりにそれはしぶとく漂ってはなれなかった。うつろに見えるほど憎しみにみちた眼が、どこか群集のなかか、ちょっとはなれた黄いろい漆喰壁のかげから私を見ていた。

それが一昨日の午後だった。

昨日の朝、五時に私はベッドからおりた。トイレに入って口をゆすぎ、顔を洗った。ショロンの天虹菜館で友人の記者たちと脂《あぶら》っぽく笑いあいながらつめこんだ広東《カントン》料理は、国際政談、素人《しろうと》軍事学、新聞社の人事問題、猥談《わいだん》などといっしょに一夜のうちに体のはるか下のほう、よほど出口に近くおしやられてしまっていた。どんなにゆさぶってみても一片もひっかかる物はなかった。ランプに灯を入れ、小さな鏡の霧のなかに私は栄養疲れしてむくんだ頬を一瞥《いちべつ》し、嫌悪《けんお》にみちて灯を消した。未明の町は暗く、静かで、薄寒かった。河はひっそりと流れ、河岸から町へ入っていくと、ところどころに街燈がおぼろな円光を投げていた。ポロ・シャツの襟をたててふるえながらそのなかをよこぎると、とつぜん私の影が長い腕のように道を走り、向う側の家の壁へ這《は》い上るかと見えてから、ふッと消えた。ゴミ箱や露地の入口に黒いボロぎれの山のように難民が折りかさなって寝ている。母は子を抱き、姉は弟を抱き、びしゃびしゃ濡《ぬ》れた歩道に新聞紙をひろげ、屈伏した一頭の獣がよこたわるように彼らは一体となって眠りこけていた。

広場の周囲は完全武装した降下隊兵と軍用トラックで密封されていた。線のむこうにはおびただしい数の群集がいるらしかったが、白い木柵《もくさく》と短剣付自動銃で家畜の群れのようにさえぎられていた。朝はまだ冷たくて、ひきしまり、舗石は膿《う》んでいず、ニョク・マムの腐臭はひかえめに膝《ひざ》のあたりでうごいていた。タンクが二台。放送車が一台。消防車が一台。軍用トラックが一台。幾人かの人影があたりを歩きまわり、寝不足の寒そうな声で何かつぶやいては黙りこみ、体をぶるッとさせて足踏みする。

ひそひそと日本語がささやいている。

「やけに厳重なんだな」

「迫撃砲をたたきこまれるかもしれねぇ」

「やりますかな」

「でなきゃホテルかレストランだぜ」

「ここんとこ気をつけるんだな」

「川ちゃん、タバコ」

「おれ、死刑見るの、はじめてなんだ」

「川ちゃん、火」

白い一台のステーション・ワゴンが広場に入ってきた。声が消えた。後手にくくられた一人の青年がおろされ、軍用トラックのまばゆい投光器の光のなかをひきたてられていき、柱にくくりつけられた。太った教誨師《きょうかいし》が肩に手をやって何かささやいてからはなれた。誰かが黒い布を眼にかけてやった。青年はやせこけて、首が細く、とまどったようにうなだれて口をとがらしていた。シャツがよごれたズボンのうえにはみだし、はだしの足が土によごれていた。

誰かが叫んだ。

一〇人の憲兵の一〇梃《ちょう》のカービン銃が一人の子供を射った。子供は膝を崩した。胸、腹、腿《もも》にいくつもの小さな、黒い穴があいた。それぞれの穴からゆっくりと鮮血が流れだし、細い糸のような川となって腿を浸し、舗石へしたたった。少年はうなだれたまま声なく首を右に、左に、ゆっくりとふった。将校が近づいて回転式拳銃《けんじゅう》をぬき、こめかみに一発射ちこんだ。血が右のこめかみからほとばしった。少年は崩れおち、柱から縄で吊《つる》され、うごかなくなった。頬と首が真紅の血に浸り、血は長い糸をひいて鼻の頭から錘《おもり》のように舗石へ墜《お》ちていった。記者やカメラ・マンたちが靴音をたてて走り、棺のまわりに群れて閃光《せんこう》をとばしあった。薄明のなかでラッパが二度、吐息のように呻《うめ》いて消えた。少年は仲間の囚人たちに抱きかかえられ、ビニールを敷いた棺のなかに入れられた。医師が検屍《けんし》したあとで蓋《ふた》がかぶせられ、誰かがそれに釘《くぎ》をうった。はじめて私は《棺に釘するこだま》を耳にした。それは異様な大音響を発して貧しいアジアの市場にひびきわたった。

おびただしい疲労が空からおちてきた。私は寒気がして膝がふるえ、それでいて全身を熱い汗にぐっしょり浸されていた。汗はすぐ乾いたが、寒さはまさぐりようのない体の内奥《ないおう》からやってきて、波うった。胃がよじれて、もだえ、嘔気《はきけ》がむかむかこみあげた。私は闇のなかで口をひらいたが嘔く物は何もなかった。消防車が水を撒《ま》きはじめた。兵隊がトラックに柱を投げこみ、タンクは石を踏み鳴らして巨体を回転させ、降下隊員たちはめいめいのトラックに乗りこんで去っていった。防疫線《コルドン・サニテール》が消えた。人びとはおぼろな影となって広場を自由によこぎりはじめた。叫ぶ声もなく、泣く声もなかった。或る影は目的をめざして速く歩き、或る影は買物の帰りのようにのろのろと歩いていた。ふるえる膝をこらえ、一歩ずつ足を踏みしめながら、私は野菜屑や魚のはらわたの散乱した舗石をわたっていった。

下宿にもどってベッドに入り、眼がさめると正午近かったので、私はホテルへいって山田氏といっしょに食事をとった。眠りは浅く、閃光や血が出没し、ときどき手足がふるえた。窓をカーテンですっかり蔽《おお》い、まっ暗にして寝たのだが、直射日光が薄いまぶたにギラギラ照りつけるようだった。どこか明るい川のなかを漂っているようでもあった。何の形も像も光景もない、ただギラギラとまばゆい透明さ、輝く霧、夏の海岸の陽炎《かげろう》のようなもの。投光器の残像なのだろうか。どこか深みの退避壕《たいひごう》の蓋があいたのだろうか。何度かはげしい衝撃波がきた。《止《とど》めの一撃》のそれである。まっ暗りながら体が跳ね、足がつっぱった。全身がねっとりした冷汗で濡れている。眼な部屋のなかで私は体をタオルでぬぐい、枕《まくら》にしがみついて眼を閉じる。ふたたびギラギラ輝く空無があらわれた。落ちるでもなく昇るでもなく漂っていくうちにとつぜんショックが走りぬける。私はとびあがり、眼をあけて落ちた。

カーテンをひらき、タバコに火をつける。漆喰壁には正午近い熱帯のうるんだ陽がゆれている。煙の糸がからみあいつつ天井に昇る。まばゆい輝きも衝撃波も消えた。にぶく、したたかな疲労、ベットリと顔に精液を浴びたような穢感《わいかん》が私を浸していた。

かつ強力な恐怖がそこによどみ、冷嘲《れいちょう》するようにうずくまっていた。けれど、何かが変った。私は平静にタバコをくゆらしながら連想や内省や倦怠《けんたい》にふけることができた。私にはゆとりが生じ、どこか安堵《あんど》していた。醒《さ》めることは遮断《しゃだん》することであるらしかった。私は何かの隔壁のなかにあぐらをかいていた。さからいようのないおびただしいものはそこまで迫りながら壁にさえぎられて足踏みし、弱まり、消えていく。真の観察家とは寝るときも一つの眼をあけておけるような人物をいうのではあるまいかという想《おも》いが私をとらえた。

ホテルの食堂で山田氏と話しながら私はアルジェリア産の赤ぶどう酒を飲み、シャトォブリアンを注文した。ぶどう酒は未熟で、粗く、酸《す》っぱかった。給仕がついでくれる水は消毒のためのひどい石炭酸《フェノール》の匂《にお》いがした。けれど私はよく飲み、よく食べたようである。シャトォブリアンを平らげ、添え物のフライド・ポテトを平らげ、クレソンは茎まで噛《か》んでその苦味《にがみ》を舌にのせた。香ばしいニンニクの匂いのたつ生焼けの肉を切ったとき、薄い血がとろりとこぼれた。私はフォークをとめ、白い皿にひろがった赤い汚《し》みをしばらく眺めた。黒ずんだ繊肉の切口は草むらにころがされた農民の傷口にそっくりであった。蠅がたかってせかせかと吸ったり、噛んだり、媾合《こうごう》したりしている傷口にそっくりであった。私はフォークに一片を突き刺して、ゆっくりと、噛んだ。それは柔らかく、甘く、香ばしかった。何の禁忌も起らなかった。喉《のど》にも胃にも叛乱《はんらん》は起らなかった。完全に私は防衛されているらしかった。私は黙って肉を切りつづけ、のみくだしつづけた。

食後に山田氏が一枚の紙片をくれた。

「明朝もう一回やるそうです。おなじ時刻におなじ場所です。今朝の子は二〇歳だったが、明日の子は一八歳です。どんどん若くなる」

「また特別行動隊員ですか？」

「たぶんね」

「67細胞かしら？」

「わからない。今朝の子は私立高校生で、地雷を二個と手榴弾を一個はこんでいるところを逮捕されたらしい。マキDからでてきたところだったのかもしれない」

「昨日、あそこに混血娘《メティス》が二人見物にきていましてね。嬉《うれ》しそうにしてました。見物人のなかにはうどんを食べたり、ジュースを飲んだりしてるのもいましたね。そういう私だって平気でビフテキを食べてる」

「昔の中国でもそうでしたね。女、子供ほどよろこんで見たがるんだ。私は中支でしたが、よくああいうことがあった。はじめのうちはいやァな感じだったけど、すぐ慣れちまってね、そういうものなんだと思うようになった。しかし今朝は二〇年ぶりに見て、ムカムカッときたな」

「混血娘はかわいい子でね。ほんとにあどけない顔をしてるんですが、幽霊がでるぞ、幽霊は君らのために死ぬのだと思ってるんだぞといってやったら、よけいなお世話だわというんです。ケロッとしてね。おどろいてるすきもないくらいかわいい顔ですよ。あっぱれなくらいでしたね」

「どこでもそうらしいね」

山田氏はシガリロに火をつけ、風船玉グラスの底に溜《た》まった赤ぶどう酒をにがにがしげにすすった。

ホテルからでると昼寝の時間がはじまっていて、あちらこちらの店が戸をおろし、並木道はからっぽの溝のようになっていた。娘たちは自転車に乗り、長い裳裾《もすそ》を風になびかせて北へ、東へ、西へ散りつつあった。ぶどう酒と肉とパンとクレソンで重くなった体を私は市場へはこんでいった。広場は陽に輝き、がらんとし、昏睡《こんすい》におちていた。砂袋の壁のかげではうどん売りの少女が竹籠《たけかご》によりかかって眠りこけていた。柱はなくなって歩道に穴があいているきりだった。少年は二〇年生きて本を二、三冊のこしたくらいだろう。おそらく兄弟が多くて自分の寝床もなかったにちがいあるまい。ズボンとシャツは墓場へ持っていったから、あとはせいぜい蠟燭立《ろうそくた》てかランプ一個か。歩道のわきに小さな水溜りができている。薄めたぶどう酒のような色をしている。暗いなかに煙のような薔薇色《ばらいろ》が漂い、玉ネギの皮が浮いている。昨日見た鶏がせかせか歩いて欠けたくちばしで舗石をこづいている。

今朝も私は五時に起きた。

昨日の難民の親子は今朝もやはりゴミ箱のかげにかたまって寝ていた。広場は暗く、防疫線が張られ、降下隊員が円周にたち、タンク、トラック、消防車、何もかもおなじであった。一八歳の少年は静かに光のなかを歩いていき、柱にくくられ、一声叫んでから射たれた。それだけがちがった。

稚《おさな》い声が走った。

ダ・ダオ・ディ・クォック・ミィ！……

つづいて誰かが叫んだ。

銃声が起って空にみち、少年の声を乗せて波は広場をかけぬけた。少年は即死したようであった。小さな体が落ち、歩道に血がひろがった。血は舗石へ雲が湧《わ》くようにひろがった。少年が失禁したかのように見えた。昨日の将校が静かに歩みよってこめかみを射ちぬいた。ジャーナリストたちが靴音を乱してかけだした。少年は棺に入れられた。消防夫が水を撒きはじめた。ラッパが低く二度鳴った。防疫線がとかれた。兵たちはトラックに乗りこんだ。タンクが回転した。影が広場をよこぎりはじめた。

何事も起らなかった。私は汗もかかず、ふるえもせず、嘔気も催さなかった。厭悪《えんお》もなく、恍惚《こうこつ》もない。二度めの映画を見る人のように私の眼は細部や背景についてうごいた。少年のシャツは白、ズボンはカーキ色、はだしの囚人たちが歩道から少年の体を抱きあげたとき、腕からはみでた足が鶏の足のように骨張って小さいことなどを眼は見ていた。すべてを見送ってから私は広場をよこぎり、戸をあけたばかりの大衆食堂へ入っていった。蛍光燈の荒涼とした蒼白《そうはく》がびしゃびしゃ濡れた床《ゆか》に射《さ》し、山田氏が二、三人の記者仲間とすわっていた。山田氏の眼は暗く、頬が蛙《かえる》の腹のようであった。

「きていたんですか？」

「ああ」

「知らなかった」

「おかけなさいよ」

山田氏は給仕にコップを持ってこさせ、私のためにコカ・コーラをついでくれた。ふるえることなく私はコップをつまみ、薬くさい液を一口すすって、おいた。

正確に二四時間前、私はおなじ場所にすわって震撼《しんかん》させられていた。指がふるえ、膝がふるえ、汗と悪寒に浸され、嘔気でむかむかしていた。この二四時間に私は二度食事をし、一瓶のぶどう酒と幾杯かのウォッカを飲み、少し街を歩き、活字を読んだ。ただそれだけのことなのに、何かがすっかり変ってしまった。呼吸正常。脈搏《みゃくはく》正常。眼は眺めている。耳は聞いている。何の動揺もない。古池の藻の林のように私は静かである。私は視姦《しかん》したのだ。冷たいか、熱いか、何か昂揚《こうよう》や疲労のこだまがあっていいはずであった。けれど私は感じず、そそのかされず、ふしぎな静寂を膝にのせて椅《い》子《す》にすわっていた。誰も口をきくものがなかったから私はだまってコカ・コーラをすすっていた。

下宿にもどるとサラミを三切れ食べ、ウォッカを一杯飲んで、ベッドに入った。暗くした部屋のなかによこたわっていると、待つこともなく眠りがきた。眠りは流謫《るたく》感を消したが、蓋はやっぱりあきっぱなしになっているのか、そこから何かがすべりこんだ。まばゆいばかりの輝きはあらわれなかったが、朦朧《もうろう》とした薄明りが見えた。形を失ったさまざまな物の群れがひしめきあい、もつれあい、たえまなくうごいていた。渦はゆるやかで中心がなかった。ときどき顔がもたげられては沈んでいったが、それが人なのか動物なのか、道具なのか、建物なのか、私にはわからなかった。昨日は眼をあけて見ていたが今日は閉じて見ている。どろどろにとけた渦動に顔を浸していると、二、三度間をおいて、衝撃波があった。しかし、足はつっぱらず、体は跳ねず、私は一度も眼をさまさなかった。衝撃はどこか軒を鳴らして吹きぬける風のようでしかなかった。さめかけては眠りつぎ、さめかけては眠りつぎ、口には甘ったるい酒精とニコチンの匂いがむれ、私は枕を抱きしめて眠りつづけた。

夕方、チャンの下宿へクロロマイセチンをとどけにいった。化膿《かのう》がとまり、傷口が癒着しはじめたらしく、チャンは起きてうごけるようになった。顔は蒼白だが、熱もあらかたひいたらしい。彼は壁にもたれて地元新聞の三面記事を読んで聞かせてくれた。

「また市場の話ですか?」

「そうだよ」

「がらくたが好きなんですね」

「宣伝がないからね」

左手にタバコを持ち、歪《いびつ》な包帯からはみでた右手の三本指に新聞をはさみ、チャンは静かに学校の先生のような口調で三面記事を読んだ。昨夜、九時頃、《夜の星》という名のチンピラ・ギャングたちが他のチンピラ・ギャングたちと手製の手榴弾《しゅりゅうだん》を投げて乱闘したとのことである。いざこざは何でも手榴弾かガソリンか山刀《マチェイティ》で決着をつけられる。新聞の売子に侮《あなど》られた兵隊が手榴弾を投げ、バクチうちたちが手榴弾を投げ、政治屋の手先が手榴弾を投げる。このあいだは借金の催促をされた兵隊が金貸しの後家の家へ一個投げこみ、兵隊と後家とその四人の子供、六人がその場で死んでしまった。

しばらくして私は窓ぎわにたって茶をすすった。茶はさめていて、強く、苦かった。水田はすでに夜に浸され、赤い点が幾つか明滅しながら空を東へいそいでいた。

「あと三日だね、チャン」

「そうです」

「準備はできたの？」

「何もありませんよ」

「戦争はひどくなったということだよ」

「ぼくもそう聞いてます」

「素娥《トーガ》はどうするんだろう？」

チャンはタバコを口にくわえたまま顔をあげて私を眺め、ひっそりと微笑した。

「大丈夫ですよ」

「君がいなくなるよ」
「一人で何とかやっていくと思いますよ。いままでもそうだったんですからね。彼女にはできるんです。ぼくよりずっと強い。ほんとですよ。泣いたことがないんだから」

チャンは感嘆をこめ、誇らしげに、彼女がどれくらい強情で、子供のときから泣いたことがないかということや、市場に露店をだしている叔母がいることや、彼女がたいへん私に感謝していることなどを話しはじめた。不幸の匂いがきつくたちはじめた。彼がくつろいで兄らしくなればなるだけそれはきつくなった。これまで彼は私たちのことをすべて知っていながら何もいおうとせず、ふれようともしなかった。私からいいだしたこともなかった。何かいおうとすると二人を侮辱することになってしまいそうな予感がいつも私にはあった。ふれることも踏みこむことも憚《はばか》られる。何をいっていいのかわからず、いうことがあるのかないのか、それすら私にはわかっていない。或るいらだたしい疚《やま》しさが顔のまわりに漂う。

車庫のコンクリート床に薄いアンペラを敷き、私はぶどう酒を飲んだり、ヴェトナム語を習ったりする。素娥がもう一枚のアンペラにあぐらをかき、ハムやチーズを新聞紙にならべる。栓抜きがなかったので酒瓶の底にズボンを巻きつけて水平に保ち、壁にコツ、コツとあてた。振子のように、正確に、ゆっくりと繰りかえしていると、ぶどう酒がピストンになり、頑強なコルク栓をじりじりとおしだした。瓶底に溜まった渣《かす》がいっせいに舞いあがり、安物のぶどう酒は酢の従兄《いとこ》のようだったが、私はラッパ飲みして素娥にまわした。素娥ははにかみながらぶどう酒を一口《ひとくち》、一口飲み、眉《まゆ》をしかめたり、むせたりした。私はナイフでハムを切り、チーズを切りして彼女にすすめた。彼女はカマムベールを口にはこんで眼を丸くした。私はあぐらをかいて飲みつづけた。ワルシャワでもこんな晩があったと思う。狭いアパートの部屋にはヘブライ語学者の若夫婦が住み、落綿のカーペットがあり、そこに私はやはりあぐらをかいてぶどう酒をすすっていた。《牛の血》という妙な名前のハンガリア産の赤だった。イデオロギー性小児麻痺《しょうにまひ》の気配はどこにもなく、みんなはのびのびしていて、夜がふけると偉人の名をつけた町名を叫んで笑いあった。誰かがレーニン通りと叫ぶと、すかさず誰かがレーニンのお尻《しり》と叫ぶのだった。スターリン。スターリンのお尻。ショパン。ショパンのお尻。コンラッドのお尻。アポリネールのお尻。パデレフスキーのお尻……

「素娥」

「……?」

「子供、二人、殺された」

「そうらしいわね」

「おれ、見た」

「今朝でしょう？」

「昨日も見た」

「こわかった？」

「……」

素娥はしばらく考えてからつぶやいた。

「たくさんの人が死ぬわね」

あぐらをかいた両膝に手をのせ、少し首を傾けた彼女には不動と静謐《せいひつ》があった。それは寝床に死体がある人の静謐かもしれない。私の寝床には汗しかない。死は靴からも去り、寝床からも去ったのだ。

酒を飲みながら私はノートにいろいろな画を描いた。素娥にそれをわたすと、ひとつひとつの画のしたに字を書きこんでから発音を教えてくれた。たがいの眼もおぼろにしか見えないような闇のなかで身ぶり、手ぶりをまじえて一つの単語を争っていると、手でじかに粘土を練っているような気持がしてくる。闇が集められ、砕かれ、しめられ、しぼられて、一語、一語となってしたたるのである。それは茸《きのこ》の群れのように私の内部に、体のまわりに、蚊帳《かや》や土がめのある洞のあちらこちらに生える。

「これはコウモリだわね」

「これは籠だわ。グェン・フェで売ってるわね」

「コウモリは果物を食べるのよ」

「コウモリは果物の汁を食べるのよ」

「人の血を吸うんだという人もいるわよ」

「昼寝のあとで疲れるでしょう」

「そりゃコウモリのせいなのよ」

「フクロウもいけないのよ」

やがて素娥は酔ってノートをおき、ひくい声で歌をうたいはじめた。鼻を鳴らし、肩をふるわせ、《プレジール》の闇のなかで踊るときのように彼女は恍惚として口ずさんだ。短調から悲愁が水のようにしみだしてくる。それはヤモリの鳴声や砲声とともにこの寡婦《かふ》の都のあらゆる壁へ菌糸のようにはびこり、からみつき、舗石といわず、並木といわず、朝も夜も嫋々《じょうじょう》とさまよい歩く。悲歌は空で鳴り、溝でうねり、ゴミ箱のかげでも鳴っている。悲愁と激情は手を携えて土の芯《しん》、黄いろい大河の泥岸、はだしの踵《かかと》で踏まれて石炭のように堅硬になった藁《わら》小屋の土間からたちのぼる。いつか私はアンコール・トムで見た榕樹《がじゅまる》、《フロマージュ》と呼ばれる章魚《たこ》の足のような木のことを思いだす。あそこでは厖大《ぼうだい》な石の宮殿が木に粉砕されていた。木はたがいの幹がわからないまでにぶよぶよにとけあい、もつれあって、繁殖し、たった一本の木が広大な密林をつくりあげ、根はのたうちながら石のうえを這《は》いまわる。隙間《すきま》という隙間にもぐりこんで、まさぐり、ふくらみ、木は廊下を壊し、門をぐにゃぐにゃにし、石柱を抱えこんで空へ投げあげるのだ。癩《らい》の神も、戦士も、男根も、すべての顔は古い石に凝結したまま貪婪《どんらん》な木に犯されて朧《おぼろ》になり、併呑《へいどん》され、崩壊してしまったではないか。いずれはこの都も形相を変えるだろう。一塊の土、一滴の水がなくても石に根をおろして、たった一本で密林をつくってしまう木がある。それがこの国の悲愁と激情ではないのか。アジアの革命とは榕樹ではないのか。斧《おの》を手にしてその行進をはばもうとする人は蒼暗な夢魔とのとめどない闘争に困憊《こんぱい》してついに石像と化してしまいたいと願うにいたる。その瞬間にも彼は根に栄養をあたえ、根は音なくのびて彼をからみとり、幹へ吸いこんでしまうのだ。

殺すがいい。

背骨が折れるまで殺すがいい。

肝臓がひからびるまで殺すがいい。

ただ吸収されるだけだ。

車庫は暗く、温かく、堅固であった。素娥は暗く、温かく、果汁にみちていた。私は酒精にみたされ、酸《す》っぱくて汗ばんでいた。投光器の蒼白な光輝のなかで少年の薄いこめかみが砕けて血が噴出し、顎《あご》や胸を浸して歩道へしたたりおちた光景がありありと見られ、水たまりのなかで煙のようによどんでいた暗い薔薇色が闇をみたしていた。にぶい激情が酒精のなかでうごめき、私はおびえながらも安堵《あんど》し、あてどなく冷酷をめざしていた。放棄した自身にしがみつかれ、荒《すさ》みつつ衰えていた。私は剝《む》きだしのザラザラしたコンクリート床にころげ、額を吸い、眉を吸い、眼を吸い、頰を吸い、くちびるを吸い、顎を吸い、乳を吸い、臍《へそ》を吸い、鳥の巣を吸い、果芯を吸った。

素娥がおだやかに、

「私、ハンカチがほしいわ」

とつぶやいた。

しばらくして、

「二枚ほしいわ」

といった。

月　日

詰所の下士官は電話をおくと顔をあげて記者証を私にもどし、私と山田氏だけ入っていい、ただし兵舎に入るときはいちいち隊長の許可をもらうようにといった。私は素娥をさして、今朝入営した兵の家族なので入れてやってくれないか、面会がすんだらすぐ帰らせるからといった。しかし、下士官は部下の兵隊とトランプをはじめ、二度とふりむこうとしなかった。

「ここで、待て」

「いいわよ」

「おれ、もどる。すぐ」

「いいわ。私、あそこにいる」

素娥はうなずいてアオザイの襟をたて、うどんや椰子《やし》の実を売る屋台のほうへ歩いていった。屋台のまわりには貧しい父や母や姉たちがたったりしゃがんだりして兵営のほうをじっと眺めていた。兵営と病院と墓地の入口にはきっと人びとが茸のようにあらわれる。一人の老婆《ろうば》が塀ぎわにしゃがんでだぶだぶの褲子《クウズ》の裾をたくしあげると、乾いた鮑《あわび》が顔を見せ、やにわに音をたてて尿を吐きはじめた。

山田氏はちらとふりかえり、

「思いだすな」

といった。

「私は久留米師団でしたがね。オハギや赤飯を重箱につめて両親が見送りにきてくれましたよ。営門の入口に憲兵が頑張っていて、それ以上に入れてくれないので、やっぱりああして立ってましたね。ふりかえるとビンタを食らわされる。まっすぐ歩けというんで、まっすぐ歩いていったもんです」

「はげしいな」

「兵隊の靴は前向きに歩くようにしかできとらんというわけだ。それでどんどん歩いていったら、いつか船につみこまれていて、気がついたら漢口ですよ。またどんどんいくと重慶だ。インペリアル・アーミーはじつによく歩いたな。それで、フッと気がついたら、負けて日本にもどっていたというわけです」

山田氏はちびた葉巻にジッポの火を吸いつけ、二〇年前の中国の戦場のことをあれこれ話しながら歩いていった。

　どこかで演習をしているのか、ミシンを踏み鳴らすように機関銃がはげしく連射していた。銃声はたけだけしく咳《せ》きこんで亜熱帯の朝を裂き、あちらこちらに黄いろい漆喰壁の兵舎のある広い構内にこだましていた。われわれは兵舎から兵舎へ歩いて将校詰所をさがし、新兵の居場所をたずねた。頬をきれいに剃《そ》った、いんぎんだが敏捷《びんしょう》そうな一人の若い中尉が、新兵はいまレントゲン検査をうけているはずだといって医療棟を教えてくれた。

　昨夜はショロンの天虹菜館で食事をした。山田氏はまたしても新しいクーペットの噂《うわさ》を聞いたので情報漁《あさ》りにでかけ、チャン、素娥、私の三人で一卓をとった。中華料理店は何軒もあるが搾菜《ザーサイ》をだしてくれるのはここだけである。ビールを飲み、カボチャの種をついばみ、蒸した川蟹《かわがに》をせせっているうちにチャンの頬にようやく艶《つや》が射《さ》してきた。まわりではアメリカ人の将校たちが陽気であったり、沈鬱《ちんうつ》であったりし、ヴェトナム人の小さな情婦たちが傲然《ごうぜん》と首をもたげて、おぼえたてなのだろう、畜生《ダムニット》とか、気楽《テイキリージー》にしななどと叫びかわして笑声をたてていた。壁のなかではメリナ・メルクーリが《日曜はダメよ》をうたっていた。

　チャンは右手をテーブルのしたにかくし、左手でよちよちと箸《はし》を使っていたが、まだ慣れないので、素娥が給仕にスプーンを持ってこさせた。彼女は川蟹を口にはこびつつ、さりげないが注意深い視線を走らせ、兄がくつろいで食欲をたのしんでいるらしい様子を見て安堵していた。箸がうまく使えなかったことから思いうかんだのか、チャンは昔のこの国の大官《マンダリン》知識人たちの話をした。昔の知識人たちは一日じゅう部屋にこもって本を読むか、詩を書くかしていた。ユエの香河では川に舟を浮べて月明の夜に彼らは歌妓に歌をうたわせたり、胡弓《こきゅう》をひかせたりして遊んだ。適量の阿片《アヘン》は気品ある趣味とされ、闘鶏はいやしまれつつも歓《よろこ》ばれた。台所にたつことは極度にさげすまれ、避けられ、その気風はいまの大学生にものこっている。大官たちは長い象《ぞう》牙《げ》の箸をほとんど持てもしなければ物もつまめないといったふうに上の上の部分でちょっとつまんでたくみに操ることを食卓にのぞむ態度としていた。

「日本も昔はそうだった。孔子の影響だね。孔子は知識人が台所に入ることを禁じたからね。しかし、日本の知識人たちは本も読み、詩も書いたが、箸はシクロ引きのようにしっかり握ったよ」

「ハラキリもしたんでしょう?」

「そう。よくやったね。サムライは子供のときからいかにして死ぬかということばかり考えていたんだ。忠誠にくらべたら命は鳥の羽根より軽いのだとされていたからね」

チャンはゆっくりとビールを飲み、雲白肉《ユンパイロオ》を嚙《か》み、冷たく疲れたそぶりでまわりの食事する人びとを眺めた。額や指には強靱《きょうじん》さがあったが、繊鋭さはみじめに損傷されていて、船の破片のようだった。先日の僧や作家とそっくりのそぶりが彼にあらわれていた。しなやかな剛毅《ごうき》が肩のあたりに漂っているが、それは剛毅のための剛毅だった。ロバ。ブリダンのロバ。フランス人ならそういうだろう。空腹でしかも咽喉が渇《かわ》いていたブリダンのロバは秣桶《まぐさおけ》と水桶のどちらにいこうかと迷っているうちにとうとう飢えと渇えのために庭のまんなかでのたれ死にしてしまったという。しかしチャンは撰択で迷っているのではない。彼は選ぶことを放棄してしまっているのだ。むしろ彼はイギリス人がいう《悪魔と青い深海のあいだ》に佇《たたず》んでいるのだ。僧も、作家もそうだ。核心にはいるが周辺人なのだ。そして私は彼らよりはるか後方にいる。

「東京へいってみたかったな」

「そうかね」

「ぼくはどこへもいったことないからな。一度いってみたかった。話をしてくれませんか。あんたは一度も東京の話をしたことがない」

「大きな町だね」

「それから？」

「人と自動車と家でいっぱいなんだ」

「よく聞きます」

「すぐ熱くなってすぐ冷たくなる。最新型なら何にでもとびつくね。でも三カ月で飽いちゃう。何でも三カ月だ。あまりたよりにするな」

「それから？」

「朝から晩まで自分のことばかり喋《しゃべ》ってる」

「それから？」

「敏感だが冷血だ」

「それから？」

「それでおしまい」

チャンは苦笑してスープの鉢に顔を伏せる。私はテーブルに片肘《かたひじ》ついていがらっぽい《バストス》に火をつける。豊富で貧しく、華麗で醜悪、軽薄で精悍《せいかん》な東京は四千キロかなたにある。けだるくて苛烈《かれつ》な都だ。この二〇年間に無数の反抗と示威があったけれどついに戒厳令が一度も布告されたことのない、アジアで唯一《ゆいいつ》の都だ。心にも町角にも危機がけっして夜一一時以後に鉱物質の沈黙を分泌《ぶんぴつ》するところまではびこることのなかった都である。外出禁止令《カーフュー》が呼吸とおなじくらい何年となく常態化されてしまったここの水準からすれば東京はアジアであるかどうかも怪しまれる。東京は禁忌も切断も知らない。時間はぐにゃぐにゃしていて、朝と夜の境界がなく、液かと思われるほどなめらかな粉末状になっている。政府か反政府か、二つに一つしか立場がないのがアジアだとすると、第三、第四、第五の立場が無限にある東京はふたたび怪しまれる。ここで東京の話をするのはチャンを侮辱することになりかねないとさえ思われる。

われわれはスープを食べ、豚を食べ、蟹を食べ、鶏を食べ、搾菜を食べ、ときどき箸をおいて汗をぬぐってまた食べつづけた。眼がうるんで頬が輝くと、ずっしり重くなってたちあがり、暗いミト河岸をしばらく散歩した。

「明日、見送りにいくよ」

「来ないでください」

「日本人の習慣なんだ」

「センチメンタルだな」

吐きすてるようにつぶやいてチャンは踵《きびす》をめぐらし、素娥にひとこと、ふたこと声をかけると、立小便で腐って緑いろの穴があいたように見える壁に沿って去っていった。

「あれかな」

「らしいね」

一棟の灰緑色に塗ったバラックがあって、上半身裸になった一群の若者がいた。彼らはめいめい首からカードをぶらさげ、順番を待っているらしくて、ぼんやりとしゃがんでいた。サンダルをはいたのもいればゴム草履をつっかけたのもいる。彼らは市場界隈《かいわい》の人ごみを誰かが気まぐれに網でひとすくいしてそこへぶちまけたかのように見えた。軍医が戸口へでてきて名を呼ぶたびに一人ずつたちあがって小屋へ消えていき、あとの者たちは土を眺めたり、顎をおとしたりしていた。その陰鬱な家畜の群れのはずれに裸になったチャンが佇《たたず》み、われわれが近づくのを険しいまなざしで眺めていた。

彼は眼を細め、とがめるように、

「何しにきたんです」

といった。

山田氏はポケットをまさぐって東京の少女たちが財布のはしにつける飾りをとりだした。小さなプラスチックの玉のうえに河童がすわり、玉のなかには小さなサイコロが入っていて、クルクル回る。五〇円か一〇〇円くらいの物だろうか。クロロマイセチンやマラリア剤といっしょに新聞社が東京を発《た》つときに私のスーツケースへぎっしりつめこんでくれたのである。それには忘れにくい記憶がある。ハイウェイ・パトロールの昼寝のときに私がなにげなく配ったら隊長のチョン大尉から弁当かつぎの兵までがはしゃぎだし、逆立ちしたり、拍手したり、サイコロが回るのを見とれて笑いころげてからまた起きなおってしげしげと見とれる者もあった。彼らは戦争にくたびれきっているが、与えられなさすぎ、知らなさすぎるのでもあった。いきいきとして広い荒野を彼らは抱えていて、空を眺めて笑いつづけ、私は茫然《ぼうぜん》としてしまった。

山田氏はそれをチャンの顔のまえでふってみせ、恥じつつ、真剣な口調で、

「お守り《タリスマン》だよ」

といった。

「何でもお守りになるんだ。おれも中国へ戦争にいったときはお守りを持ってた。いらなかったら誰かにやれよ」

チャンの眼に激しさがゆれた。

山田氏は一歩さがって頭をさげ、

「いい仕事をしてくれてありがとう」

といった。

私は今朝出がけに下宿の壁からはずしてきた『天官賜福』の紅唐紙をとりだし、漢字の読めないチャンに意味を説明してやった。険しさと激しさが彼の眼から消えた。彼は茫然となり、うろたえたまなざしになった。二頭の水牛がぶつかれば一匹の蚊が死ぬとつぶやいたあの午後の、奥の奥まで透明で奥の奥まで朧《おぼろ》であった気配はなく、ただ貧しくてやせこけた、肩も腰も薄い若者がおろおろして佇んでいた。

「それもお守りさ」

「……」

とつぜんチャンはひしがれたように眼を伏せた。彼は紅唐紙を持った手をだらりとぶらさげ、ズボンのポケットにしまいこむことも忘れ、喘《あえ》ぐようにくちびるを舐《な》め舐め、つぶやきはじめた。ぺちゃんこの白い腹がひくひくし、そのたびに臍《へそ》が浮いたり沈んだりした。ぼくは、と彼はいいだした。誤解していた。ぼくはあんた方を誤解していた。あんた方は面白がっているんだと思っていた。外国の新聞記者はみなそうだ。同情するふりをしながらみんなスリルを味わいたくて来るんだ。あんたは薬をくれた。おかげでぼくは熱がひいた。あんたとはいろいろ話しあった。けれどぼくはあんたがいやなものを見たくないばかりにぼくに薬をくれるんだと思っていた。誰も本気で同情してくれたものなんかありゃしない。そんなことをしたら一日もわが国にいられやしない。あなたがたは、ぼくに……

軍医が戸口にあらわれて名を呼んだ。

チャンは息を吸いこみ、

「ぼくの番です」

とささやいた。

とつぜん私は彼の腕をとり、

「逃げるんだぞ、チャン」

とささやいた。

糸の切れた人形のように彼はうなずいた。

「手紙をくれ」

「書きます」

「いいか。これはもう無駄な戦争になっちまった。ほかのやつはどういうか知らない。おれはそう思う。戦争じゃない。屠殺場だ。死んでも無駄だ。戦闘になったら鉄砲を捨てろ。逃げるんだ」

「チャン」

とつぜん山田氏が低く声をかけた。

「〝チーズ〟といえ」

聞えたのか、聞えなかったのか。チャンは微笑もせず、ふりむきもせず、蒼白《そうはく》に頰をひきつらせたまま、X線装置が低い唸《うな》りをたてている暗い小屋へ入っていった。私の指のあいだからするりとぬけて彼は消えてしまった。髪をきれいに撫《な》でつけ、砥石《といし》のようにつるつるの頰をした軍医が彼のために体をひらき、倦《う》みきった魚の眼で私をちらと眺めて小屋に消えた。

私と山田氏は銃声のとどろく方へ黙って歩いていった。練兵場では一人の兵が木の台に固定した機関銃を連射し、その長い弾道のしたを何人もの兵がカービン銃をひきずりひきずり肘で這《は》っていた。

「空砲じゃねぇ。実弾だ」

山田氏はつぶやいた。

「手荒く贅沢《ぜいたく》だな」

機関銃の銃口では小さな炎がたえまなく閃《ひらめ》き、薬莢《やっきょう》が花火のように飛散しつづけ、中学生のように小さな兵たちは片手で銃をひきずり、片手で鉄兜《てつかぶと》をおさえ、肘で搔《か》き搔き右へ、左へジグザグに這っていた。目標にたどりついて弾道から離脱すると彼らは顔を土だらけにしてころがり、ぜいぜい喘いだ。

「山田さん、お守りは何でした？」

「女のあそこの毛ですよ」

「やっぱりね」

「水商売の女のがいいんです。それも自分で抜いたのじゃいけないんで、誰かに抜いてもらったのがいいというんです。当時はそういうことになってた。帝国陸軍は女の陰毛に守られて中国に乗りこんだわけです。みんな持ってましたよ」

「それなら持ってます」

「奥さんのですか？」

「いや、ちょっと」

「奥さんのじゃダメですよ」

「千人針のシャツもあるんです」

「見かけによらず古風ですな」

「勃起《ぼっき》した魔羅の形に縫ってある」

「いいな」

山田氏はきまじめにうなずいた。

「そういうのがいいんです」

「きくかしら」

「きくんだ。ぜったい、きくんだ」

兵は新しい弾帯を装塡《そうてん》した。将校が指揮棒をふりおろした。ふたたび機関銃が唸りはじめた。兵たちは一人ずつ水に潜るようにしておずおず弾道のしたへ入り、顔で土を舐めつつ這いだした。わなわなふるえ、くちびるはひからび、眼を輝かせ、彼らは右へ、左へ虫のように這いつづけ、這いつづけた。チャンにお守りをやったのは失敗だったかもしれない。彼を濡《ぬ》らしてしまったのはよくなかった。たとえあてどなくても憎悪《ぞうお》か冷罵《れいば》かを蒔《ま》くべきであった。恐怖は人を注意深くさせるから戸外では有用だが、憐憫《れんびん》は糖衣された毒だ。それは癩《らい》のようにじりじりと人を軟らかくし、崩壊させ、腐敗させる。うしろをふり向いたときに彼は死ぬのだ。

陽が正午に接近してむくみはじめた。

月　日

朝、歯を洗ってからシクロにゆられてキャフェへいく。大通りに面した大きなガラス窓の右から三番の席にすわり、キャフェ・オ・レに三日月パンを浸して食べつつ新聞を読む。パリのにくらべるとここの三日月パンは甘ったるくて、重く、ねっとりしている。キラキラ輝く窓ごしに通行人を眺めたり、新聞を読みかえしたり、タバコをふかしたりしているうちに正午になる。キャフェをでてホテルへいき、山田氏といっしょに昼食をする。ショロンの同慶大酒店へ飲茶《ヤムチャ》を食べにいくこともある。そのあと下宿へもどって三時間、昼寝をする。昼寝からさめると歯を洗い、シクロにゆられてキャフェへいく。朝が《ブロダール》だったら《ジェヴェール》、朝が《ジェヴェール》だったら《ブロダール》である。夕食前のアペリチフにペルノーをする。五時半からの記者会見が終って記者たちが二軒のキャフェのどちらかへ一杯やりにあらわれる。やがて私は日本人の記者仲間の誰かとつれだって食事にでかける。食後には記者たちのホテルや下宿へでかけてポーカー、花札、麻雀《マージャン》をする。そのあと《プレジール》へいって素娥と踊り、車庫で眠り、朝になると彼女は教会へミサをあげにいき、私は聖堂の入口で別れて下宿へもどる。

日を追うにつれて世界各国から記者がおしかけるようになり、キャフェはとめどない議長ぬきの会議がおこなわれる会議室か、たえまなくひそひそ声が潮騒のようにひびく停車場のようなものに変った。アメリカ人。フランス人。イギリス人。日本人。ドイツ人。韓国人。タイ人。フィリピン人。新しく来た人は古くからいる人からあきあきしたそぶりで聞かされる話を真剣に耳を傾けて聞き、いきいきと苦悩し、ドアをあけて水田へ、山岳地帯へ、ジャングルへでかけていく。一〇人のうち九人が陽焼けして、眼を輝かせ、寡黙《かもく》になってもどってくる。何人かはいつのまにか消えてしまう。その男の顔や声音や名を思いだすと、私は窓ぎわにすわってタバコをくゆらしながら、自分が魚になったような気がする。魚たちは肌をすりあわせながら川を流れていき、ときどき何匹かの仲間がふいに上のほうへ、空のほうへ、体を踊らせつつ音もなく消えていくと感ずる。魚群へ上手に毛鉤《けばり》をうちこんだ人なら一匹抜いても二匹抜いてもあとの鱒《ます》たちは平気で餌《えさ》をあさるのにふけっている習性を知っているはずである。餌を求めて跳躍した仲間がもどってこないからといって魚は思いわずらわない。エア・コンディションされた、エスプレッソ・コーヒーの強い香りの漂う、黄や黒や赤のプラスチック・パネルが陽に輝くパリ風のキャフェのなかで、人びとは席から席へわたり歩きつつ、ジャップ将軍の人民戦争論に自分の目撃した一章、一章を増補することにふけった。戦争は他人にはどう理解もされず伝達もされない。誰も彼もが夜の赤土の塹壕《ざんごう》の匂《にお》いが冷却された空気やコーヒーの香りのなかでどう手のつけようもなく稀薄になっていくのにいらだちながら、刺すように眼を光らせて、低声《こごえ》で語りあい、徒労と知りながらぶざまきわまる語群をあさって形をあたえようとしている。人びとは話のあとできっと短い結論をさがす。結論を下した瞬間に何かしら自分を手ひどく裏切り、おとしめ、いやしめたようなまなざしになるが、そうせずにはいられない。或るものは、これは非力な小男が大男の力を利用して大男を投げるのだから、ゲリラ戦とはジュードーであるという。或るものは、これは種族の違う怪物と怪物の争闘なのだという。或るものは持てるものと持たざるものの争闘だといい、或るものは人間と機械の争闘であるといった。或るものは黄と白の戦争を黄と黒が助けている戦争だといった。或るものは夜と昼の争闘だといい、或るものは象と鼠の争闘だといった。或るものは原始と原子の争闘だといい、或るものは変化を求めるものと変化を求めざるものの争闘だといった。或るものは町と農村の争闘だといい、或るものは美徳と悪徳の争闘だといい、或るものは戦闘と戦争の戦争であり戦闘であるといい、或るものは腹から下を殴ってはいけないことになっているクィーンズベリ侯爵《こうしゃく》式ボクシングと、どこを殴ろうが蹴《け》ろうがいっさいおかまいなしのタイ式ボクシングの戦争だといい、それをよこで聞いた或るものは冷嘲《れいちょう》して、ただ肩をすくめ、お袋とやりな、といった。そして人びとはその日、その日のモスコーの、ペキンの、ハノイの、ワシントンの、パリの、ソウルの、東京の、ジャングルからの声明文を読んで、断言したり、絶望したりし、翌日になるとすべてを棄て、ひっそりとガラス扉をおして入ってくる。たがいに眼のはしで微笑しあいつつ席につき、いやいやながら前日交わした議論を、味も匂いもなくなるまでに煮つめたシチュー鍋《なべ》を、ふたたびかきまわしにかかるのである。

私は白蟻《しろあり》が木を食べるように時間を食べている。白蟻は家を倒し、塔を建てるが、私はペルノーをすすりつつ椅子《いす》のなかでじりじりと太るだけである。言葉は人の口からこぼれおちた瞬間、手や足をちぎられてぴくぴくうごくが、しばらくたつうちに乾《ひ》からびてしまう。私の内部にはがらんどうの倉庫があって褪《あ》せた言葉がギッシリつまり、埃《ほこり》をかぶるままになっている。ライオンはライオンと名づけられるまではえたいの知れない凶暴な恐怖であった。けれどそれをライオンと名づけたとき、凶暴ではあるが一個の四足獣にすぎないものとなった。人びとが《持てるものと持たざるものとの争闘》といい、《お袋とやりな》というとき、戦争はちょっと傷ついてそこにたちどまり、形を見せた。しかしつぎの瞬間、戦争は解体してもとのとらえようのない多頭の蛇となり、野をこえ山をこえ、とめどなくひろがってわだかまり、屍臭《ししゅう》も血ものこさずにガラス窓から消えていった。どれほど切られても、溶かされても、蛇は倒れて大地に接触すればたちまち傷口から新しい頭を生《は》やしてたちあがってきた。

「いまに難民の大群でアメリカの背骨が折れちまうぞ。彼らは腹がへった、腹がへったといってカンカラで地面たたいて泣くだけでいいんだ。チョーイヨーイ、チョーイヨーイといってわんわん泣きながら飯のうえの蠅みたいにビッシリ、アメリカの背にたかるんだ。そして、ただ泣いてればいいんだ。彼らは餓死するかもしれない。けれどアメリカの背骨も折れちまう。難民はカリフォルニア米を配給されていた。東南アジア屈指の米産国の農民がカリフォルニア米を食べてるんだ。それを見たらおれは彼らの勝ちだと思ったね。百万、二百万、三百万と難民がでて、それが餓《う》えそうになってもたれかかってくるんだ。この全重量をどう支える。ヴェトコンは人民と接触できなくなって水が干上がるかもしれんが、いっぽう難民部隊をどんどん送りこんで政府の背骨をへシ折ってやろうとしてるとも考えられるぜ」

二、三日消えて難民キャンプを見にでかけていた連合通信の安田が陽焼けして《ジェヴェール》にあらわれ、苛烈《かれつ》な、暗いまなざしでビールを飲んだ。私はだまってペルノーをすすった。話は明快だが口調が暗い。自棄の翳《かげ》りが濃い。怒りに倦怠《けんたい》が射《さ》している。三カ月前の彼はこの国へ来たばかりで、東京の匂いを捨てることに熱中し、いきいきと苦悩して切り裂くような文体で記事を書いていた。けれどいまの彼には自分で自分の体もはこべないくらいに飽食した男の倦怠がよどんでいる。惨禍は彼の内部でも形を失っている。

「留守中、何かあったかい?」

「ピアストルの闇値が一〇ピーあがったよ」

「それだけか?」

「またトルコ風呂が一軒できた」

「耳寄りだな」

「サイエンティフィック・バスという」

「どう科学的なんだね」

「吸いだしたあとアルコールで拭《ふ》くんだ」

「痛いだろな」

「だろうね」

安田は眼を細めてビールをすすり、もの思いにふけった。頑健な彼の肩や胸からにぶい圧力がたちのぼる。赤裸の匂い。戸外、日光、くすぶる土、号泣するはだしの農民たちのかすかなこだまだ。以前はこの匂いをたてている男の体に近づくと私は威圧をおぼえた。あざやかで明確な焦燥をおぼえた。おびえながら私はひそかにはげしい嫉妬《しっと》をおぼえ、夜、一人になると、苦しめられた。死の予感が昂進《こうしん》するにつれて生は上昇しはじめ、あまりに私は自身に憑《つ》かれていたのでどう避けることもできずベッドからおりて靴をはいた。ひょっとして自身のかなたへ踏みだせるのではないかという予感がどこか遠くに漂っていた。霖雨《りんう》を追って北上し、半島の突端をめざして南下し、夜の荒野を冷たい汗にまみれて行軍した。惨禍と危機はひりひりしながら泥のような私の内部にしみこみ、ひろがった。官能は草むらの農民の死体や果てしない沖積平原の空の鳴動するような夕焼けにむかってひらかれ、私は夢中になって外界をむさぼった。しかし、どうしたことだろう。いま安田の体からしみだし、ひろがってくるものには、何かしら辛《つら》く終った週末旅行から帰って駅へおりたった人の体から発散するそれに似たものがあるようではないか。明日の朝になればそれは消え、彼は変貌《へんぼう》してしまい、私を居心地わるくさせないだろう。明日も私はこのキャフェにあらわれ、餓えかかった農民について蒼白で苛烈だがまさぐりようのない暈《かさ》に似た観念を膝《ひざ》にのせて窓ぎわのおなじ席にすわり、三日月パンを食べつつ新聞を読んでいることだろう。

サイゴンにいるのか。

東京の喫茶店にいるのか。

安田は手で口をぬぐって脂《あぶら》っぽく笑った。

「今夜はジャディンだぞ」

「一五〇ミリかい？」

「一五五だ。有反動式でな」

「また五十女かい？」

「そうよ。五十女だ」

「わからないな」

「あんたにはわからんさ」

「まったく、わからない」

「五十女のあそこはぺちゃんこだ。皺々《しわしわ》になってる。おしっこしかしないから錆《さ》びちゃってね。酸《す》っぱくて辛《から》いんだ。目をつむってそこをヒタヒタと責めるんだ。すると、そのうち、家鳴り震動がはじまる。これがいいんだ。ほんとに、あんた、征服って感じがするよ。よがり泣きする婆《ばあ》さんを見たことねぇだろ。こいつはギョッとするような凄味《すごみ》のあるもんだ」

「強姦《ごうかん》とどうちがうんだ？」

「ちがうね。徹底的にちがうね。おれは婆さんに生きる自信をあたえてやるのだ。婆さんはまだ女だったと気がついて根源的勇気をとりもどすんだ。おれは五〇年の歳月をひっくりかえして玩具《おもちゃ》箱みたいにしてやる楽しみがある。若い女は泣くのがあたりまえなんだからそんなものを泣かしたって自慢にならねぇ。格闘にならねぇ。こりゃ、あんた、自尊心の問題だ」

「大層なインテリだな」

くすぶった、荒あらしい眼を細めて安田はふいに『不思議の国のアリス』に登場するチェシャー猫のようにニヤリと笑い、ビールを飲みほすと、つよい腋臭《わきが》のかたまりをのこして店をでていった。彼は法螺《ほら》は吹くけど嘘《うそ》はつかない。いっしょに女漁《あさ》りにでかけた記者たちはじっさい彼が言葉どおりに自分の母親みたいな娼婦《しょうふ》ばかりを選び歩いて若い女には目もくれようとしないのを見てたじたじしてしまうのである。災禍にそそのかされて彼は今夜、新鮮な欲情をあたえられ、しぶとく追求にかかることだろう。どこかの藁小屋《パイヨット》で豚の血走った眼を眺めながら幽鬼のように頰の落ちた老婆《ろうば》を彼はしゃにむに責めるにちがいない。竹柱に吊《つる》したランプの灯で眼とすれすれの近さから覗《のぞ》きこむ豚の充血した眼はまるで牙《きば》も爪もある猛獣のようである。厚い腰から彼がはじきだす精液は黄濁してきつい匂いをたてる。

老人に出会ったのはいつだったろうか。

或る朝、一〇時頃、キシナニ氏の店で金を替えたあと、新着の本をさがして書棚に沿って歩いていたら一人の老人の体にあたった。老人はアメリカ人で、背は低く、頭はすっかり禿《は》げているが、首、胸、腰、どこもかしこもまるで山塊か波止場労働者のようであった。皺だらけのカーキ色の半ズボンからよれよれのシャツがはみだし、無銭旅行の若者にそっくりの貧しさで、体から発散するねっとりした垢《あか》の匂いもそっくりであった。それにはしばらく接触しなかったので懐《なつ》かしかった。汗にも色がある。白い汗はねっとりからみつき、黒い汗はくすぶった安葉巻の匂いがし、黄いろい汗はツンツンと塩辛い。

老人は好ましげに私を眺めた。

「あなたは日本人かな」

「そうです」

「日本人に会うのはうれしいことじゃ」

老人は微笑してゆっくりと握手のために手を持ちあげた。ハンマーか何かの重くて厚い道具を床から持ちあげたかのように見えた。ズボンで掌をゴシゴシぬぐってから握手をすませると、老人は熱心な口調で戦局のことをたずねた。私は昨夜食事をしながら山田氏から教えられた情報を手短かに話した。一晩たっただけでそれはもう酸《す》っぱい匂いがたちはじめていた。老人は硬くて厚い骨に蔽《おお》われた、椰子《やし》の実のように巨大な頭をかたむけ、ふむ、ふむとうなずいた。そのあとしばらくうなだれていてから、とつぜん老人は、

「はずかしいことじゃ」

といった。

「わしはクェーカー教徒じゃ。クァン・ガイにある軍の病院へ民間の奉仕員として援助にいき、働いておったんじゃが、毎日、ひどい光景を見た。ひどいのじゃ。じつにひどい。あんたはああいうものを見なさったか」

「見ました。クァン・ガイではありませんが、ほかのところで見ました。あちらこちらです。あちらこちらで見ました」

「どう思いなさる」

「どこでもおなじです」

老人はちらと私の顔を見て顔を歪《ゆが》め、眼をそむけた。ふさふさした褐色の眉《まゆ》がけわしくよせられ、眼が茂みのしたにかくれた。その淡青色の瞳《ひとみ》のなかにおしあいへしあいひしめくものがあるのを私はかいま見た。

「ゲリラ戦の犠牲者は国際法の孤児だというんじゃ。名も知れぬ女や子供が死んでし

きよろめきよろめきもうて法はどう扱ってよいかわからぬ。法は戦争のはるかうしろをよろめきよろめき追っかけておって学者たちはどうしてよいかわからぬというんじゃ。わしは国《ステイツ》にいるときそんな意見を聞いたわい。ほかにもいろいろとこの戦争のことを読んだり、聞いたりしたわい。しかし、あれくらい残忍なものとは知らなんだのじゃ。国際法を議論するのは偽善だ。チャーリーたちははずかしいことをしておる。しかもはずかしいとは思っておらん。それがはずかしいのじゃ。わしらはキリスト教国の人間なのに汝《なんじ》の敵を愛せよという言葉を忘れてしもうた。それもはずかしいのじゃ。国の連中も毎日の生活にいそがしゅうてな。税金が上がったり、物価が上がったり、徴兵カードが来たときだけ本気になる。自分に関係のないことは誰も、何も、気にしよらんのだ。いまはそういう時代じゃ。恥を知らん時代じゃ」

老人はにがにがしげにつぶやき、膚《はだ》をふるわさんばかりになってうなだれていた。われを忘れ、両手をだらりとさせ、老人は穴居人のように猫背で、体内いっぱいに汚《お》辱《じょく》をみなぎらせていた。

「簡単な算術なんじゃ。誰でも知っておるわい。アメリカ人を引けばいいんじゃ。このニセの政府は一週間でつぶれる。戦争はそれで終りじゃ。一週間もかからん。三日か、四日。そんなもんだろう。そのあとでコミュニストがどんな政治をしようが、わしにはこれ以上わるい状態は考えられん。クァン・ガイはインフェルノじゃ。あれがインフェルノじゃ」

老人は声を抑えに抑えていたが、語尾がふるえ、静かな店内に脆《もろ》いグラスを落したようにひびいた。書棚を蔽いつくさんばかりに、まるで原生林のように老人の体軀《たいく》は店内いっぱいに充満していた。激情と暗愁が本や天井に触れて音をたてそうになっていた。老人は確信にみちていた。錆びることも翳ることもない確信にみちていた。それは山さながらに単純で、古く、かつ、重量があった。

ワイヤ・ラックの文庫本の塔のかげでぼんやり頰杖《ほおづえ》をついていたキシナニ氏が、顔をあげ、深淵《しんえん》のようなインドの眼で私をじっと見た。かすかに眉をしかめ、彼は刺すようなまなざしで私を凝視した。

「ここは危険です」

老人の毛むくじゃらの耳に、

「散歩しながら話をしませんか」

私はささやいてから、老人の腕をとり、ガラス戸をおして並木道にでた。タマリンドの涼しくて深い影が額に落ちた。私は老人と肩を並べて河岸へ向った。道は涼しくて堅く、ひきしまっていて、まだ熱い醱酵《はっこう》の腐臭をたてていなかった。老人はあらためて自分はクェーカー教徒であり、絶対反戦主義者であり、ニューヨークの住人だと名乗った。集会にでて講演を聞いたり、新聞や本を読んだり、テレビの記録番組を見たりしているうちにいたたまれなくなって奉仕団に志願した。クァン・ガイの病院へ働きにいき、昨日、医療品を受領にサイゴンへきたところであり、明朝、飛行機でまたクァン・ガイへもどる予定だという。褐色の粗毛に蔽われた強大な肉塊が両手をゆっくりとふり、少し猫背になって歩いていくところは、棍棒《こんぼう》をおいて散歩している穴居人そのままであった。彼はあたりを眺めてしきりに賞《ほ》めたり、嘆いたりした。アオザイ姿の娘が賞められ、うどん売りの少女が賞められ、銭をねだってアメリカ兵を追っかける少年たちが嘆かれ、日本製のエロ写真を売る男たちが嘆かれた。

河岸には人の姿はなく、二、三人のはだしの子供が魚を釣っていて、きいろい、とろりとした水が朝の陽に輝きつつ流れていた。老人と私は河岸っぷちに腰をおろし、水のうえに足をたらして話をはじめた。はじめたとたんにそれは終ってしまった。私は長大な年表を繰らねばならないものと覚悟して、たくさんの人名や地名や数字、唾《つば》と指紋にまみれてひねりまわされたあげく、いまはもうふりかえるだけでうんざりとなってしまうそれらを記憶の塵芥《ごみ》山のなかから掘りおこしにかかっていたところであった。しかし老人はたった一撃で議論にあっけなく止《とど》めを刺してしまった。

老人は短く、静かにつぶやいた。

「一九四五年にじゃ。ホー・チ・ミンは日本軍敗北の直後にじゃ。独立を宣言して臨時政府を樹立した。バオダイ帝は一市民となり、顧問となってこの政府に参加したのじゃ。これを二つに分割することとなったのはフランスじゃ。簡単な算術だよ。フランスを引いてみるがいい。第一次インドシナ戦争はない。ディエン・ビエン・フーもない。ジュネーヴ協定もないのじゃ。つぎにアメリカじゃ。フランスのあとをついだアメリカじゃ。アメリカを引いてみるがええ。南の政府も、いまの戦争もないのじゃ。簡単な算術だの」

老人は少し意地わるい微笑を含んだ眼でちらと私を眺め、足を水のうえでぶらぶらさせながら、たくさんの壺をのせた一隻《せき》の小舟がゆっくりと下流へ去っていくのを見送った。皺に荒された老人の醜い顔に熟考と決意がたちこめていた。褐色の茂みのなかでいたましげに眼がまばたいている。

「中央情報局の報告ではもしいま自由に投票させたらここの人の75パーセントはホー・チ・ミンに投票するだろうということじゃ。アメリカの情報局がそういうとるんじゃ」

「アイクは80パーセントといいましたよ」

「いつのことじゃな」

「ジュネーヴ協定直後です」

老人はいそいでポケットから小さな手帳をとりだし、私のあげた数字をちびた鉛筆を舐《な》め舐め書きこんだ。

「変れば変るだけいよいよおなじじゃ。一〇年間戦争をやって、ひどい暴虐《ぼうぎゃく》政治をやって、それで五パーセントのダウンじゃ。こんな数字はどうにでもなるわい。ナンバー・テンじゃ」

「韓国大使館のミリタリ・アタッシェによく私は情報を聞きにいきます。アタッシェは徹底的な反共主義者です。しかし彼にいわせると、30パーセントがVC、40パーセントが積極的・消極的を問わず親VC、あとの30パーセントが反VCだそうです。つまり70パーセントがVCだというんです。CIAはあまりまちがっていないと思いますよ。アイクの数字にも近い。彼にいわせると今日、いま、まっ昼間にでもホー・チ・ミンはその気になればサイゴンに潜入できるのだそうです」

「こりゃおどろいたわい」

老人は低く声をたて、いそいで手帳に何か書きこんだ。巨大な作戦地図を背にした金《キム》大佐が、或る午後、雑談のあとでとつぜん私のポケットからペンをぬきとり、黙って《天ノ心》と日本語で書いてみせた姿が思いだされる。しかし、大佐は、韓国軍が派遣されるときまってからは牡蠣《かき》のように黙ってしまい、酒や果物の話しかしなくなった。

「簡単な算術じゃ」

ふたたび老人がつぶやいた。

「いつでもホーが残るんじゃ。バオダイ帝を引く。ホーが残る。ディエムを引く。ホーが残る。マダム・ニューを引く。ホーが残る。ド・ラットル・ド・タッシニー将軍を引く。ホーが残る。ここはホーの国じゃ。わしらは無知と偽善の罰をうけとるんじゃ。あまりに自負心が高すぎて真実が見えず、自分をだましてきた。真実を見ないで理想を追いかけてきた。車輪がやっと発明されたばかりのような国へきて女や子供を殺しておるわい。わしら自身を殺しておるんじゃ。倫理の問題じゃ。この戦争はアメリカの倫理にとってこれまでにない致命傷じゃ。誰もが勝てん、勝てんといいながら負けるわけにもいかんというておる。わしらには負ける勇気がない。負けたというて鉄砲を捨てるのが最大の勇気を要することじゃ。それを認める勇気がない。ローマ人はキリストを殺したがそのためキリストに征服されたんじゃ」

老人は低いが激しい口調でたたみかけるように話しつづけた。激しく、真摯《しんし》に、ひたすら彼は自分を責めつづけた。ふさふさした眉の奥に淡青色の瞳が体を凝縮させた小動物のようにうずくまっていたが私は老人に凝視されていると感じなかった。自分の手で自分の体に鞭《むち》を浴びせ、釘《くぎ》をうちこむ人に老人は似ていた。言葉をさがし、くちびるをふるわせ、ときに老人は泣きだしそうな顔になった。それでいて精悍《せいかん》であり、確固とし、頑強であった。自責や悔いがそんな形相を帯びるのをはじめて私は目撃する。黄いろい水のうえに厚い背をかがめて慚愧《ざんき》しつづけるその姿には無邪気と荒涼、虚弱と錬磨、傷と力が争っていた。ふと私はウェイン大尉のことを思いだした。あの男がひとたび〝赤《コミイ》〟はやっつけろというときにたてる匂い、あらゆる徒労と愚劣を知りぬきながら一瞬に変貌を起してすべてを蔽ってしまう洪水、そっくりの感触がある。二人はおどろくほど似ている。やっつけろといい、引揚げろという。ただ方角が正反対なだけでそのうらに渦動するものはおなじなのだ。そこから私に向っておしよせてくるものは一つなのだ。〝赤〟であってもなくてもいいのではないか。〝罪〟であってもなくてもいいのではないか。一つのものにべつべつの観念があたえられただけではないのか。

船長エイハブは白鯨《はくげい》を求めて大洋をさすらった。無名のヤンキーは一三世紀をとびこえてアーサー王朝をさすらった。ソウル・ベローの一人物はシタイ、シタイ、俺ハ何カシタイと叫びつつアフリカをさすらった。ウェイン大尉はたたかうために一万マイルをこえてきた。老人は謝罪するために一万マイルをこえてきた。ことごとく船長エイハブの末裔《まつえい》ではないか。心の薄明の内奥《ないおう》にとめどない一つの渦動があって、それが運動それ自体、力それ自体を希求し、空間を充塡《じゅうてん》することをめざしてやまぬ力であるなら、この不思議な民族はどうなるのだろう。船長エイハブは白鯨がいなければ自身の体から白鯨をにじみだしてでも追い求め、海がなければ自身の体から海をにじみだすのだ。

「……アジア人は静かなんじゃ。はにかみやすくて鋭敏なんじゃ。わしは国《ステイツ》で賢い人たちからそう聞かされておった。ここへきてみたらじっさいそうなんじゃ。ところがわしらは大声をだす。ゲラゲラ笑う。すぐ人の体にさわりたがる。気に入ったことには夢中になるが気に入らんことにはたちまちソッポ向いてしまう。わしらは見さかいなしに殺すので憎まれるんじゃ。チューインガムをばらまくので憎まれるんじゃ。人民は政府を無視しておる。政府はないのも同然だわ。クァン・ガイでわしはよく観察したんじゃがここの人たちはわしらを騒々しい子供と見ておって、子供がナパーム弾をばらまいていると思ってるらしいのだ。虎を狩るみたいに空からガン・シップで人間を狩っていると思ってるらしいのだ。田ンぼにいる人から見ればまったくそのとおりだ。アメリカ兵たちは自分たちが命を賭《か》けて守ってやってるはずなのに感謝されるどころか、ソッポ向くか憎まれるかだけなんでイライラしてくるわい。そこへ仲間がどんどん殺されるので復仇《ふっきゅう》を考えるようになる。これが堕落のはじまりじゃ。復仇は征服ではない。こいつは発展のない感覚じゃ。どんな軍隊でも外国へきたら堕落する。きっと堕落する。昔からそうなんじゃ。チャーリーたちはどんどん殺される。どんどん堕落する。それが解放戦線の力になるんじゃ。わしらの傲慢《ごうまん》がそれを生むんじゃ。傲慢、無知、侮蔑《ぶべつ》、恐怖、無神論の報酬じゃ」

「農民に土地をあたえることだったと思いますよ。アジアの叛乱《はんらん》はきっと地主殺しからはじまるんです。ここでも第一期はそうでしたね。アメリカ人の専門家はそのことをよく知っていてディエムに勧告したが強制できなかった。内政干渉になるからです。紙のなかで農民を解放しただけです。革命家のやることを反革命家がやらないかぎり、ほかに有効な手段があるように見えません。第三の道はないんです。流血革命ぬきで農地解放が成功したのは日本だけです。それだって第二次大戦で敗れるまではできなかった。数百万の人間が死んで原子爆弾を二発浴びました。農地解放はそれからでしたね。やっぱり血が流れてる。ものすごい量の血です。もし第一期にディエムが地主から土地を買いあげて徹底的にそれを貧農に配給してやっていたら、少し誇張しますが、政治委員たちはいまごろお茶を飲んで原爆問題でも議論しているよりほかないだろうと思いますね」

「農民を味方につけるには土地解放が第一じゃ。しかし地主は手放さない。血を流さないで土地解放はできるまい。こうおっしゃるのじゃな？」

「そうです。そこで革命戦がはじまる。すると革命のあとでまた貧農が殺されるというようなことが起るんです。人民軍が人民を弾圧するんです。北ヴェトナムで一度ひどいことが起った。おなじことがまた起るんじゃないかと思っておびえている人が多いのです。多いといっても、そういうことを何も知らない農民の数にくらべたら問題になりません。政府は宣伝してるけれど、政府そのものがでたらめだから農民は信じません。すればするだけ悪くなるいっぽうです。ここの政府はミルクの皮みたいなものですよ。ごぞんじのとおりです。これは誰でも知ってる。アメリカはまちがってる。これもみんな知ってる。どちらも眼で見えます。しかし……」

「革命のあとでコミュニストが罪もない人民を殺すことはよく聞くことじゃ。政治は試行錯誤《トライアル・アンド・エラー》じゃが、彼らは誤るたびに人を殺すようじゃ。ここでもわしらが引揚げればコミュニストがたちまち勝って、また人民を殺すかも知れん。殺さないかも知れん。しかし彼らが何をしようと、わしらはそれに干渉する権利はないのじゃ。それに、ちがう民族のあいだの殺戮《さつりく》は限度がないが、おなじ民族でやる殺戮には限度がある。これも昔からの法則じゃ。イデオロギーや宗教が異なるとおなじ民族でも人種戦争同様の戦争になるというが、そうはいうても、やっぱり限度があるんじゃ。わしらはここの人たちを根絶してしまうことになる」

「いや、ちがいます。根絶はできますまい。ゲリラ戦は最小の浪費で最大の効果をあげる戦争ですよ。解放戦線がほかの形式の戦争をしていたらこれだけ勢力を発展させるにはもっとすごい数の人間を犠牲にしたはずだと思いますね。ゲリラ戦は安い戦争です。ジャップ将軍はよく知ってます。解放戦線も知ってるはずです。殺される人間の数が問題なのならこの戦争はとても小さい戦争ですよ。キューバもアルジェリアもほかの形式の戦争をしていたら目的を達するまえに根絶されていたでしょうね。そう思いますよ。ゲリラ戦は陰惨きわまるヒューマニスティックな戦争ですよ。数が問題なのならそういえると思います。問題は数にあるのじゃないと思います。数を問題にしたら過《あやま》つと思いますね。革命後の虐殺にしてもね。どちらの殺戮にも境界線がない。それがたまらないんです」

「わしらもコミュニストもおなじ罠《わな》にはまってしもうたんじゃ」

老人は私の顔をちらと見て、はずかしそうに眼をそむけ、眠りこむ人の姿勢でうなだれた。ひしがれてしまったその優しさには何かしら異様で執拗《しつよう》なものがあったが、強大な肩からたちのぼる素朴さには荒《すさ》んだはずの私のどこかを刺さずにはおかないものがあった。枯葉や腐土や泥のはるか下層にひそむ、指紋を知らない資源が、ふいに激しい、むくんだ日光のなかへさらけだされたかのようであった。

渡し舟が客や竹籠《たけかご》を満載してゆらゆらと河をわたっていく。老人は眼を細めてしばらくそれを見送っていたが、やがて巨体を持ちあげ、よわよわしくつぶやいた。

「それにしてもわしらはここにおるかぎり女や子供を殺しつづけることになるのじゃ。簡単な算術なんじゃ。撤退あるのみじゃ。国連に立会ってもろうてここの人民に自由投票させるがええ。わしらに干渉の権利はないんじゃ。わしらは国へ帰るんじゃ」

「帰りますか?」

「帰るんじゃ」

「いつ帰るんです?」

「今日じゃ」

厚い体の芯《しん》からしみだすように老人はつぶやき、毛むくじゃらの掌で顔をぬぐった。深い皺《しわ》に荒されたその醜い顔には岩の像のような熟した苦さと決意が漂っていた。

「あんたはタバコを吸いすぎる。シガレットは肺にわるいそうじゃ。パイプにしなさい。肺ガンは痛い病気じゃ」

「ありがとう」

老人は握手し、話ができたことの礼を幾度もていねいに述べ、かるく私の手をたたいて河岸を去っていった。首をいくらか右にかしげ、強大な両腕をゆっくりとふり、猫背の穴居人は一歩ずつ並木道へ消えていった。自転車ですれちがいざまに後頭部へ一発射ちこまれても老人はぼんやり眼をひらいたままその場へ石塔のように倒れることだろう。私は新しいタバコに火をつけ、パパイヤの皮やゴム草履やウォーター・ヒヤシンスが黄いろい水のなかを流れていくのを見送った。絶望もなく、希望もなく、ヴィストゥラ河のほとりで、ヨルダン河のほとりで、ドナウ河のほとりでいつかそうしたようにそうしていた。

しばしば夜あけ、めざめぎわに流謫《るたく》される。

炉のように熱い毛布のなかで素娥《トーガ》の体のそばによこたわり、うつらうつらしていると、ふいに激しい寂寥《せきりょう》を私はおぼえる。心臓のまわりにとつぜん暗い海がわきあがってのしかかってくる。手と足を寝床のなかに縫いつけられ、ぴくりともうごくことができず、そのまま膚の内部を墜《お》ちていく。とどめるすきもない。広い地滑りにのって車庫も壁も闇も消えていく。寂寥は眼、耳、口、毛孔という毛孔から侵攻し、私を汚水でみたし、息がつまりそうになる。巡礼してきたすべての顔、まなざし、夕焼空も黄いろい大河も、はらんではは流産し、流産してははらみしてきたものが音もなく枯死してしまう。汚水に浸って眼がさめる。異国でのめざめぎわには慣れきっているはずなのだが、どうしてか寂寥はこれまでになく汚れていて、骨へ酸のようにしみてくる。未明が一匹の菌もなくて剃刀《かみそり》の刃のようなのに私は冷たく腐ってからっぽだ。簡単な算術じゃ、簡単な算術じゃと鞭打行者のように自身を責めたてて恥じ入っていた老人の嗄《しゃが》れ声が耳のふちのあたりに漂っている。頑強をきわめた体軀《たいく》に充満していた生無垢《きむく》さ。野をこえ山をこえしてどんな浪費もかまわずに苦しむ老人の情熱はせめて身ぶりだけでもしてみたかった。私は汚水に顔を蔽《おお》われて流謫されている。壁も茂みもない薄明のなかに脆弱《ぜいじゃく》な厚皮動物のように寝ころがっている。自身の足で自身の体をはこぶことができないまでに孤独で肥満してしまった厚皮動物。私は冷血でにぶい永遠の無駄だ。ハイエナではない。のぞき屋でもない。空と土のあいだを漂う旅人ですらない。

素娥が薄く眼をあけて呼びかける。

「チャアオン」

「チャオコ」

微笑してゆっくりと彼女が寝返りをうつと体温がこぼれて毛布にひろがり、私の膚《はだ》へ湯のようにしみこんでくる。放埒《ほうらつ》の残香がふくらんだ熱にくるまれて円い肩や、頰や、髪に漂っている。

「いま何時？」

「五時半」

「もう起きて教会へいかなくちゃ」

「何、祈るか」

「そうね。いろいろなことよ」

「いろいろ、何か」

「兄のこと、私のこと、あなたのこと」

一つ、二つ、三つと数をかぞえるようにして指さきをつまんでつぶやく素娥を抱きよせると、闇のなかで彼女は姉のように微笑し、口のなかで抗議する。一晩じゅう蒸《む》らされていたそこは沼のようにぬめり、入ったはずみに濃い音をたてる。未明に背を裂かれつつ私は船のように沈む。精妙な、若い肉が火をふくかと思われるほど熱い。ファラスが湯か蜜《みつ》に没したようだ。彼女が体をひねったはずみに睾丸《こうがん》がギクッときしんだ。

「だめ、だめなの」

素娥が怒って鋭く耳を噛《か》む。

「教会へいくんだから。だめ、だめ」

毛布をばたばたさせて逃げようとする臀《しり》と腰をおさえ、腿《もも》をしゃにむに腕へすくいとる。漆喰で塗りつぶした窓の鎧扉《よろいとびら》のすきまから微光が射《さ》しこみ、素娥の臀は蒼白《そうはく》な青銅の丘のように輝く。声が毛布のなかでくぐもる。私は流謫される。暗く、狭く、温かい、いつまでもやすらかに盲《めし》いていられる、初夏の野にけむる黄昏《たそがれ》のような時間の漂う奥処《おくか》へ流謫される。私は鳥の巣のかげの小部屋へなだれこんで、うずくまる。

月　日

戦争が終ったとき私は一四歳、中学三年生であった。チャンが父に見送られつつ素娥といっしょにサイゴン行の難民船にハイフォンからのりこんだのもその年頃だったろう。《モロトフの花籠》が滝のような音をたてて降ったあとの大阪は見わたすかぎりの赤い荒地であった。天王寺の丘にたつと空は大きく、人の影は長く、凄惨《せいさん》な夕陽が地平線にゆっくりと沈んでいくのが見られた。東京にも大阪にもまるで吉野山の杉の原生林に降る雨のように足の長い雨が降った。空から土まで一直線の軌跡をそのまま肉眼にきざんで雨はおちてきた。レールが道のうえで踊り、壁が盲いて佇《たたず》み、骨だけになった電車がところどころ蟻塚《ありづか》のようにうずくまっていた。赤い物たちはおしあい、へしあい、のたうち、うねり、波また波をうって市を占領した。いつのまにか無機物の荒地にたけだけしい雑草が生え、裂けた水道管から夜昼なしにほとばしる水は沢《さわ》に見るような小川をつくっていて、それが透《す》かすと粉ごなに砕けた赤い屋根瓦《やねがわら》にはやくも薄緑いろの苔《こけ》がついていた。

大自然のふちに男や女たちは群れて掘立小屋を建て、闇市を作り、足や拳《こぶし》や匕首《あいくち》で白昼たたかいあった。機関銃の乱射される市もあり、ペスト菌の上陸した港市もあった。夜になると広場のあちらこちらにかがり火が焚《た》かれ、大鍋《おおなべ》で肉や米が煮られ、昨日までの帝国臣民、陛下の赤子たちは氷雨のなかでドンブリ鉢を胸に抱いてピシャピシャずるずる洟汁《はなじる》といっしょに残飯シチューをすすった。米軍払下げのその残飯にはタバコの吸いがらや使用済みのコンドームがまぎれこんでいるという噂《うわさ》があったが、誰も気にしなかった。半切りにしたドラム罐《かん》でカレーを煮る少女はゴム長で石油罐からはみだそうとする札《さつ》を踏みしめ踏みしめ、苛烈《かれつ》、爽快《そうかい》に笑っていた。市場というよりはそれは民族の野営地であった。アリューシャン列島からインドネシア群島にまでおよぶ放浪のあげく人びとは赤い砂漠の野営地へ帰ってきたのだった。男たちはボロをひきずって影のように歩きまわり、おずおずと火に手をかざし、メチールを飲んであっけなく悶死《もんし》したり、地下鉄の暗い水たまりに顔を浸して餓死したり、貨車の連結器からふりおとされて顔をブリキ罐のようにひしゃげたりした。貨車にのせられて復員兵たちは故郷《くに》へ帰っていったが、有蓋《ゆうがい》貨車の屋根にのった連中はトンネルに列車が突入するのを知らないでいるために一瞬、頭蓋骨を粉砕されて、米俵のように灌木林《かんぼくりん》へころがりおちた。

よく私は妹をつれて阿倍野橋へジープを見物にでかけた。妹は小学生で、山の村に疎開《そかい》していたのが帰ってきたところだった。ドングリや芋しか食べなかったのは都会にのこった私もおなじだったが、なぜか妹の背にはもやもやと長い毛が生え、行水に入れてやると猿の仔《こ》のようであった。ジープや軍用トラックは頬が淡紅色をしたアメリカ兵をのせて陸橋を粉砕せんばかりのひびきをたてて疾駆した。木炭で走る代燃トラックしか見たことのない私にはジープが石油で走ること、それもふんだんに貪《むさぼ》って走ること、そのことがじつに驚異であった。黄昏の乞食の大群のなかを塔のようにかけぬける軍用トラックの頂上にのったアメリカ兵の頰は落日に射《さ》されて薔薇色《ばらいろ》に輝いた。それもまた信じられない光景であった。

妹は眼を瞠《みは》って、何度も何度も、

「病気と違《ちゃ》うやろか」

といった。

声をひそめて、

「ほんまに赤ヶ坊食べてるのやろか」

ともいった。

アメリカ兵は赤ヶ坊を食べるので頰があんなに赤く、女と見れば子供も老婆《ろうば》も見さかいなしに強姦《ごうかん》するのだと人びとはいいかわしていた。母はいざとなったら大和撫子《やまとなでしこ》らしく自殺するのだといい、町内の医者に青酸カリをわけてもらう相談にでかけたりした。医者は悲壮な声をひそめ、死ぬならいっしょに死のう、薬はたっぷりある。この区の人間全部を殺したうえでまだ牛に食わせられるくらいあると保証したという。いま、白色人種を見たことのないこの国の農民が青い眼や赤い頰にどんな恐怖をおぼえ、どんな行動にでても私は怪しまない。

昨日まで私はマメカスやハコベを食べて操車場ではたらき、西日本の全地方からやってくる貨車を毎日、毎日、突放したり、連結したりしながら、いざとなれば地雷を抱いて戦車の下腹へかけこむ覚悟でいた。死は冒険小説や漫画のように輝かしく、また易《やさ》しく思われた。連日、大空襲があって、市には難民が氾濫《はんらん》し、南方諸島や北方諸島の拠点はつぎつぎと全滅し、飛行場には飛行機が一台もなくて滑走路に芋畑をつくり、その芋からアルコールをとって飛行機をとばすのだと将校たちは中学生に真摯《しんし》、激烈な演説をした。私は仲間といっしょに腹をかかえて笑いころげたが、その愚劣と一日も早く玉砕したいという憧《あこが》れとは矛盾しなかった。むしろ愚劣を知れば知るだけそれは昂進《こうしん》していくようですらあった。しかも私たちの場合は空から焼夷弾《しょういだん》や爆弾が降ってくるばかりで〝敵〟を肉眼で見たことがない。《鬼畜米英》の活字は新聞でのたうちまわっているが私たちのうち誰一人として鬼畜を見たものがなく、その眼や頬について語れるものがなかった。それでいて私たちはもし命令があれば歯でも磨くようにに爆死する決心でいた。まるで帽子から兎をとりだすように政治は〝敵〟をとりだせるのだった。

一度だけ、私は殺されかかったことがあった。操車場には毎日のように艦載機が襲来し、翼が貨車の屋根にすれすれになるくらいの低空飛行で機銃掃射をやった。或る日の午後、私は逃げおくれて友人といっしょに田ンぼへころげこんだ。その瞬間、

《熊ン蜂》がかすめた。大きな物量が非常な速度で後頭部にのしかかってくるのが感じられ、私は手足がしびれてしまった。友人と格闘しつつ泥へ沈んだ瞬間、私は積乱雲のわきたつ夏空を傾いたままますべっていくジュラルミンの輝きと、巨大な昆虫の眼のような風防グラスと、そしてはじめて、信じられないほどの薔薇色に輝く〝敵〟を見た。眼はその頬が笑っていると見た。私にむかって彼は笑いかけていると私は思った。人は笑いながら人を殺せるのだ。そして私は友人を蹴《け》りたおし、しがみつく手をはらいのけ、一歩でもさきへでようとしたのだ。私は人を殺しかかっていたのではあるまいか。手のなかで細い肩がくにゃくにゃし、友人は私に沈められつつ、おかあちゃん、おかあちゃんと声をたてた。

「かんにんや、かんにんや」

そう聞いたようにも思うのだ。友人は泥のなかに沈んだが声は異様な掌となって私の頬をうった。みんなから脳が温《ぬく》いといって日頃、バカにされ、そうされることに満足している、薄弱な彼なのに、その瞬間はまるで巨人のようであった。私は稲のなかに倒れ、口いっぱいに甘い泥がつまった。

「兄ちゃん。あれは病気やろか」

「違《ちゃ》うねン」

「あんな桃色して、何ともないのやろか」

「アメリカ人はみんなああや」

私は妹の手をひいて駅へ入っていき、モーターの過熱した電車にのる。電車はくすぶりながら走りだす。石油罐や肩や肘《ひじ》におしひしがれて妹は歪《ゆが》み、幼魚のように大きな眼を瞠る。

餓死体が私にはこわかった。死は空襲の翌日の小学校の校庭や焼跡の溝のなかで慣れっこになっているはずだったが、餓死体は戦後になってから見ることだった。それはあちらこちらに茸《きのこ》のようにあらわれた。地下鉄の構内の暗いすみっこで倒れている男の髪をつかんで駅員が顔を持ちあげ、手をはなすと、顔は汚水へ音をたてておち、ジッとしていた。そのとき額がコンクリートにあたって、にぶく、ゴトンと、木のような音をたてた。その音を聞いて私はふるえあがった。焦《こ》げた死や砕けた死はけっして私を精錬していなかった。餓《う》えた死は緩慢な時間をたどったあとでそこに木か石に似た堅硬さで結実していた。いつか遠くない日に私もそうなるかもしれなかった。家も売り、家具も売り、着物も売ってしまった母は毎日、泣いていた。家は虫歯の穴のようにうつろで暗かった。食卓にふかし芋をのせるとまわりから母と私と妹がギラギラ眼を光らせてたがいの眼をうかがった。腹がへると熱い汗がふきだして全身がそよぎたち、無数の小さな獣が群れて噛みついたり、叫んだりするようであった。駅の広場の野営地では魚が焼かれ、肉が焙《あぶ》られ、飯がもうもうと湯気をたてていて、それらの匂《にお》いが体内になだれこむと失神しそうになる。筋肉や知力にめぐまれたらしい大の男が子供の私とおなじようにひょろひょろと歩いたり、道ばたにしゃがんで空を眺めたりしている光景はとらえようのない恐怖に私を浸した。死は輝かしさも易《やさ》しさも失っていまは澱《よど》み腐れた潮となった。

学校を私は避けた。友人たちと接触するのが苦しかった。家庭のめぐまれた彼らは急速に生きかえりつつあったが私は緩慢に死につつあった。昼食の時間になると私はそっと水を呑《の》みにぬけだし、人のいないところで時間をつぶしてから、また教室へもどった。冬の水は鉛と消毒薬の匂いがし、歯にナイフをたてた。虚栄心のつよい私は自分の貪るような貧苦をひたすらかくしていた。飯のかわりに水を呑んでいることは誰にも知られたくなかった。だから、或る日、何食わぬ顔で水を呑んで教室にもどると机に巨大なパンが新聞にくるんでつっこんであるのを知ったときは、そのまま廊下へかけだしてしまった。すぐうしろの席の友人がたちあがって追ってきた。友人は廊下のすみへ私をおしつけ、顔をまっ赤にし、しどろもどろで、自分には父と母があって何とか食っていける、母に君の話をしたらパンを焼いてくれた、気にしないで食べてくれといった。それだけいうと彼は逃げるように教室へかけもどった。感謝よりも絶望で私は口がきけなかった。羞恥《しゅうち》がむらむらこみあげ、いてもたってもいられなかった。あの餓死体にはるかに接近したのだと宣告されたような気もした。何日かして私は電柱にパン焼見習工募集の貼《は》り紙を見て、その場で働く決心をした。いくつもの工場で私は物の優しさを知った。荒地にひしめく物も旋盤のバイトも変らなかった。道具であろうと廃物品であろうと変らなかった。物は清浄であり、はげしい力にみちながら、いつも形のうちに滞在している。あの流謫《るたく》の衝動は火掻棒《ひかきぼう》を使い、メリケン粉を練っているときにもしばしば私を襲って息をつまらせた。しかし、たとえば、天窓から淡い陽《ひ》の射す、水族館のガラス槽のような町工場のすみで金属と油の焦げる匂いにまみれて旋盤を操っているときには名状しがたい静謐《せいひつ》な歓《よろこ》びがこみあげてくることがあった。繊鋭でありながら頑強無比のバイトが寡黙《かもく》に、一歩もたじろぐことなく鋳物《いもの》の膚に食いこんでいくのを凝視していると私は性の昂進をすらおぼえた。手に道具のある日は一箱のタバコがあれば一日じゅう幸福でいられることがあった。頭の私はいっさいを疑って澱んだり、錆《さ》びたりしたが、手の私は不動の確信にみちて物を移し、形をつくり、値を生みだした。どんな教義にも私はひざまずけなかったかわり、物にひざまずいた。なぜ私はその聖なる狂気をつづけて機械工になってしまわなかったのか。

大自然は短命であった。荒地こそはシトロン生い茂る国であった。それに気がついたときはまたしても失ってからだった。いつとなく人びとはマッチ箱のような家やゴミ箱のようなビルの群れで荒地を蔽《おお》い、アスファルトの薄皮で蓋《ふた》をした。荒地は包囲され、寸断され、港のほうへ港のほうへと駆逐され、海へ落ちた。市から地平線は消え、落日は煙霧のなかにとけ、積木細工のような窓と壁に空は細分されてしまった。雨も風も萎《な》えた。そして指の触れるあとあとから言葉が華麗な灰となる時代がはじまった。それはシャドウ・ボクシングの文学の時代でもあった。日に日に荒地が狩りたてられて視野から消えていくのを見ていると私は深い個処に寂寥《せきりょう》をおぼえずにはいられなかった。あの広大で苛烈な爽快はふたたび味わえない。私の恐怖やさびしさや流謫に形をあたえてくれていたものは消えた。たえまなく人や物から剝離《はくり》しながらも私は内にひろがるものに呼応する等量の外を失った。見ることはその物になることだ。私が荒地である。私が私を見る。私が形を失った瞬間、とつぜん荒地がホテルのシャンデリアやコニャックのデギュスタシオン・グラスやフィン・テックスの背広の人びとのなかにあらわれる。赤い物のあのすさまじい洪水、徹底的な無機質の乾燥、潮のように迫ってくる餓死の予感、母や妹の泣く声、野営地の修羅のどよめき、襲われた女が闇のなかで咽喉《のど》をゴロゴロ鳴らせていた音、強壮な一人の男は町角にコッペ・パンを一個だけ持ってたっていたが、通りすがりの男が十円と聞いて五円で売らないかというと、黙ってパンを半分に裂いて売ったこと、のこりの半欠けもすぐ五円で売れたこと、何もかもがよみがえる。つい昨日のように膚のしたにひろがる。さめぎわのおびえを抱き、私はにこやかな文学的会話をおきざりにして荒涼たる冷暗所へすべりこんでいく。或る晴れた日、空に閃光《せんこう》があっても、私には何事も起りそうにない。いまそこにいるのだから……

月　日

野戦服をひっぱりだして陽に干した。それは皺《しわ》くちゃになり、汗の大きな地図が酸の跡のようにひろがっていた。古い葉書を読みかえすような気がした。そのあと部屋いっぱいに散らかった本や新聞や酒瓶を片づけにかかったが、正午になったので外出し、山田氏、安田の二人とおしゃべり岬のそばの繋留船《けいりゅうせん》で昼食をした。山田氏は蒸した蟹《かに》、安田は東坡肉《トンポーロー》、私は焼いた鳩をとった。おだやかな日で、砲声は遠く、河岸で少女たちの売る焼きスルメの匂いが私たちのいる甲板にも流れてきた。黄いろい水のなかで二、三人の子供たちが歓声をあげて泳ぎ、老いた漁師が小舟から網をうちつつ下流へ流れていった。

山田氏は消えていく舟を見送り、

「一路平安《イールーピンアン》といいたくなるような景色だな」

眼を細めてつぶやいた。

一梃《ちょう》のカービン銃が食事の話題になった。昨日の夕方の合衆国情報部にあらわれた銃である。中部のどこかで戦闘があったときに一人のアメリカ兵の伍長《ごちょう》の銃口に正面から弾丸がとびこんだ。伍長はおかげで助かったが、銃身が二つに裂けてしまった。戦高性能鋼の銃身がまるで竹のように裂けて左右へそりかえってしまったのである。戦況報告のあとでその銃がまわされることになり、倦《う》みきっていた記者席はちょっとざわめいた。情報担当官はコペンハーゲンでブルドーザーが地下ケーブルを切ったためにホワイトハウスとクレムリン間の直通電話《ホット・ライン》が一五分間遮断《しゃだん》されたというニューズを紹介したが誰一人気にしなかった。父《パ》ちゃん《ップ》、つぎは何だいと私のそばで誰かがつぶやいたくらいであった。世界は一五分間予告ぬきの熱核戦争の危機にあったのですと担当官はいいなおしたが、やっぱり注意するものはいなかった。担当官は裂けた銃を見やり、大きな戦争と小さな戦争、とつぶやいて部屋をでていった。

安田は酢漬けのトウガラシを噛《か》みながらビールを飲み、ひとしきり銃の話をしたあとで私にたずねた。

「あんたの経験じゃ前線でいちばんイヤなのは何だね。おれはまだ射たれたことがないのでわからん。前線暮しらしい前線暮しもやったことがない」

「おれもまだ射たれてないよ」

安田は憂鬱《ゆううつ》そうにつぶやいた。

「即死ならいいが、はらわたをひきずって這《は》いまわることを考えると、ブルっちまうんだ。どうもいけない。手でつかんでひきずりだされるような実感がきちゃってね。腹がいちばんつらいそうじゃないか。鋼鉄の銃身をあんなにひき裂いてしまうやつが下腹へとびこんだらどうなるんだ。腹なんて薄皮一枚だぜ。まるで寒天みたいなもんじゃないか」

山田氏が蟹をせせりながらおっとりと笑った。

「中支戦線でよくお目にかかりましたがね。弾丸でこわいのは跳弾といって、何かにあたってはねたやつですよ。一直線にくるやつは弾丸の直径の穴をあけるが、跳弾はクルクル回転しつつとびついてきますからな。とてつもない大穴をあける。一発で腹をひっかきまわしてぐしゃぐしゃにしちまうんです。はらわたがドサッと一度におちてしまうことがある。腹のなかにはたいへんな圧力があるから、皮膚と腹膜を裂かれたらなだれおちるんだ」

安田はすくんだまなざしになり、黙ってビールをすすった。給仕がいためたホウレン草のうえにとろりとした東坡肉をのせて持ってきたが、彼はぼんやり眺めて、すぐには手をつけようとしなかった。山田氏は横目でその様子を一瞥《いちべつ》し、巨大な蟹の鋏《はさみ》にゆうゆうと嚙みついた。私は眼を伏せて鳩の肉を選ぶそぶりをした。それははじめて聞く知識だが、したたかに冷酷な迫力があった。そこまでは私も想像していなかったのだ。強大な拳《こぶし》で下腹をうたれたようだった。

しばらくして私がいった。

「待つのもイヤなもんだよ。作戦はしょっちゅうあるわけじゃなくて、一週間も一〇日も待たなくちゃいけない。そのあいだ毎晩毎晩、塹壕《ざんごう》か小屋かで徹夜だ。一二時から六時までね。これがつらいんだ。いつやられるともわからないで、ただ待つだけだからね。そのうちにいっそひと思いにやってくれといいたくなってくる。たったまま蟻《あり》にモゾモゾたかられて腐っていくような気がする。それが耐えられるか耐えられないかの問題だ。おれはほとんどへたばりそうになった」

「新聞記者に万国共通の赤十字みたいなマークをつけて、おれたちが戦場へ取材にいくときはその制服を着るから、それを見たら誰も狙《ねら》わないというわけにはいかねぇか。弾丸に眼がないってことは承知だけどよ。なあ、山田さん、万国取材協定ってものができねぇものかね」

「よろし。さっそくハーグの国際法機関に連絡しましょう。もうちょい待って頂きたい。そのまえにこの蟹を片づけますからな。それからハーグへ打電します」

山田氏がむっちり太った蟹の白い贅肉《ぜいにく》を醬油《しょうゆ》につけながらそういった。安田はみじめそうに低く笑った。山田氏も低く笑い、私も低く笑った。しばらくは蟹と豚と鳩が三つのくちびるへひっそりと消えつづけた。私は鳩の小さな頭を嚙み砕いて脳をすすりながら、安田に声をかけるのをためらっていた。ナイフ一本も持たない男は闇のなかで射たれたら射たれるままだ。山刀《マチェイティ》で下腹をえぐられたらえぐられるままだ。犬は殺される瞬間まで眼をあけて人間を見あげている。

葉巻のあとで山田氏が、

「さて、シエスタでもするか」

といってたちあがった。

安田はふくらんだ腹をさすり、

「こりゃまったく甘い生活《ドルチェ・ヴィタ》だナ」

とつぶやいた。

河岸で二人と私は別れ、シクロをひろって下宿へもどり、部屋の整理をつづけた。新聞は新聞、本は本でタイル床《ゆか》に積みあげ、酒瓶はドアの外へ一本ずつきちんと並べた。鎌のように私は部屋のなかを右へ左へうごいてしぶとい茸の群れを刈った。ベッドの鋳型《いがた》にはまりこみ、汗で糊《のり》づけされて、指一本持ちあげることのできなかった私にそれらはたかり、無数の菌糸を張りめぐらして繭《まゆ》のようにしてしまったのだった。毎日毎日私はパンツ一枚でベッドに寝そべり、汚物の群れのなかで汗を流しつつ長い午後を漂った。部屋いっぱいにみなぎる甘い屁《へ》の匂いにむせながら本を読み、うたた寝し、乱酔した。モンキー・バナナの皮がヒトデの形で新聞紙におち、それが膿《う》んで、匂いをたて、やがて黄から黒に変ってちぢかまっていくありさまを私はベッドにしっかりくわえこまれたまま手をのばすこともできないで見物していた。どんな鮮烈な観念も朝の一〇時まではぴくぴくしているが、陽が膿みだせばたちまちぐにゃぐにゃになってくたばってしまい、あとには粘土のような、アミーバのような私が残された。革命、荒地、飢餓、孤独、何でもベッドにつれこんでいじればその場で軟化してしまった。ただ自身をそそのかしたいためにだけ私は少年時代に目撃した焦死、餓死、殉死、難死、愚死、またあの二人の処刑された少年テロリストの胸とこめかみから噴出した血や叫びなどを喚起しようとしたが、どれもきびしくはありながらもついに靄《もや》のようでしかなかった。

白くなった部屋のなかで私はベッドに腰をおろし、タバコに火をつけ、

（……さて）

と思った。

昨日、記者会見のあとで私は資料室に入っていき、ソーファにすわって最近の公報類をあれこれと気まぐれに読んだ。たまたま床におちていた一枚が戦死者名簿であった。誰かがそこへ忘れていったものらしかった。ギッシリと並んだ人名を私はなにげなく眺めているうちにパーシー軍医の名を見つけた。何度眺めてもそのタイプライターの字はうごかなかった。私は事務室に入っていって赤毛の娘にそれを見せた。太った、醜い、小さな女で、山塊のような胸をしていたが、有能、勤勉であった。彼女はたちまち姿を消し、すぐに一枚のカードを持ってもどってきた。

「ドン・ソアイで戦死とありますわ」

「そこへ転属していたのですか？」

「わかりませんわ。ドン・ソアイの戦闘は大きなものだったって聞いています。この人、KIA《キア》(Killed In Action・戦死)ですわね。もしドン・ソアイに転属していたのでなかったらそこの戦闘を応援に派遣されたのでしょうね。よくあることですもの」

「ありがとう」

チョコレートの匂いのする娘に礼をいって私は部屋をでると、エレヴェーターにのった。蛍光燈を浴びて掌や腕が蛙の膚《はだ》のように見え、冷房されきった空気がとつぜん汚れた氷のように感じられた。

濛々《もうもう》とした黄昏《たそがれ》のレ・ロイ大路にでると私は知った顔の一つもない、ヴェトナム人だけのいく貧しい食堂に入っていってコカ・コーラを飲んだ。ねっとり湿った壁でヤモリが鳴きかわし、やせぎすの男たちが椅子《いす》に片足をのせて小さなコップでミルク入りコーヒーをすったり、チャウチョを食べたりしていた。私は壁にもたれてタバコに火をつけ、大路の雑踏を眺めた。どんな条件が整備されてあったのだろうか。どこかの肉が音もなくちぎられたようだった。椅子にすわった私に浄水剤をわたそうとしてかがめた彼の上体が遠い薄明のなかにあった。やせた鋭い顔が黙って笑っていた。彼は私が何もいわないのにときどき寄ってきてマラリア予防剤をくれたり、蚊よけローションをくれたりした。夜あけの蒼白《そうはく》な靄のなかにとなりの穴からひょいと浮んだ、やつれた顔を思いだす。農民の結核を治してやろうと思ってB・C・Gを持って村へいくと、すでに誰かがあれはバース・コントロール・ガヴァメントの略で、子種を絶やす薬だからぜったい注射されてはいけないと教えていたという話をしてくれたことがあったが、あれは彼が昼寝のさめぎわに瞬間的に合成したジョークだったろうか。

勘定を払ってたちあがったとき、

（……！）

私は妊娠していた。

部屋の掃除を終ると野戦バグにライターの油、ノート、下着、薬、地図などをつめこんだ。前回とおなじようにガーネット訳の『白痴』はお守りとして胸のポケットに入れて持っていくこととした。ロシア知識人のとめどない饒舌《じょうぜつ》のおかげでそれはズッシリと厚い。それを心臓のうえにおいてガン・シップにのったら銃手の防弾胸衣のかげにそれとなくかくれるようにしていよう。ドルと航空切符も持っていく。

蒸暑い大路から冷たい合衆国情報部の白い壁のなかへ入っていき、私は新聞係の少佐にヘリコプターの搭乗を申しこんだ。少佐はその場で飛行場に電話をかけて予約してくれ、明朝七時にここへきてくれたら車で飛行場へ送ってあげようといった。私は握手して少佐と別れ、冷たい壁からふたたび蒸暑い大路へでた。チュドー通りを河岸に向ってさかのぼり、冷たいホテルに入っていって、山田氏の部屋のドアをノックした。山田氏はベッドにころがって天井をしげしげと眺めているところだった。私は古風な革張りの肘掛椅子《ひじかけいす》に腰をおろし、短く計画を話したあとで、私宛《あて》にきた手紙の厚い束を氏にわたした。そして、もし私の死体がボディ・カウントされたら一通のこらず燃やしてくれ、といった。

「みんな燃やすんですか？」

「ええ」

「奥さんの手紙は送還しなくていいの？」

「いいんです」

「全部燃やすんですか？」

「燃やしてください」

山田氏はベッドからおり、私の顔を見て何かいおうとしたが、黙って手紙の束をひきだしにしまいこんだ。そしてコアントロォをグラスについで私に持たせてくれた。買いおきのマニラ葉巻も一本くれた。いつかおなじことがあったような気がする。いつかも私はこうして薄暗い部屋にすわって誰かと向いあいながら酒を手にし、サフラン色に燦《きら》めく黄昏の窓を眺めていたような気がする。

山田氏が低声《こごえ》でつぶやいた。

「じつはこないだから戦線《フロント》と連絡をつけようとしてるんです。いつ回路が開くかわからんのですが、あちら側にお入りになる興味はありませんか?」

「賛成ですね。むしろ望むところですよ。こちら側は誰でも見られるが、あちら側は見られませんからね。捕虜になったら歓迎したいくらいです。率直にいえばどちら側でもいいんですよ。私を渡すよう工作しておいてくれませんか」

「それまで待てんですか?」

「……」

コアントロォは甘く、葉巻は苦《にが》かった。私は黙ってコアントロォをすすりつつ葉巻をくゆらした。どよめくようなサフラン色の燦めきは消えて窓には夜が水のようにひろがりだしていた。ショロンには灯がつき、銅鑼《どら》がとどろき、空に女の叫びがひびいていることだろう。待てない。待つと瓦壊《がかい》する。ベッドが私を腐敗させる。もう一昼夜も曝《さら》したのだ。このべとべとと湿った暑熱の憂愁だけでも無は海綿のように膨脹する。部屋を避けねばならない。人、会話、ベッド、椅子を避けねばならない。

私はグラスをおいてたちあがった。

「連絡は野戦電話でしてください。すぐ帰ってくるかもしれませんよ。便りなきはよき便りです」

「ひきとめません」

「お元気で」

「跳弾に気をつけることです」

「今日の昼はこたえた」

「大丈夫でしょうよ」

山田氏の顔に荒涼たる微笑があらわれた。陽焼けして粗革のようになった顔のなかでいたましさと静謐《せいひつ》があらそっていた。香港のレストランの二階で彼が書いてくれた四行の詩を瞬間、私は思いだし、暗誦《あんしょう》した。

臨風懐北無雁信

江水東流是那辺

惟見洋場梧桐老

何顔可待重逢筵

私がノブをひくと顔は微笑したまま消えた。梧桐はアオギリか。ここではタマリンドだ。アオギリは落葉する。けれどタマリンドはどうなのだ。あれは雨季と乾季を知って秋は知らないのではあるまいか。〝老いる〟ことがないのではあるまいか。

ふいに胸をつかれた。

（……まだひきかえせる）

向いの部屋のドアがあきっぱなしになり、一人の黒人兵が小さな、丸い、黒い頭を白い枕《まくら》にのせて新聞を読んでいるのが見えた。風邪をひいた巨大な子供のように見えた。

カラヴェル・ホテル、ホテル・コンティネンタル、キャフェ・ジェヴェール、キャフェ・ブロダール、知った顔の見つかりそうなところはどこにも寄らず、私はショロンをめざして長いチャン・フン・ダオ大路を目的ある人のように歩いていった。咽喉《のど》が乾くと屋台に寄って椰子《やし》の水を呑《の》み、血が踵《かかと》へ沈んで足がふるえだすまで歩いていった。今夜もショロンには人がぞろぞろ歩き、子供がわめき、赤や青のネオンが燃え、濃霧のように排気煙がたちこめ、さながら切開されたばかりの鯨の腹腔《ふくこう》へもぐりこむようであった。生温かくて臭く、血が鳴動し、すべてが汗と垢《あか》でべとべとし、栄養と叫喚にみち、その道ばたにしゃがんで車夫たちと肩をふれあいながらギザギザに欠けたドンブリ鉢で豚の内臓を煮こんだ粥《かゆ》をすすっていると、腐った道が絢爛《けんらん》たる熱をふくんで一週間も洗わなかった女陰のその匂《にお》いをたてる。何とそれは二〇年前にさまよった野営地に似ていることだろう。赤裸の生がミシミシ音をたてんばかりにひしめいている。物は形のうちにとどまることに満足せず、とけあい、もつれあって流動している。辻講釈師の呻唸《しんてん》と芝居小屋の銅鑼がからみあい、キャバレの壁は長ながと息をひきとっていくトランペットでふるえ、ドラムが裏口の原野で吠える大砲の砲声に呼応して咽喉をいっぱいにひらく。私はドンブリ鉢をかきまわして豚の腸をひっかけることにふけった。二〇年間私は鯨の腹のなかで暮してきた。鯨が海上に跳躍しようが深海に沈もうが、暴風であろうが、凪《なぎ》であろうが、私は壁のない独房のなかでひとりごとをつぶやいてきただけだ。

壁が緑いろに腐った映画館に私は入っていった。兵士が何人となくいたが誰もベルトから手榴弾《しゅりゅうだん》をおとさなかったので爆発はなかった。人びとはツンツン眼にしみる塩辛い汗の匂いをたてて闇にひしめいていた。悪逆非道の代官が貧しい美少女を貪《むさぼ》ろうとし、恋人の青年は抗議したために拷問《ごうもん》され、母が土をたたいて慟哭《どうこく》し、父が眼を伏せて悲嘆をつぶやくと、やがて苦悩が炸裂《さくれつ》し、とつぜん猿の化身が登場する。爛々《らんらん》たる眼を怒らせて猿が深呼吸をすると、その息にのってゆらゆらと神兵の群れが出現し、悪代官は眼に針をうちこまれ、たらたらと鮮血を流して庭の槐《えんじゅ》のかげに滅びる。神兵団はふたたび息にのって猿の口へ消え、猿は雲のなかへ消える。美少女は笑って走り、青年は老母を抱きおこして青空を仰ぎ、父は微笑して皺《しわ》のなかに後退し、そこから静かに家族を見守る。無類の明快と無類の残忍が入りまじった香港《ホンコン》出来の陳腐きわまる伝奇映画であった。しかし人びとは汗をかき、息をはずませ、洟《はな》をかんだり唾《つば》をとばしたりして歓声をあげた。顎《あご》からしたたりおちる汗を指で切っては散らし、散らしては切りしているうちに、ふいに私は耳もとに中国語のささやきを聞いた。嗄《しゃが》れて、つぶれた、暗く、たくましい壮年の男の南方中国語である。森閑と静まりかえった午後遅くの水田と灌木林《かんぼくりん》のなかで空中をとびかっていた、あの、命令し、承諾しあっているらしい声であった。

私は体を硬くし、

「……?」

あたりを見まわした。

《プレジール》から素娥といっしょに車庫へもどると、私は全裸になってかめの水を浴びた。冷たい水滴が肩や胸で炸裂し、肉はすくみながらはしゃぎ、体は重く堅くて、城のように感じられた。近日中にはらわたがこの腹から滝のように枯葉へ落下しようとはとうてい信じられなかった。

素娥が身ぶるいして、フランス語で、

「フロア（さむい）、フロア！」

小さく叫んだ。

車庫のどこかから強力な視線がこちらを瞶《みつ》めているのを感じた。ビンバン工作員の眼でもなく、チバン工作員の眼でもない。生者の眼ではない。強く、うつろで、不動の視線である。選択したり、倦《う》んだりする眼ではない。

「こんばんは」

「こんばんは」

よこたわった女の眼を上から覗《のぞ》きこむと、今夜もやはり大きく、うるんで見える。いつものように私は額を吸い、眼、唇、乳房、臍《へそ》とおりてゆく。彼女は静かに腕をあげ、私の胸から脇腹《わきばら》をすぎて腿《もも》まで、手のとどくところまで、ゆっくりと撫《な》であげ、撫でおろしはじめる。鳥のくちばしのような爪がそよぎつつ、いったりきたりする。荒廃したはずの膚《はだ》が深耕されて新皮のように敏《さと》くなり、粟肌《あわはだ》だち、全身がざわめきたつ。鳥の巣を口にふくみながら私は敏捷《びんしょう》な、小さな手のしたで粟肌だち、こみあげてくる不安の暗い潮のなかでゆれた。温かい小さな口がためらいながら近づき、指でひきよせてファラスを頰ばった。私の舌に翻弄《ほんろう》されてささやかな花弁の群れが濡《ぬ》れしとってくる。

「…………」
「……」
「…………」
「……」

あの視線が倦むことなく瞶めている。雲のような蚊帳《かや》ごしに私は後頭部や耳のうしろに不安な接触を感ずる。素娥の体温を移して胸を炉のように白熱させながら私は闇のなかにさまざまな顔や灯や森や都がもつれあいつつ明滅するのを眺める。素娥は呻《うめ》きはじめ、荒い息をたて、私の胸に手をつっぱったり、ふいに脇腹を爪で掻《か》いたり、腿をいっぱいにひらいて胴をしめつけたかと思うと、とつぜん崩れおちたりした。潮がキラキラ輝きながらあらわれ、壁を消し、蚊帳をぎっしりと包囲した。夜の草原のさなかにいるようであった。鳴動はかつてなく高かった。

……トイ……ヨウ……ヨウ……

熱い鞭が腰をうった。

闇が炸裂し、一瞬ひらいてギラギラする明るい内部を見せ、つぎの瞬間閉じた。あの朝、瞼《まぶた》のすぐうらにあらわれた明澄《めいちょう》な、まばゆい無にそれはそっくりだった。私は汗の沼となった女にしがみついたままころげおちていった。甘い、むかむかする嘔気《はきけ》がゆっくりと髪をこえていき、闇はこだまをとどろかして闇にもどった。

しばらくして私がつぶやいた。

「タバコ、吸う、いいか？」

素娥がひくく、

「ええ。いいわ」

呻いた。

汗がひいていくと冷たい干潟がのこった。深耕された膚はもとのにぶい厚皮動物のそれにもどり、川が去り、ざわめきも消えた。蚊帳を漉《こ》してたちのぼる煙の行方を私はぼんやり眼で追った。素娥がのろのろと顔をあげ、静かな、狂ったまなざしで私の体に毛布をかけると、枕にしどけなく顔をおとした。タバコの火の明滅につれてひろがったり、ちぢんだりする心で私はやはり今度も素娥には何もいわないで出かけようと考えた。私の語学力ではほとんど説明できそうにない。私たちは道のうえで出会った二匹の昆虫のようであった。たった三、四頁《ページ》の辞書に採集されただけの語群を触手のように扱ってまさぐりあってきた。愛は所有だと人はいう。しかし、それすら人は他者のうちの自分で変えられ、影響を及ぼせられる部分を所有するだけだ。自身の影を人は所有する。所有したと錯覚する。素娥といっしょにすごした時間は獣のように純潔で、深く、精妙であり、習慣の腐臭がなかった。彼女は森や渚《なぎさ》のある孤島であり、広大だった。私は上陸して森のふちを散歩したけれど、何も変えなかった。変えられもせず、変えようとも思わなかった。柔らかく、温かく、激情をひそめながら静謐な腹腔の一部に私は砕かれるたびの自身を埋めることにふけってきた。唖であることが私を精錬してくれた。コウモリ、フクロウ、籠《かご》などという単語を闇のなかでひとつひとつ蒸溜《じょうりゅう》しているときの、あの安堵《あんど》と精緻《せいち》をしのぐものがあるだろうか。彼女は稚《おさな》く拍手したり、熟して首をかしげたりした。その顔を見て笑い、私は渚で貝殻を拾って去る巡礼だった。

ふたたびどこからか瞶められているのを感じる。いまはそれがあるだけとなった。生還できるだろうか。にぶい恐怖が咽喉をしめつける。だらだらと汗をにじみつづけるだけの永い午後と、蟻《あり》に貪られっぱなしの永い夜から未明へを送ったり迎えたりしているうちに自身との蜜語《みつご》で蔽《おお》われてしまえば汚水に私は漬かる。徹底的に正真正銘のものに向けて私は体をたてたい。私は自身に形をあたえたい。私はたたかわない。殺さない。助けない。耕さない。運ばない。煽動《せんどう》しない。策略をたてない。誰の味方もしない。ただ見るだけだ。わなわなふるえ、眼を輝かせ、犬のように死ぬ。見ることはその物になることだ。だとすれば私はすでに半ば死んでいるのではないのか。事態は私の膚のうちにのみとどまって何人にも触知されまい。徒労と知りながらなぜ求めて破滅するのか。戦争は冒険ではない。冒険とは大陸を発見し、海路、空路、陸路を開拓し、西海岸から東海岸へ飛脚馬を疾駆させることだった。石狩川のぼうぼうとした原野にとつぜん幅一〇〇メートルの道路をつくることだった。おそらくゴム・サンダルをひっかけたジャングルの少年たちにはこの戦争がそれだ。彼らは冒険の世紀に棲《す》んでいる。ゼロを発見したばかりなのだ。彼らは人が機械に勝つと信じて地雷を抱いて走り、飛散する。かつての私にあってそうだったように死は輝かしくて易《やさ》しい。憎悪《ぞうお》は彼らの薄い肩から発散して原野を蔽う。彼らは憧《あこが》れたものを行動ののちに手に入れる。憧れの半ばから大半を損われ、深刻な疑いに苦しめられながらもまだ誇りで影を蔽えるようなものを手に入れる。または完全な幻滅を味わってこんなはずではなかったと絶望してもとのジャングルへもどろうとしてもいっさいの抵抗権を奪われつくしたことに気がつき、大地へうずくまってしまうよりほかないようなものを、手に入れる。そしてまたしても棒を手にして蜂起《ほうき》して殺されるのかもしれない。指一本、私は触れることができない。私は見る。そうなのだ。それだけなのだ。じつにそれだけなのだ。

とつぜん足がつっぱって眼がさめた。ジッポに火をつけて時計にかざすと六時であった。私は毛布からぬけて蚊帳をでた。冷たい闇を北東に三歩歩き、手さぐりでかめのぐっしょり濡れた膚をさぐりあてた。顔を洗うと、体内に水晶のような物のあることが感じられた。それは暗く、硬く、広かった。ズボンをはき、ベルトをしめ、靴をはき、さいごに札束《さつたば》のかなり厚くつまった封筒を窓がまちにおいた。

素娥がくぐもった声でつぶやく。

「ヴー・パルテ（おいでになるの）？」

「うん」

「いま何時かしら」

「六時だよ」

「今夜また、ね」

「うん」

素娥は指角力《ゆびずもう》をはじめて教えられたときのようにくすくす笑い、寝返りをうって、蚊帳の裾《すそ》から手をのばした。少し湿ったその掌にかるく触れて私は車庫をでた。早起きの労働者がところどころの屋台でチャアシュウメンをすすっている暗い街をよこぎって私は下宿にもどり、野戦服に着かえ、バグを肩にしてふたたび街へでていった。ドアに鍵《かぎ》をしっかりかけ、何度か試してから離れた。

道ばたで眠りこけている車夫の肩をたたき、

……ディ……ディ……ディ……

私はかるく手をうった。

私のための戦争だ。

月　日

陽が昇るまでは朝は香ばしくて冷たくしまっていた。灌木林《かんぼくりん》は寡黙《かもく》なみずみずしい呼吸にみち、葉と蔓《つる》が頭も尾もない怪物の腋毛《わきげ》のようにひしめいていた。手さぐりで下枝をかきわけつつ進んでいくと、暗い波のしたを潜るようであった。葉と枝がつぎつぎ闇からとびだしてきて頬をうったり、膝《ひざ》にからんだりし、すべすべした枯葉ですべったりよろけたりした。六時にゴム園のはずれの国道から浸透したときにはあたりいったいで蛙が鳴き、コオロギが鳴き、広い潮が高く低くとどろいていた。二度ほど東のほうでけたたましく戸を叩《たた》く音が聞えた。夢中だがのびのびして静穏な虫の声のなかでそれは電報配達人のように鋭く闇を連打して消えた。子供の頃の朝釣りの記憶からすると、沼の葦《あし》のなかでクイナが鳴いているのである。クイナは冬になるとシベリアや朝鮮から日本へ渡ってくるのだと、よく父が沼に向って歩きつつ教えてくれた。その北国の鳥がこんなところまでおりてくるのだろうか。

今朝も正確に七時一〇分すぎに陽が昇った。葉のなかに湿った靄《もや》が漂い、おぼろな未明は茜《あかね》の閃《ひらめ》きにつらぬかれて、水がひくように消えていった。ウェイン大尉の強大な首や肩が葉のなかでゆっくりとうごいているのが見え、右や左の茂みを兵たちが銃を持ってひっそりと移動していくのが見えた。白熱の陽光があらわれると朝は葉や蔓や幹からいっせいに分泌《ぶんぴつ》されてあたりにみなぎり、たちまち暑熱の洪水となった。蔓が汗ばんでねっとりとなり、硬くとがっていた葉はぐにゃぐにゃして重い息をつく。露はとけて一粒、一粒が湯けむりをたてはじめた。コオロギはとっくに鳴きやんでいる。蛙も鳴きやんだ。厚くつもった枯葉が靴のしたで崩れ、はじめのうちは湿ってつつましやかな堆肥《たいひ》の香りをたてていたが、やがて腐臭は菌糸のようにズボンと上着にからみつきはじめ、棘《とげ》が手や顔や首を掻くと汗がしみてチリチリ痛んだ。兵たちはあたりの小枝を折って鉄兜《てつかぶと》や体のあちらこちらにさしこんだ。大尉も私もその真似《まね》をした。小枝に蔽われた大尉が茂みをくぐっていくところは森のなかを森がうごくようであった。彼はやせて小さなミラー通信兵を従え、寡黙に、重く、山刀《マチェイティ》をふるって右、左の蔓を切断しつつ、なめらかにうごいた。ミラーは通信機を背負って体をかがめ、爪をかじりかじりそのあとについていく。

兵たちは黙って歩いていた。ときどきキェム大佐がたちどまって地図を眺め、ウェイン大尉に声をかける。大佐は潑剌《はつらつ》としてよく笑い、大尉は従順で口数が少ない。声をかけられると大尉はミラーの肩から電話をとり、後方の砲兵隊を呼びだして射撃をたのむ。今日の砲兵隊の呼出し暗号は《屑屋《ジャンク・マン》》である。彼が声をかけるたびに後方でにぶい音がひびき、われわれの頭上高くをかすめて弾丸が飛躍し、はるかな前方でにぶい音がひびく。空のきしみかたでは一五五ミリである。

大佐はきついフランス英語でいう。

「おい、ウェイン。アルティユリ(砲兵)にもう四、五発やれといえ。強くな。強くアラセェ(攪乱《かくらん》)しろといえ。いまの地点だ」

大尉はおとなしく、

「イエス・サァ!」

とつぶやき、ミラーから電話をとって屑屋、屑屋と呼ぶ。大尉が命令を下しているあいだミラーは綿密に爪をかじり、しげしげと鑑賞してはまた首をかしげてかじりにかかる。そして口をとがらし、まずそうでもなくうまそうでもない様子で、フッと吹く。そのあときびしい、うつろなまなざしでちらと爪を見やり、また首をかしげて噛《か》みつく。作戦は三晩四日がかりの予定だそうであるが、その速度だとミラーは明日あたり指を卒業して足にかからないといけなくなる。口に水虫をつくるつもりだろうか。フォークで口を掻くつもりだろうか。

　やがて隊は糸を見つけたらしく、模索をやめた。隊は一列縦隊になって確実に一定の方角をめざして歩きはじめた。灌木《かんぼく》と枯葉のなかに淡いがくっきりと一本の小道があらわれ、くねくねと幹のなかを右に曲り、左に曲りしている。混沌《こんとん》とした無垢《むく》の原生林のなかにただ一つ、それだけが人工であった。淡く、細く、おぼろだが、執拗《しつよう》に途絶えることのない道である。何千回、何万回となくゴム・サンダルの踵《かかと》や自転車が通って印刷した道である。私の知らない法則によってそれは右に曲り、左に曲り、深《しん》奥《おう》なかなたへ消えている。それが右へ曲れば兵たちは右へ曲り、左へ曲れば左へ曲って進んでいった。隊はその敵に導かれるままに進んだ。ここは彼らの邸《やしき》の広大な前庭で、われわれはいま門をくぐって前庭に入り、踏み石づたいに玄関へ接近しつつある。隊は罠《わな》を求めて進みつつあり、罠にはまってはじめて反応する。今日の目標の第一地点にはわかっているだけでも民族解放戦線第三〇〇大隊、別名を〝秋〟部隊と呼ぶ精鋭中の精鋭、約五〇〇人が待機しているはずである。彼らが射ってこなければ戦闘はない。射ってくれば戦闘がある。戦闘のあるなしは彼らに決定され、隊ではない。われわれは射たれるのを待ちうけつつ進んでいる。ときに探険家の足どり、ときに散歩者、そしてしじゅう迷い子の足どりで、隊は進んでいく。ドンブリ鉢、キャベツ、鶏などを背や腰にぶらさげ、なかには白い小犬を従えて、兵たちはのろのろと木のなかを進んでいく。

若い軍医が白色粘土を固めたような蟻塚《ありづか》を蹴《け》って靴のさきをしげしげ眺めている。通信兵がモンキー・バナナを食べつつ空を眺めている。やせて慓悍《ひょうかん》そうな連絡将校がトランジスターをさげて歩き、パリの少女が甲ン高くほとばしるように『私の可愛《かわい》いシャンソン人形』をうたうのを将校はときどき得意げに耳へラジオをあてて聞く。それを見てミラーは爪をかじり、ウェイン大尉は顔をそむけて、

「くそ、フレンチ・シャンソンの畜生」

とつぶやいた。

二、三度私は墜落をおぼえた。ギラギラ輝く日光とむくんだ静寂のなかで、すべては徒労と見えた。力は一瞬にあらわれて消えるだろう。ここに起る死は茶番以外の何でもない。はげしく私は悔いた。純粋に私個人の意志で私はここにいるのだが、なぜ

こんなことになったのか、まったく理解できない気持だった。あの朝、車庫からでて暗いサイゴンをいそぎ足でよこぎっているとき、私の内部には硬質で広い水晶のようなものがあった。脅迫するような新鮮さと暗い荒あらしさが靴音にあった。決意のための決意。もし生還できれば私は何個かの言葉を編んで動機と目的を説明するかもしれないが、それは船のあとに浮ぶ泡であるはずだ。私は未明の硬い冷気のなかで稀《まれ》に自身の意志で自身を掌に入れることができたと感じ、或るひめやかでさびしく熱い克己の歓《よろこ》びをおぼえていた。それが幻覚であることの予感は私の速い足や靴音やチャアシュウメン屋の屋台の灯、すべてにあったが、幻覚のほかに求めるものが何もないのも苛《か》酷《こく》な事実であった。それから九日間、私は塹壕《ざんごう》で徹夜したり、靴をはいたままベッドで寝たり、無駄話、シエスタ、馬蹄《ばてい》投げ遊びをして将校や兵たちと遊びつつ機会へ流されるままに流されていった。機会はしばしばおびえた家畜のように柵《さく》のなかにかくれてしまったように感じられ、私は赤土の穴のなかでただうとうとしつつ待つよりほかなかった。私は国家や民族や教義、すべてから自由に、完全に自由に穴のなかで蟻に食べられるままになっていたが、完全な自由の芯《しん》が朦朧《もうろう》とした恐怖にほかならないことをかたくなに認めようとせず、むしろ未明から朝へかけての静寂のなかにひしひしとみなぎる死の予感に自身を託することにふけっていた。砂袋、地雷原、有刺鉄線、幾重もの火線、義務に勤勉なアメリカ兵たちを体のまわりに感じつつ土の穴のなかで死の観念をいじるのは甘美であった。迫撃砲弾が一発落下すればすべてが一瞬に具体化されるという事実があるかぎり、蜜語は半ば徹底的に空無であるはずだった。しかし、投光器の光茫《こうぼう》を浴びた深夜の地雷原の荒涼は、銃眼からのぞいても、塹壕にたって見おろしても、少年時代に私が膚《はだ》へ刷りこんだ焼跡にそっくりであった。蚊や蟻をたたきながら土壁にもたれて眺めていると、ときどき私は恍惚と活力をおぼえさえした。

機会は昨日の夕方あらわれた。食後にベッドへよこになって『白痴』を読んでいると、ふいにウェイン大尉が小屋に入ってきた。彼はベッドのわきにしゃがんで、キェム大佐と打合せをしてきたばかりのところだといって作戦計画を話しだした。小型の三大隊、約五〇〇人で三晩四日がかりでDゾーンのジャングルを横断するというのだった。計画は大佐がたて、大尉が助言した。大佐は《探し、かつ撃滅する》と主張し、それに違いはないが、大尉の考えではこの作戦は示威行動である。勝つにこしたことはない。けれど目的は作戦そのものにあり、ここ数年一度も入ったことのない彼らの聖域に入ってわれわれにもやる意志があるのだということをはっきり見せてやるのだと大尉はいう。勝敗は問題ではない。われわれは《待ち、かつ眺め》すぎた。戦争がやっとはじまったのだ。いつかやらねばならないことで、誰かがやらねばならないことだったと、大尉はいった。ゆっくりした、冷静な口調で、彼は一語ずつしらべるようにして話した。これまでになく彼は自身を抑制していたが、激しく冷たい力はこぼれて、強大な肩からたちのぼった。眼にはしばしば憚《はばか》ることを知らない殺意が閃いた。彼はドン・ソアイにパーシー軍医、炊事兵ジョウンズ、ヘインズ伍長《ごちょう》ほか数名を、増援を乞われるまま派遣し、三人を失ったのである。

私にすらそれは無謀をきわめた計画であると思われた。ゲリラ戦には一〇対一から一二対一の兵力と火力が必要とされるという定則からすると、眼をさまして身構えている手負いの虎のひげに素手で触れようという行動のようであった。そう感じながらなぜ恐怖が起らなかったのだろうか。奥深くて荒あらしい個所からたちのぼる彼の暗《あん》鬱《うつ》な激情に巻きこまれたのだろうか。すべてを知りながら義務を甘受して事態に直面しようとする彼の陰惨な淡泊さと冷酷に力を感じて安堵《あんど》していたのだろうか。それともすでに九日間の待機と徹夜に私は消耗してしまって自身に麻痺《まひ》していたのだろうか。熟考と充実というよりは、むしろ私は戸外を憧れる心からくちびるのうごきにまかせて自身を密封する檻《おり》から手をだした。機会は姿をあらわした瞬間に眺めたり、触れたりして検討する余裕をあたえることなく肩へ爪をたててしまった。

大尉は静かに、

「参加なさいますか？」

私の眼をちらと見た。

私はたじろぎながら、低く、

「ええ」

といった。

「私が防衛してあげます」

「ありがとう」

「銃を持ちますか？」

「いや」

「ほしいときはいってください」

大尉はたちあがって壁から自分の鉄兜と水筒をはずし、私のベッドへそっとおいて、大股《おおまた》に小屋をでていった。鉄兜は一発で貫通される。水筒はビニール袋より脆《もろ》く穴をあけられる。弾丸はどこからくるか知れない。誰にも防衛できない。タバコに火をつけたとき、恐怖と孤独がはじめて私の腹腔《ふくこう》に入り、胃を重く、硬くした。熱い酸がこぼれてじわじわと広がり、穴をうがちはじめるようであった。小屋の入口にはすでにねっとりした暑熱の上げ潮にのって夜が、すべてを併呑《へいどん》する濃い夜がおしよせ、包囲し、しのびこんで、壁を天井まで浸していた。

今朝、四時に、イーガン伍長にそっと肩へ指を触れられて私は愕然《がくぜん》と跳ねた。それからゆっくりと小屋をでて、食堂へいき、みんなと黙ってオレンジ・ジュースとベーコン・エッグスを食べた。炊事兵ジョウンズのベーコンはいつも焦《こ》げすぎていたが、冷えたのよりはましだった。新顔の鼻の頭の赤い大男がプラスチック皿へていねいに盛ってくれたベーコン・エッグスを食べながら私はジョウンズ、パーシー、ヘインズの三人をふいに疼痛《とうつう》に似た懐《なつ》かしさで思いだしていた。遠い薄明のなかに彼らの顔や手や白い歯が見えがくれした。板壁の向うにはしめつけるような未明があり、いくつものエンジンの唸《うな》りが聞え、鋼鉄の重量物がうごきまわったり足踏みしたりしている気配があり、不安はヒリヒリする暈《かさ》となって蛍光燈のまばたきにも、オレンジ・ジュースの苦《にが》い後味にもあった。今日は失禁してしまうかもしれないと思ったので私は小屋にもどり、新しいパンツを二枚かさねてはいた。暗がりのなかであちらこちらのポケットにタバコをつめこんでいると、とつぜんチャンのいった諺《ことわざ》が思いだされた。《二頭の水牛がぶつかれば一匹の蚊が死ぬ》。農民の苦《にが》くて鋭いユーモアには斧《おの》の一撃に似たものがある。これとイギリス人のいう《悪魔と深く青い海の間に》とは、どちらが私にふさわしいか。蚊か。とうとうハイエナから蚊になってしまったか。毒もなく、血も吸わない蚊。たまたま水牛の角のさきにとまったばかりに……

灌木林をくぐり、草地をよこぎり、また灌木林に潜り、そこをでて草地をよこぎり、沼へ隊は正午前についた。沼は広く、明るい陽を浴び、丈高い藺草《いぐさ》がふさふさと茂り、史前時代の静寂がこもっていた。ふいに空が大きくひらけ、積乱雲の城が対岸のジャングルの梢《こずえ》にくっきりとそびえていた。ジャングルは緑の暗く深い長壁となって対岸を制覇していた。その暗さも深さも史前時代からそこにそうであったように思われる。ここで邸の前庭が終ったのだ。あの長壁が底知れぬ忍耐力と激情の母屋《おもや》である。兵たちは岸に迫撃砲をすえつけ、何発となくつづけざまに長壁へ射ちこんだが、応射の音は一発も起らなかった。何発注入されても長壁は森閑と静まりかえっていた。熱でうるみかけた明晰《めいせき》な日光のなかでただ炸裂音《さくれつおん》だけがうつろに壮烈にひびき、ひろびろとした沼をわたってこだまは消えていった。

キェム大佐が満悦して、

「OK。OK」

といった。

「わたろう。いこう。カピタン・ウェイン。やつらはいないよ。逃げたのさ。ラバ

（あちらへ）。機会を逃がしちゃいかん。アルティユリ（砲兵）に援護をたのんでくれ」

大尉はものうげにつぶやいた。

「そうでしょうね」

兵たちがのろのろたちあがって沼をわたりはじめた。沼のなかにもやっぱり藺草を踏みしだいて作られた一本の細い道があり、それはくっきりと対岸にまでとどいていて、兵たちはこれまでどおり忠実にその道を踏んでいった。

「屑屋。屑屋。われわれは沼をわたる。どんどん射ってくれ。OK。屑屋。沼はひらけている。危険だ。VCに射たせるな。どんどんたたけ」

藺草が高くて私は胸までかくれた。ところどころ靴が沈んで泥水が膝《ひざ》までくる。砲弾の射程がそろそろつきかけている。擦過音も炸裂音もはるかに身近になり、花火のようではなくなった。空のきしみかたが凶暴になり、はげしくなった。沼は広いし、さほど深くもない。だのに道は一本しかついていない。少年たちの力を節約する心からだろうか。それとも彼らもまた孤独を避けて先行者の足跡をそのまま踏みたがるのだろうか。

ジャングルには古代の巨木と灌木がぎっしりと生え、五メートルさきもよく見えず、陽がさえぎられて手が緑いろに染まった。ふたたび枯葉のなかに淡い小道がくねくねとはじまった。ところどころにL字型、W字型の塹壕があった。灰いろの土はまだ新しくてスコップの刃の跡をとどめている。木樵《きこり》の小屋のような藁《わら》小屋もあり、米を煮た跡らしく土が黒く焦げていた。人間罠《マン・トラップ》もいくつかあったが、いずれも古くて、竹の逆茂木《さかもぎ》は朽ちかけていた。木の幹にタールで黒ぐろと稚い人間の画があって、スローガンが書いてあった。

『アメ帝、打倒。独立万歳』

ウェイン大尉が寄ってきてささやいた。

「どこか近くに地雷がありますよ。ブービー・トラップもあるでしょう。二日前に特殊部隊と地雷班がきて掃除したはずですが気をつけてください。足で蔓《つる》をひっかけないようにしてください」

彼はアーマライト銃の引金に指をかけて鋭くあたりを見まわしつつ歩いていった。強大な腰を右にひねり、左にひねり、彼は全身汗にまみれ、かるがると木の根株をまたいだり、茂みに潜ったりして進んでいった。蔓の壁があらわれると山刀をふるって道を切りひらいた。とつぜん私に直感があった。もう彼はこれが不公平な戦争だから日本人が反対していると聞かされてもよろよろすることはあるまい。燦爛《さんらん》たる落日のなかで微笑しつつジャック・ダニエルを噛《か》むこともあるまい。《魔法の魚の水作戦》を池の岸にすわって面白がって見物することもあるまい。戦争は彼の内部で変りつつある。或いはすでに変貌《へんぼう》は完了されてしまった。このすさまじい植物の群れのなかを右に左に山刀をふるいつつさまよい歩く彼の後姿には、もはや少年ゲリラを求める狩人というよりは、木、蔓、空、土、とめどなく混沌《こんとん》として冷酷な樹海そのものを扼殺《やくさつ》しようとかかっているかのような、見慣れない冷酷と不屈が発散している。慓悍《ひょうかん》で飽くことを知らない推力が彼を駆りたてている。根を持たずに漂うこと、そのことで栄養を吸収して繁茂する、たけだけしい茎と葉を持つ浮流植物のような力がいま彼の肩にあらわれている。怨恨《えんこん》が静止を憎む彼を解放したかのようであった。彼がレッド・インディアンを狩りたてつつ幌馬車を大平原に乗り入れた人の曾孫であることを私はうっかり忘れていた。移動し、開発し、殺したあとで祈り、悔いつつふたたび移動し、目的地にたどりついて静止しかけるとたちまち茫然《ぼうぜん》となって乱酔にふけったり自殺したりした、上昇にも下降にもまったく抑制を知らなかった祖父、曾祖父の、あの奇妙で圧倒的な沸《わ》きかえる血のこだまをいま彼は傍受して奮起しているのかも知れなかった。あぶらっぽい匂《にお》いをたてる灰色の汗といっしょに散るのは業《ごう》かと思われた。

昼食には老当番兵チンがくれたオニギリ一個と鶏の手羽一本を食べた。オニギリは半分だけ食べ、あとの半分は新聞紙に包んでバグにしまった。水も一口《ひとくち》だけでがまんした。キェム大佐がオニギリの残りを捨てると、すかさずチンが拾った。チンは枯葉や土をていねいに払いおとしてオニギリを背嚢《はいのう》にしまいこみ、誰にともなくカタコト英語で、

「ヴェトコン、食べる」

といった。

さきほどイーガン伍長が茂みからあらわれてわれわれの隊に合流した。木にさえぎられて何も見えないが第二大隊と第三大隊がすぐ近くに来ているらしい。イーガン伍長は第二大隊である。第二大隊と第三大隊は東と北の二方向から浸透し、私のいる第一大隊がその中央を浸透し、三つの大隊はいまここで合流したらしい。イーガンはカービン銃をぶらさげ、鉄兜《てつかぶと》を腰につけ、黄いろい野球帽をあみだにかぶって、首に真紅のスカーフを巻いている。大胆な男だ。まるで標的ではないか。射ってくださいとどなって歩いてるようなものではないか。

「……ヘイ」

彼は寝ころんでいる私に声をかけた。

「まだ生きてるか？」

「生きてるよ」

「いいことさ」

「一発も射たれなかった」

「これからさ」

「そうだろうね」

「気をつけろ」

「どういうぐあいにだね？」

「お前さんが気をつけるんだ」

彼はゆっくりと歩き、ちょっとはなれたところへ寝そべった。ウェイン大尉、ミラー通信兵、イーガン伍長、これでアメリカ人は三人となった。二〇〇人の大隊に三人。しかもそのうちの一人は通信兵であり、あとの二人は命令の権利を何一つ持たされていない。いっさいはキェム大佐が握っている。非凡なるキェム大佐が進退、攻守いっさいを決定する。ウェイン大尉は援助ともつかず干渉ともつかぬ薄明のなかを流浪《るろう》している。

昨夜、夕食のあとでシャワーを浴びていたらイーガンが早口で歌をうたってみんなを笑わせていた。早口なので何をいってるのか聞きとれなかった。書いて教えてくれというと、みんなはまた笑いくずれた。ベッドにもどってタバコをふかしているとイーガンがあらわれ、私の膝に紙きれをおき、クスクス笑いながら小屋をでていった。

Load her up and bang away
Load her up and bang away
Load her up and bang away
With my eighteen pounder

Well, up she came and down she got
Then she showed me her you-know-what
Asked me if I like a shot
With my eighteen pounder

(グッとかましてバンバンやるんだ
グッとかましてバンバンやるんだ
グッとかましてバンバンやるんだ

おいらの18ポンド物で
あの子は車で乗りつけ、おりるが早いか
パッとおいらにあれ見せて
一発いかがとたずねやがった
おいらの18ポンド物で）

キェム大佐が通信兵をつれて木のなかを歩いてきた。大佐は活潑《かっぱつ》な顔でウェイン大尉を眺め、シエスタをやめてどんどん前進しようといった。大尉はとびおきて、よろこばしげにうなずいた。

「結構です。結構ですな。大いに結構です。もうすぐぶった切り屋《チョッパー》がくるはずです。どんどん進みましょう。OK。OK。完全にOKです」

あたりでうたた寝しかかっていた兵たちは散らばった世帯道具をかき集めて体を起し、しぶしぶ歩きだした。隊は木に梳《す》かれてばらばらになり、兵は一人、一人で歩いていった。正午すぎの白熱が葉と蔓にむらむらたちこめてジャングルはサウナ風呂となり、明るい木洩《こも》れ陽《び》の斑点《はんてん》が兵たちの顔でゆれ、すれちがうと塩辛い黄色人種の汗の匂いが眼を刺すようであり、私もおなじ匂いをたてて歩いていった。

ふいに右の茂みで銃声がした。つぎの瞬間左で銃声がした。前でも後ろでも銃声がした。弾音の波はゆらりとひるがえって四方から襲ってきた。私が伏せるより速く凶暴な、透明な波が茂みを疾過した。大尉とミラーが体を伏せ、イーガンが木のかげにとびこんだ。大尉とミラーの臀《しり》のかげに私はころがり、必死に顔で枯葉を掘った。波はふるえ、唸《うな》り、叫びながら走り、息もつかせず第二波、第三波が走りだし、葉が散り、枝が折れ、あたりは弾音と兵たちの甲ン高い叫びにみたされた。来た。これだ。ついに来た。絶対は無機質の、乾いた、短い憤怒をたたきつけてきた。私は迎えた瞬間にふるえあがって閉じた。鼻を枯葉におしこみ、私は眼をひらき、眼を閉じた。暗い肥沃《ひよく》な枯葉の匂いが鼻を刺した。眼は瞬間に見た。無数の蟻《あり》の群れが右に左にせっせと勤勉にはたらき、一匹の蟻は体の数倍もある病葉《わくらば》の一片を顎《あご》に咥《くわ》えてよろめいていた。

「……！」

「…………！」

キェム大佐が叫び、ウェイン大尉が叫び、二人はたがいに叫びかわした。たちまち右や左へ砲弾がなだれおちてきた。それは炸《はじ》け、とどろき、ふるえ、私の後頭部を剃《そ》りあげるようにして落下し、梢まで噴きあがった土がドサッ、ドサッと頭に落ちてきた。どちらの弾で殺されるのだ。

「ぶった切り屋、ぶった切り屋」

ウェイン大尉が電話器に叫ぶ。キェム大佐が発煙筒を投げる。濃厚オレンジ・ジュースのような黄いろい煙がもくもくわきたって梢へのぼっていった。

「煙が見えるか。煙が見えるか。黄いろい煙だ。その東南東を射ってくれ。五〇メートルから一〇〇メートル。射て。たたけ！」

たちまち空から豪雨があった。ロケット弾が炸裂し、太ぶとしく凶暴な機関砲が吠え、ぶった切り屋とL—19は梢すれすれに下降して擦過した。まるで天井裏で巨獣がのたうちまわるような響きが首へ落ちてきた。

ウェイン大尉は枯葉に腹這《はらば》いになり、ミラーの肩から電話器をとってたえまなくぶった切り屋や屑屋と連絡し、あわてず、さわがず、爆発、掃射、炸裂のたびに耳を澄まして、

「OK。もうちょっと東」

とか、

「ちきしょう」

とか、

「もう一衝撃、お見舞しろ」

など叫んだ。ミラーは倒木のかげによこたわり、くちびるをふるわせて耐えていた。爪は嚙んでいなかった。淡青色の瞳《ひとみ》は暗く、うつろであった。彼と眼が会ったとき私はそこに私を見たように思った。

戦線《フロント》は強かった。いくらロケット、機関砲、大砲を浴びせられても火力を落さなかった。轟音《ごうおん》が起るとその一瞬だけ弾音はやむのだが、つぎの瞬間、たちまち射ちかえしてくる。あれは機関銃と自動小銃だ。うねりつづける陽気な連射音にまじって短い、こもった、腹にこたえるようなライフルの単発音がひびく。それが頭蓋《ずがい》を粉砕しそうなのだ。私がしがみついている土のした、腹のすぐしたを彼らは鼠のようにかけまわっているのだろう。波は右から左から神出鬼没におそいかかってきた。

或る瞬間、右から猛射されたので私が倒木をこえて左へころげおちると、すでに一人のヴェトナム兵がひそんでいて、カービン銃を投げだしたままバナナをもぐもぐ食べていた。彼の若い眼はうつろであったが顎のうごきはゆるやかで、一口、一口、バナナを嚙みしめていた。つぎに左から猛射されたので木をのりこえて向うへ落ち、ふたたび木をのりこえてこちらへ落ちてみると、兵はやっぱりバナナの皮を剝《む》いて静かに私の動作を眺めていた。もう一人の兵はぺったり腰をおろして洗面器の飯をドンブリ鉢にすくい、ゆうゆうと竹箸《たけばし》をうごかしていた。彼は自分の臀のまわりでころげまわっている私をちらと見たきり何の関心も示さなかった。弾丸が幹にあたり、枝にあたりしてよこしぶきにしぶいてくると、彼は洗面器をヒョイと左へ移し、何事もなかったようにふたたびゆうゆうとドンブリ鉢を掻《か》っこみはじめた。キェム大佐は蟻塚のかげにかくれて指揮をとり、兵たちが逃げこもうとすると眼を怒らして追いかえした。蟻塚はコンクリートのように堅いのでよく弾丸をはじきかえしたが、大佐と通信兵と副官の三人が入るといっぱいになってしまった。はみだした兵たちはあたりの木の根かたにもたれてそれを眺め、弾丸にあたるとぼんやりころがった。

それまでひとことも口をきかなかったイーガンがとつぜん叫びだした。つんざく弾音のなかでも声はよく聞きとれた。

「射ちやがれ。射ちやがれ。やい、射ちやがれ。ちきしょう。なぜ射たねぇ。臆病者《チキン》。おれをこえて射て。よおッ《ファック》！」

黄いろい野球帽のしたで彼の灰色の瞳は憤怒で輝き、頬に血が射《さ》し、顔がまっ赤になっていたが、ヴェトナム兵たちはカービン銃や機関銃を投げだし、狂ったように叫ぶイーガンを木にもたれてまじまじと眺めるきりであった。そして弾丸があたるとゆっくりころがった。

彼らの反射はふしぎに緩慢でひっそりしていた。右の茂みからも左の茂みからも何人となく兵が血みどろになってあらわれたが、弾丸がとびまわるなかを彼らはまるでピクニックのようにゆっくりと歩いてきた。若い軍医は腹這いになってカードに何か書きこんで兵たちの首にかけてやり、大腿部《だいたいぶ》にあいた大穴にアルコールをしませた綿玉をつっこみ、ピンセットでぐるぐるひっ搔きまわした。瓶のアルコールはすでに血で濁ってイチゴ水のようになっている。しかし兵は骨まで見えそうな穴をピンセットで搔きたてられても身ぶるいひとつせず、くちびるを嚙みしめさえしなかった。頰をひきつらせ、両手で腿《もも》をつかみ、暗い肉の穴をただぼんやりと眺めていて、まるで子供が積木を眺めるようなまなざしであった。

とつぜんキェム大佐が蟻塚のかげからたちあがってかけだした。通信兵と副官がそれにつづいた。誰にも声をかけず、軍医も負傷兵ものこして大佐は一人で逃げだした。走れる兵たちはいっせいにたってあとを追った。ウェイン大尉、ミラー、イーガン、私があとを追った。ミラーはたったはずみに電話器を落し、コードを踏みちぎってしまった。キェム大佐とウェイン大尉が走り走りいい争っていた。南へ逃げようか、東へ逃げようかと議論しているのだった。大尉は南だといい、大佐は東だという。

ヒリヒリするような猛射のなかで大尉はいんぎんに、

「南へ逃げてはどうでしょう?!」

と叫んだ。

大佐は傲然《ごうぜん》と、

「東《エスト》だ、東《エスト》だ」

と叫んだ。

大尉は大佐にのしかかり、いんぎんに、

「南です、南です。南があいております」

と叫んだ。

大佐はやっきになって顔をあげ、

「東、東!」

と叫んだ。

「東へ逃げるんだ。おれは知ってるんだ。やつらは東にゃいない。ここはおれたちの国だぞ。命令するのはおれだぞ。君らは何も知らん」

大佐はいちもくさんに幹と蔓《つる》をかきわけて突進し、大尉はそのよこにぴったりくっついて走り、南です、南ですと叫んだ。二人は南だ、東だ、南だ、東だと叫びあいつつ蔓をかきわけ、おしのけ、東をさして走った。そこで何を見たのか二人ともまっ蒼《さお》な顔になってひきかえし、南めがけてかけだした。右、左、前、後ろから眼も口もあけていられないような猛射があった。やっぱり人影はちらとも見えなかったが弾丸が銃口をとびだすときにグイと体をひねるきしみが聞えるかと思うほど近かった。木の根にたおれた瞬間、数発が眼前一〇センチのところを樹皮をはねとばしつつ走った。たしかに発射音の聞えない数発もあった。発射音が聞えるのは距離があるからだ。そしてこちらが生きてるからだ。樹皮が頬をかすめて散った。ふるえる膝を踏みしめ踏みしめ私はたちあがってかけだし、幹が二つにわかれた一本の木の股《また》へ避けよう避けようと思いながらとびこんでしまった。私は二本の幹にガッシリと咥《くわ》えこまれ、はさまれてしまって身うごきならなかった。よこを兵たちが必死でかけぬけていった。私は踵《かかと》まで落ちた力をひきずりあげてもがき、ようやく股からぬけだすことができた。手や頰の皮がひきむしられてヒリヒリした。心臓が咽喉《のど》へとびあがり、肺がきしみ、膝がわなわなふるえた。

気がつくと私は一本の大木のかげによこたわっていた。ウェイン大尉たち三人が近くの木のかげによこたわり、キェム大佐たち三人がべつの木のかげによこたわっていた。いつのまにか銃声は消えて、森は湖の底のようにひっそりしていた。あちらこちらの木の根かたにもたれている兵たちを眼で数えてみると、二〇〇人のはずの一大隊が一七人になっていた。一人の若いヴェトナム人将校が血みどろになってよこたわっていた。肩のあたりを射ちぬかれたらしい。血が野戦服の上半身にひろがっていた。イーガンがカービン銃をささげつつ肘《ひじ》で這ってきた。彼はひとこと、ひとことゆっくりと将校にいった。

「君は、負傷した。もうすぐ、たくさん、ヘリコプターがくる。それで君は、帰れる。今夜は、サイゴンだ。サイゴンへいったら、PXで、フレンチ・コニャックを買うんだ。おれの名でな。それをちょっぴり飲んでから、こっちへ送ってくれ。いいな。フレンチ・コニャックだぞ。みんなにそう伝えてくれ。フレンチ・コニャックが飲めるって、みんなにそう伝えてくれ」

将校は蒼《あお》ざめて枯葉によこたわり、イーガンの言葉を黙って聞いた。イーガンは優しくささやきおわると仲間のところへ肘でもどっていった。やがて将校は片肘で這いはじめ、血をひきずりひきずりどこかへ消えた。

イーガンは私を見て、

「ナンバー・テンだぜ」

といった。

彼は中腰になって小便をはじめた。太く、はげしく、まるで水牛のようであった。しぶきが顔にかかった。私はよこたわったままペニスをひっぱりだした。イーガンのそれは淡紅色の帽子をかぶってだらりと垂れていたが私のはすっかりちぢみあがっていたので何度もしごいてのばしてやらなければならなかった。

「うごくな。射たれるぞ」

イーガンは小便をおわるとそうささやいて枯葉にそっとよこたわった。

驟雨《しゅうう》のような物音がたちこめている。原生林がふたたび声をたてはじめている。虫が鳴き、鳥が叫び、猿が金切声をたてて梢《こずえ》をわたっていった。弾音がやんで五分もしないうちに住人たちはもとの位置についたのだ。虫の声は梢から降《ふ》り、枯葉からわきあがり、樹海をみたしてどよめいた。或る瞬間にはそれはすさまじいばかりに耳を蔽《おお》い、大地が夕立を噴きあげているとしか感じられなかった。あれだけの鉄と火と震動を注入しても自然はかすり傷ひとつうけていなかった。雪崩《なだ》れおちるようなこの歓声には深奥《しんおう》さがあった。したたかに冷酷な豊饒《ほうじょう》さがあった。私はしめやかな枯葉の匂《にお》いを深く吸い、うつろな心で感動した。心はひたすら耳にゆだねられ、猿に裂かれ、鳥につらぬかれ、虫の大歓声の高低のままにゆれた。

イーガンがとまどったように、

「森がにぎやかだ」

とつぶやいた。

夕刻、私は水のような黄昏《たそがれ》のなかでたくさんの兵が死んでいくのを見た。五時間、枯葉のうえで寝ていてから私たちは体を起し、集結点へ脱出した。第二大隊と第三大隊の兵たちがすぐ近くの爆弾穴のふちに群れていた。彼らも完膚なきまでに粉砕されたらしく、あたりには死体や負傷兵がよこたえられ、血とボロぎれが散乱し、軍医が血まみれになってうごきまわっていた。兵たちは肩を射ちぬかれ、腿に穴があき、胸が裂け、鼻をとばされ、臀を削られ、顎を砕かれていた。弾雨のなかで目撃したふしぎな緩慢がここにもあった。あれから五時間経過しているのだからショックのために彼らが自失しているのだとは思えなかった。重傷、軽傷を問わず兵たちは呻《うめ》かないのだ。彼らは泣きも、叫びも、悶《もだ》えもしなかった。或る兵は木にもたれ、或る兵はよこたえられていたが、どの兵もらくらくと体をのばし、轢《ひ》かれた犬の眼で私や空を眺めた。それは日光浴をする人、休憩する人の姿勢であった。胸を裂かれた兵の傷口は肺が覗《のぞ》けるほどであったが、ゆるやかな呼吸のたびに血を泡だたせながらも彼は風邪をひいたぐらいの顔でよこたわっていた。とらえどころのない疚《やま》しさを私は感じ、たちすくんだ。

イーガンが眼をそむけ、

「兵隊は楽じゃねぇ」

とつぶやいた。

ウェイン大尉はうなだれて、

「えらいやつらだ。えらいやつらだ」

といった。

彼は仲間のあいだをせかせか歩きまわってタバコを集めると火をつけて、よこたわっている兵のくちびるに一本ずつさしてやった。軽傷の兵は肩を軽くたたいてやり、重傷の兵は軍医を手伝って頭のしたに枕《まくら》を作ってやった。汗まみれの野戦服がたちまち血でよごれた。

キェム大佐がつかつかと大尉のところへやってくると、ここはヴェトコンのトンネルが多すぎて前進ができない、今日はこれで後退しようといった。そしてひとしきり、われわれもやられたが彼らもやられたのだ、推定一〇〇人の被害を与えてやったと主張した。

大尉がたずねた。

「ボディ・カウントしましたか?」

大佐が声をあげた。

「ボディ・カウントはしてない。できやしないよ。ロケットが降《ふ》った。カウントしにいけばおれがやられる。だけどおれにはわかるんだ。カンさね。一〇〇人は死んだな。おれは経験がある。やつらは後退したのさ。射ってこないじゃないか」

大尉がつぶやいた。

「どうですかね。やつらはいまは黙ってますが、また射つでしょう。われわれの兵力が少なすぎるんですよ。早く後退したほうがいいですね。キェム大佐」

大佐がとつぜんいいだした。

「君らは強い。訓練も規律もある」

「ええ」

「おれたちは後退する。君らは強いから最後尾を防衛してくれ。今夜、君らはここにキャンプしてくれ。明日の朝おれは増援部隊をつれてもどってくる。もっとたくさんの兵隊を持ってくる。OK、OK、OK？」

「われわれはたった九人ですよ」

「君らは強いんだ。とても強いんだ。おれたちの後退を防衛したあと、ここでキャンプしてくれ。銀星章だぞ。おれが推薦する。OK、OK？」

「……」

大尉は血走った眼を瞠《みは》って大佐をちらと一瞥《いちべつ》してから、黙って負傷兵のところへもどった。彼はさきほどの五時間、たった三メートルか五メートルしかはなれていないのに大佐にひとことも声をかけなかった。大佐も彼に声をかけようとしなかった。そのうち大佐付の通信兵がようやく他の大隊と連絡をつけることに成功したので大佐はしきりに電話で命令を発したが、大尉には何も教えてやらなかった。大尉も寝そべったままそっぽ向いてたずねようとはしなかった。彼らは同盟軍のはずであったが五時間ものあいだほとんど肘を触れあわんばかりによこたわりながらついにひとことも口をきこうとせず、ただそっぽ向いたり、枯葉を眺めたりしていた。脱出のときも大佐は通信兵と副官をつれてさっさとでていき、大尉はそれを見て体を起し、ミラーとイーガンと私をつれて脱出したのであった。

こうしているうちにも兵たちは一人、また一人と死んでいった。死は予兆や暗示を見せることなく体から体へわたっていった。兵はただ何かが音なく流れでたためにぐにゃぐにゃの袋となった。いま木によりかかっていた兵がふとよこになったなと思うともう死んでいるのだった。私がふるえながらジッポに火をつけ、タバコをわたしてやろうとすると、胸を裂かれた兵の眼はいつのまにか褪《あ》せて凝結していた。そしてさきに死んだ兵の頰にはどこからきたのか、もう蠅がせかせか歩きまわって、揉《も》み手していた。彼らはまったくひっそりと落ち、枯葉ほどの音もたてなかった。あまりにそれが静かなので、にじみよる黄昏のなかでは、彼らは落ちた瞬間に息を吹きかえして、足音もなく、私を一瞥することもなく、約束にいそぐ人の足どりでどこかへ去っていくかのように感じられた。仲間は山刀《マチェイティ》であたりの木から蔓を切りとり、防水布《ポンチョ》でくるんでやり、チマキのようにぐるぐる巻きにして棒をとおした。彼らは寡黙《かもく》に、緩慢に、慣れた気配で動作した。彼らが少しはなれたところへチマキをはこんでいっておろすと、小犬がいぶかしそうにそのまわりを嗅《か》いで歩いた。小犬はポンチョを怪しんでいつまでもそこから離れようとせず、一人の兵がそれを見てくすぐったそうに低く笑った。

　私はまちがっていたようだ。ひどい過《あやま》ちを犯していたようだ。これまでずっと彼らのことをいじらしかったり、残忍だったりする藁《わら》人形だと思いこんでいたのは過ちであった。彼らには信念、自己滅却の信念しかないのではあるまいか。これほどの傷を呻きひとつ洩《も》らさずに耐える克己と無化を誰に教えられたのか。生れてきたことがまちがいだったと背骨の芯《しん》から感じているのならそれもまた強大な信念である。彼らは軍隊にとられることを恐れて水田に潜ったり、藪《やぶ》にかくれたり、指を切ったりし、或る日村を包囲されてトラックにつめこまれたり、たまにでかけた映画館からでてくるところをつかまえられたりして兵営に送りこまれた。そしてコンシャン（共産）はマラリアや生水より恐ろしい、監獄みたいな暮しをしたくなかったら戦えと教えられた。もっといろいろなことも教えられた。けれどわかったのは殺されたくなければ殺せということだけだった。それを超《こ》える言葉こそ核の力を解放するものであり、言葉は無数に与えられたが、どれも言葉を超えなかった。また兵隊になれば金がもらえたし、ほかに生きるすべとては何もなかったのだ。

故人は激しく盗まれ、激しく盗んだ。なけなしの給料を上官にくすねられ、棺桶代《かんおけ》をくすねられ、やりもしなかったバクチ代をくすねられた故人は、作戦に出ると砂糖キビを盗み鶏を盗み、キャベツを盗んで、農民に憎まれたり、さげすまれたりした。故人はやっとの思いで買った一本のタバコをためつすがめつして吸った。飯の洗面器のまわりに群れて夕刻の雀のようにはしゃいだ。アメリカ兵がシャワーのあと全裸で歩くのを見るとはにかんだ声をあげ、夜の陣地で映画を見せられて乳房の大きな白人の女が男とキスするのを見てもはにかんだ声をあげた。銃を持たないときの故人は食べることと寝ることが何より好物で、ほかに慾らしい慾はなく、口を細めて小さなことによく笑い、犬を飼ったり、オウムを飼ったりし、コオロギを喧嘩《けんか》させるのが得意だった。何か面倒なこと、わずらわしいことがあると、たちまち眼も耳もきかなくなり、眼をあけたまま失神してしかもしっかりした足どりで歩くという神技を見せた。もし捕虜になって、生埋めもされず、斬首《ざんしゅ》もされず、木に縛りつけて生きたまま腹を切開されるということもなく、再教育されていたら（もともと教育らしい教育があったかどうか……）、日本将棋の〝歩〟が一線をまたいだだけで〝金〟になるように、故人は二カ月か三カ月かで細胞を更新し、不退転の激情をふるってかつての仲間やアメリカ人とたたかったはずだった。しかし、最後の瞬間、円を閉じる瞬間には、どちらの草むらで胸を裂かれてもひっそりと去っていく。

黄昏の原生林のなかでは赤と緑が黒に見える。切り裂かれたオリーヴ・グリーンの野戦服のなかにはじけかえった黒い穴がある。じゅくじゅくの大きな海綿のかたまりをおしこんだように見える。べつの兵の砕けた頭は魚屋の内臓桶のように見えた。黄昏がそこに沁《し》みこみ、薄暗いなかで見る見る血が乾いていく。仲間の兵たちはそのまわりにしゃがんで空を眺めたり、脇腹《わきばら》を掻《か》いたり、くたびれたそぶりでそっぽ向いたりして何かを待っている。絶対は濡《ぬ》れて、ぐにゃぐにゃし、醜陋《しゅうろう》な大口をあけてそこに無気力な顔をさらけだしている。誰の眼もとらえない。誰も弔《いた》まず、祈りもあげず、声もかけない。大佐は黙ってちらちらと眺め、大尉はうなだれ、ミラーは爪を嚙みはじめ、イーガンはカービン銃を杖《つえ》にして暗いまなざしで梢を見あげている。それはまぎれもなくヒトの死であったがアジア人の死でもあった。私はただ小きざみにふるえて全身が寒かった。

脱出がはじまった。

血みどろの負傷兵やチマキをかついで兵たちは一列となり、今朝たどった一本道をたどってのろのろと歩きはじめた。小犬があとを追って鼻を鳴らしつつ、ついてきた。ふたたびジャングルは射ってきた。どこまで逃げてもおなじ密度で射ってきた。深遠な樹海のどこからか弾丸は幹をかすめ、樹皮をとばし、枝をへし折って殺到してきた。誰一人射ちかえす者もなく、ただわれわれはこけつ、まろびつ、幹にとびこんだり、蟻塚《ありづか》にかくれたりしながら、無慈悲に他人をおしのけて走った。

走りつつウェイン大尉が叫びはじめた。

「屑屋。屑屋。もう一発射て。OK。OK。そこだ。たたけ。もう一発。ジャングルが濃い。負傷兵がいる。われわれは完全に包囲されてる。屑屋。屑屋」

黄昏をつらぬいてふたたび砲弾がうなり、森がふるえ、木が葉を落しはじめた。一本の木のかげにころげこむとウェイン大尉が腰をかがめてひそみ、血走った眼でアーマライト銃をかまえていた。彼はとびかう弾音のなかでジッと耳を澄まし、私を抱きかかえるようにしてささやいた。

「OK。大丈夫だ。やつらは高く射ってる。走れ。ジグザグに走れ。体を低くして走れ。OK。やつらは高く射ってる」

兵たちをおしわけかきのけして私はあさましく走った。兵たちは総崩れになって走っていた。チマキを投げだし、負傷兵を捨て、彼らは我先にと走った。われわれは狭い水路の魚群のようにただ前へ、前へと走った。ちらと眼のすみで私は捨てられた負傷兵がぼんやりと逃走していく仲間を眺め、射たれた兵が小便でもしにいくようによろよろと茂みへかけこんでいくのを眺めたが、救おうとする思惟は鳥の影ほどもなく、ただ喘《あえ》ぎ喘ぎ走った。あちらこちらの暗い茂みで……ホーウ……ホーウ……と人の声がしだした。われわれは兎のように狩りたてられていた。その石器時代の威嚇《いかく》は汗でとどろく耳にも耐えようなく無気味であった。

藺草《いぐさ》の沼にたどりつくと永かった今日が尽きかけていた。陽が対岸の梢に沈みかかり、さいごの精力が空で燃えていた。高い雲が紫紅色に輝き、空いちめんに血が流れていた。ジャングルの暗がりに慣れた眼には痛いほど眩《まぶ》しかった。二台のぶった切り屋と一台のL—19があらわれ、こちらへやってくる。青い草の匂いのたちこめるなかを膝《ひざ》まで水に漬かって歩いていくと兵たちの体は藺草に埋もれて鉄兜《てつかぶと》だけがクラゲの群れのように見えた。沼は不安であった。ジャングルでは弾丸が木の幹にはねかえってジグザグにとび、倒木もあり、蟻塚もあった。けれどここでは弾丸は藺草を裂いてまっしぐらにとぶ。低く射ってこられたらどうしようもない。この玩具のような兵たちを掃滅するには二台か三台の機関銃で足りる。ついに下腹か。はらわたがこの汚水に落下するのか。

沼のまんなかあたりではげしい爆音が落ちてきた。仰ぐと二台のぶった切り屋が大きく傾いて旋回していた。二台とも両脇にロケット莢《ポッド》を抱え、ジャングルめがけてすべっていった。銃手《ガンナー》が宇宙飛行士のようなヘルメットをかぶって機関銃の引金に指をかけているのがありありと見えた。L―19があとを追う。ふいにぶった切り屋はわれわれが脱出してきたばかりの原生林の出口へ機関銃を連射し、ロケットを発射した。ロケットは莢からとびだし、特有の澄んだ音をたてて走り、原生林は閃光《せんこう》を発して炸《さく》裂《れつ》した。機関銃が精悍《せいかん》な声をたてて唸《うな》った。とつぜん木の梢が火を噴きだした。少年たちは梢に機関銃をすえて待機していたのだ。一〇分前に私がその根のあたりを走っていたときは黙りこくっていた木が身ぶるいし、ぶった切り屋めがけて猛射を浴びせはじめた。彼らは剛勇無双であった。ロケットと機関銃を吐きつつ肉薄してくるぶった切り屋に直面し、体と顔をひらいて、一歩もしりぞかなかった。梢の葉《は》叢《むら》からはオレンジ色の閃光がほとばしり、咳《せ》きこむ連射音が空をふるわせ、長くはげしい叫びがひろびろとした沼をわたっていった。ぶった切り屋と少年たちは必死で射ちかわした。双方の曳光弾《えいこうだん》が炎上する王都のような亜熱帯の夕焼空を裂いてとびかかった。はじめて戦争はその凄惨《せいさん》な美貌《びぼう》を見せた。

つぎの瞬間、消えた。

沼いちめんに憤怒の叫びが起った。

右、左、そして背後からいっせいに銃弾がとんできた。私は藺草のなかに体を投げた。生温かい泥の匂《にお》いがむッと顔を蔽《おお》った。兵たちは甲ン高い声をあげて藺草のなかをころげまわった。無数の銃弾がヒュンヒュン唸りつつ走り、一波、二波、三波と息つくひまもなかった。私は泥水のなかを手で這《は》ってすすみ、カービン銃に足をとられてもがいている一人の兵の体をのりこえようとしたとき髪を波にかすめられ、全身の力を失った。私と兵は腰まで水に浸り、手や足をぐにゃぐにゃからみあわせてあらそいあった。兵の眼は若く、いらだって小さく光り、疲れきっていた。私は子供を水のなかへ沈めようとしているかのようであった。その小さな、やせた体がまるで巨大な壁のように感じられた。よじては落ち、よじては落ち、とめどない苦役であった。口いっぱいにつまった甘い泥の匂いにむせ、卑劣の感触に半ばしびれ、ふいに空が昏《く》れて額におちかかってきて、いやだと思った。つくづく戦争はいやだと思った。凶暴なまでの孤独が胸へつきあげてきた。何もかもやめて泥のなかにうずくまり、声をあげたくなった。ふとこのまま眠ってしまえたらと思った。おびただしい疲労がこみあげ、死の蠱惑《こわく》が髪をかすめた。この柔らかい藺草のしとねに体をのびのびとよこたえ、穴という穴から温かい泥がしみこんできて、とろりとした水をミルクのように体いっぱいにたたえて寝ていたらどんなにいいだろう。鼠や蟹《かに》があちらこちらの肉を食いちぎるときは古い腫物《はれもの》の蓋《ふた》を剝《は》がすようであるかもしれない。とけたい。とけてしまいたい。この藺草の沼にとけこんで、ひろがって、薄い波となって漂っていたい。

弾音が切れた。とつぜん反射がはたらいた。私は泥のなかに体を起した。しねしねくにゃくにゃと麻痺《まひ》した子供の執拗《しつよう》な握力で兵がしがみついてきた。いつかもこういうことがあった。いつか子供のときに生温かい夏の田ンぼでしたことがある。この握力には記憶がある。あれだ。私は衰弱をおぼえ、ふいに腰が沈んだ。

「……！」

兵は私の顔を仰いで何か叫んだ。

「……！」

おかあちゃんというのだろうか。かんにんや、かんにんやというのだろうか。川の小さな鳥のような声が走って私をつらぬいた。私は崩れながら少年の肩をつかみ、泥にむせて咳きこんだ。いくら足搔《あが》いてもどうしようもなかった巨大な壁がふいにやすやすのりこえられた。私は少年の向うにころげおちた。その瞬間、水のなかから少年が軍靴ではげしく蹴《け》ってきた。硬い革が脛《すね》にあたり、衝撃が背骨をつらぬいて、眼がくらみそうであった。私は唾《つば》と泥を吐き、咽喉《のど》を鳴らしつつ手と足で藺草のなかを這っていった。

しなやかだがすべすべした藺草は油のようにすべって手ごたえがなく、肘《ひじ》まで、腿《もも》まで汚水に沈んだ。眼が水まで落ちると藺草の原はまるで鬱蒼《うっそう》と巨木がひしめく原生林のように感じられ、空も方角もなく、睫毛《まつげ》もふるわせられないほど蔽いかぶさりのしかかってきた。私はふるえ、うなだれ、足を折られた鴨のように這いつづけ、とつぜん膝と掌に堅い土を感じた。それは堅く、広く、ゆれも叫びもしなかった。たちあがると腰までずっぷり濡れたズボンが足にからみついて、まるで鎧《よろい》をひきずるようであった。私は森の岸辺にたっていた。潰滅《かいめつ》した全軍の兵たちが藺草のなかをころんだり、這ったり、ひたすら前へ、前へとめざし、てんでんばらばらに沼からあがって森へかけこんでいった。陽が消えかかり、燦爛《さんらん》はすでに壊滅して空は夜に犯され、沼は暗かった。その全景をふりかえった瞬間、思わず眼を閉じずにはいられないライフルの底力ある掃射音が襲ってきた。それはほんの二〇メートルぐらいの右の茂みからきた。彼らはこちら岸でも待伏せていたのだ。弾丸は夜をつらぬき、ひき裂き、そそりたつ巨人の腿や腕のような幹をかすめ、乱反射して跳ねまわった。にぶい音がしたのでふりかえると、すぐよこをかけぬけようとした一人の兵が水へとびこむような姿勢で転倒したのだった。霧のような夕映えの臨終の一刷《ひとは》きのなかでおぼろに兵が草のなかで体をちぢめるのが見えた。彼がいなければ私が倒れたはずだった。非常な速力と圧力が耳たぶをかすめてその直覚が体にひろがるのを殺した。数発、発射音の聞えない弾丸があった。風圧の感触で私は倒れそうになった。瞬間、最後の一滴が踵《かかと》からかけあがって髪から揮発した。ポケット本とタオルしか入っていないバグが一トンの石炭袋のようであった。銃もナイフも地図もない私はほかにしがみつくものがないばかりに、ただ射たれれば眼を閉じたり、あけたりし、それを捨てれば鎧が剝落《はくらく》するような気がしてならないばかりに、バグをつかんだり、握ったり、撫《な》でたりしてきたのだったけれど、一滴が揮発した瞬間に自尊心が崩壊した。人を支配するもっとも陰微で強力な、また広大な衝動、最後の砦《とりで》は自尊心であった。私はバグを持っているあいだ何がしかの自身を保持しているかのように感じたが、それが砕けて溶けてみると、一瞬の自由が閃《ひらめ》き、和《なご》んだ。一瞬に柔らかい波があらわれて私を温かく包み、ほぐしてくれた。蘭草のなかでかすめた死の蠱惑にそれは酷似していて、のびのびした清浄にみちていた。私はバグを捨て、口をあけて走った。兵たちは主人や番犬がいなくても正確に家路をたどる家畜のように一定の方向をめざして走った。右、左を凶暴な、透明な力がきしったり唸ったりしつつ擦過し、木の幹が音をたてた。私は閉じて、硬《こわ》ばった。耳いっぱいに心臓がとどろき、私は粉末となり、闇のなかで潮のように鳴動していた。私は泣きだした。涙が頬をつたって顎《あご》へしたたり落ちた。小さな塩辛い肉の群れに無言でおしわけられ、かきのけられ、卑劣や賤《いや》しさをおぼえることもなくそれを鈍くおしかえし、つきかえしつつ私は森へかけこんでいった。しめやかな苔《こけ》の香りが濡れた頬をかすめた。まっ暗な、熱い鯨の胃から腸へと落ちながら私は大きく毛深い古代の夜をあえぎ、あえぎ走った。

森は静かだった。

解説

秋山駿

作家が、その持てる力のすべてを賭《か》けた、というような作品がある。開高氏にとっては、この『輝ける闇』がそれである。出来上ったものが傑作であるか愚作であるか、そんな問いを作家は許さない。作家の生の全体が予感している一種の絶対的なものが、その作品を書け、と強制するからである。

こういう強制(作家はしばしば無意識であるが)に出遭って、作家は不幸である。なぜなら、そこから作家の汗と苦痛の辛《つら》い労役、絶体絶命の場面が始まるからである。こういう労役は人に傷を与える。むろん、傷は、作家の内密な場所で刻印されるために、人の眼には見えない。が、見える人には見えるだろう。長い徒刑囚のような印が、彼の額に押されるからである。そして、それこそが真正の作家の徴《しる》しである。

もっとも、こういう大いなる強制に出遭わぬ作家が、幸福なのかといえば、そうではない。それこそ作家の悲惨である。なぜなら、彼はそのとき、自分が本物の作家ではないことを証明しているのだから。

　おそらく開高氏は、もしこの作品を書かなければ、遠の昔に死んでいたであろう。私は本当にそう思う。ここには、単なる小説家の情熱ではないもの、なにか人間の必死のものがある。もし書かなければ、あるいは、もっとわるい死、つまり、今日的に人気のある流行作家という作家の屍体《したい》、になっていたかもしれない。

　すべてそういうことを、文体（言葉の在り様）が、証している。ここにあるどの一行を採っても、それはさながら破裂寸前の果実のように緊張している。そんな緊張をこんな長さで続けるのは、非常の場合である。よくも声を織る糸が切れなかったものだ、と思う。そう思って見ると、ここにある言葉は、小説家の述語や文法ではない。その一つひとつが、開高氏の、寸断され、ばら撒《ま》かれた生の断片である。

　ばら撒く——どうか開高氏の読者は、誇張なく私の言を信じてほしい——生れてきてからこの時まで、現実に生きてきた個人としての開高氏は、ここで死のうとしたのである。実際、もしこの作品が出来なければ、そんな自分なぞ勝手に死んでしまえ、と彼は思っていただろう。そこが、賭けである。

　どういう賭けか。まず自分の生を寸断する。そのことによって、これらの生の断片を統轄《とうかつ》していた昔の主人公——つまり個人的に現実を生きてきた開高健を、死に至らしめる。そして、それらの生の断片を、見えざる中心を求めて渦巻く、新しい生の磁場のごときものへと再編成すること。いわば、個人的な生の経験を持ち、またそれを描くところの小説家開高健であることを、捨てて、もはや名前などの要らぬ、一個の、ただ真正の作家であるという存在へと生れ変わること。賭けはそれだった。だから、われわれがこの『輝ける闇』に見ているのは、描かれたベトナムの戦場の光景ばかりではない。もう一つのものも見ているのだ。

——人が真に作家であるための裸の劇。

といったものを、見ているのだ。この作品の背後にあるのは、そういう作家の劇である。くだらぬ比喩《ひゆ》をいえば、開高氏が赴いたベトナムの戦場は、同時に、作家がおのれ自身になり切るための戦場であった。おそらく、と私は思う。この作品が人を感動させるとしたら、その源は、前面に描かれたベトナムの戦場からではなく、背後に潜するこの作家の劇に由来しているのであろう、と。

おそらく開高氏は、この作品を書くとき、自分が小説家であるなどということは忘れていたろう。小説？　冗談じゃない。どこの誰ともしれぬ一人の人間が、小説とも何とも名前の付けようのない作品を、ただ書いていただけだ、と。そういう作品だけが、二十世紀後半の、本当の現代文学である。

戦争は、文学のもう一人の生みの父親である。戦争こそ、現代の純粋な悪であり、絶対的な人間の悲惨なのだろうが、この戦争と文学の関係は、どうにも仕様がない。戦争に源泉を汲《く》むと、しばしば文学の見事な作品が現われる。それは戦争が、いったい人はこの地上において何を為《な》すのか、を問う、生存への根柢《こんてい》からの懐疑の場となるからである。運命と呼んで古人の畏《おそ》れたものが、戦争にはある。

しかし、戦争と敗戦という絶好の機会にもかかわらず、日本の文学で、戦争という主題を正面から描いたもの、そして、この主題を書くために自分のすべてを賭けたもの——つまり、人がそこで一度死んで作家として再び生れ変わってくるような、創造の行為として書かれた作品としては、この『輝ける闇』の他《ほか》には、大岡昇平『野火』があるくらいではないか、と私は思っている。

一九六五年、開高氏は三十五歳であった。つまり、彼は、生の全盛のときにいた。そして、一つの決定的な作品、長篇『青い月曜日』の連載に着手したところであった。この長篇は、自伝小説といってわるければ、自己探究の作品であって、戦争中の少年としての、あるいは敗戦直後の戦後をうろつく青年としての、自己の生の形を見究め、決定し、自分が果たして何者であったかについて決算報告をする、そういう意図の作品であった。日本の優れた作家はみんなこんな場面を持つので、この作品は、開高氏にとっての、いわば『暗夜行路』である。大切な作品であった。

が、開高氏は、連載早々の途中から、というか、この長篇を出発させたばかりのところで、もう一つの別の出発へと、ベトナム戦争の現地取材にサイゴンへと出掛けてしまう。

(お断わりしておくが、実際の、開高氏のベトナム行きは、一九六四年十一月中旬であり、『青い月曜日』の連載は、一九六五年一月号の「文学界」に始まる。——しかし、私は、この作家の内的軌跡を明らかにするためには、一九六五年を焦点に、このように説明しても間違ってはいない、と思っている)

これは、たいへん無謀な行為であった。というより、異常な行為であった。自分の大切な作品に対してこんな態度を取った作家の例を、私は日本文学ではあまり識《し》らない。なにか或る大いなる声が彼を強制したのだろう、というのは、このことだ。一九六五年二月、朝日新聞に、開高氏が激戦に遭遇して一時「行方不明」の記事が載り、命からがら帰った彼は、三月、ルポルタージュ『ベトナム戦記』を本にする。

この『輝ける闇』は、一九六八年、書き下ろし長篇小説として書かれたものだ。

『青い月曜日』を通過してからこれを読むと、一人の真正の作家が、どんなふうに自己誕生（変な言い方だが）してくるのか、ということが分かる。おそらく開高氏が、もしベトナムへ行かなかったなら、彼は『青い月曜日』の作家であり、この作品を中核に、折り折りに自己の生の成熟を描くところの作家（伝統的な優れた文学者のように）であったろう。

開高氏は、そうはしなかった。こういうところが、従来の伝統的な文学の在り様とは手を切る、本物の現代文学の出発点であり、その急所である。開高氏なら、『青い月曜日』を読んで、自分で言うであろう——ふむ、これはいい作品かもしれないが、ここに描かれた自己は、自己完了の形をしている、と。

——そんな完了（或る成熟）しつつある自己を、徹底的に解体せよ。そして、新たに自己自身を産め。

それが、この作家の内耳で鳴った、大いなる声の強制である。彼は、その声に素直に従った。徒手空拳、前途不明の賭けである。創造の起点にあって大切な、作家の無私とは、こういう意味のものだ。

私は、『輝ける闇』が発表されて間もない頃、三島由紀夫と文学の話をする機会があった。三島氏はそのとき、「すべてを想像力で描いたのなら偉いが、現地に行って取材してから書くのでは、たいしたことではない」という意味のことを言った。三島氏だけではなく、一般の文壇の空気もそんな迎え容《い》れ方をした、と私は思っている。

しかし、三島氏には失礼ながら、事情は正確に正反対である、と私は思った。現実を見たから書き易《やす》くなる、というのは、旧世代の文学観である。現実を見れば見るほど、凝視すればするほど、反《かえ》って現実の形が解からなくなり、同時に、視ている自分という主体までが混乱し、解体し、わけの分からぬものになってくる。そういう認識なり経験なりが、三島氏以降の、新世代としてのこの作品に課された新しい生の在り様である、と。同時に、そういう認識の差異こそが、一九六〇年代文学の変貌《へんぼう》の真の徴しであること、つまり、日本の文学が、戦後文学から現代文学へと変貌するその境界石である、と。

そういう意味で、開高氏のベトナム行きと『輝ける闇』の制作は、一つの敢行であった。おそらくあと十年もしないうちに、当時ベトナム戦争について幾多の日本の文学者の言説があったが、真にベトナム戦争について書かれた文学はこれ一つだけ、ということになるのではないかと思う。この『輝ける闇』を書き完《お》えたとき、開高氏が深夜密《ひそ》かに、文学というもう一つの戦場において、あのガリア戦記のカエサルのように、「来た、見た、勝った」と独り言をつぶやいたのではあるまいか、と私は想像する。

もはや内容についてあれこれ言うことはない。ただ、ここでは作家が、徹底して本当のことだけを言い、徹底して真実だけを視ようとしている、ということだけが分かればいい。読み始めるや、われわれは、みるみるうちに自己が解体され、裸のものに還元され、そしてなにか新しい人間の形を再創造しようとして藻掻《もが》く、裸の劇のようなものに直面している、という感覚を得るであろう。そして、ついに作者と共にこう言っている自分を見出《みいだ》すだろう。

「徹底的に正真正銘のものに向けて私は体をたてたい。私は自身に形をあたえたい。私はたたかわない。殺さない。助けない。耕さない。運ばない。煽動《せんどう》しない。策略をたてない。誰の味方もしない。ただ見るだけだ。わなわなふるえ、眼を輝かせ、犬のように死ぬ」

なんという肺腑《はいふ》をつく言葉か。

（昭和五十七年九月、文芸評論家）

この作品は昭和四十三年四月新潮社より刊行された。

表記について

新潮文庫の文字表記については、原文を尊重するという見地に立ち、次のように方針を定めました。

一、旧仮名づかいで書かれた口語文の作品は、新仮名づかいに改める。
二、文語文の作品は旧仮名づかいのままとする。
三、旧字体で書かれているものは、原則として新字体に改める。
四、難読と思われる語には振仮名をつける。

なお本作品集中、今日の観点からみると差別的ととられかねない表現が散見しますが、作品自体のもつ文学性ならびに芸術性、また著者がすでに故人であるという事情に鑑み、原文どおりとしました。

（新潮文庫編集部）

開高健著　パニック・裸の王様
芥川賞受賞

大発生したネズミの大群に翻弄される人間社会の恐慌「パニック」、現代社会で圧殺されかかっている生命の救出を描く「裸の王様」等。

開高健著　日本三文オペラ

大阪旧陸軍工廠跡に放置された莫大な鉄材に目をつけた泥棒集団「アパッチ族」の勇猛果敢な大攻撃！　雄大なスケールで描く快作。

開高健著　フィッシュ・オン

アラスカでのキング・サーモンとの壮烈な闘いをふりだしに、世界各地の海と川と湖に糸を垂れる世界釣り歩き。カラー写真多数収録。

開高健著　開口閉口

食物、政治、文学、釣り、酒、人生、読書……豊かな想像力を駆使し、時には辛辣な諷刺をまじえ、名文で読者を魅了する64のエッセー。

開高健著　地球はグラスのふちを回る

酒・食・釣・旅。――無類に豊饒で、限りなく奥深い〈快楽〉の世界。長年にわたる飽くなき探求から生まれた極上のエッセイ29編。

開高健著　夏の闇

信ずべき自己を見失い、ひたすら快楽と絶望の淵にあえぐ現代人の出口なき日々――人間の《魂の地獄と救済》を描きだす純文学大作。

大江健三郎著　われらの時代

遍在する自殺の機会に見張られながら生きてゆかざるをえない"われらの時代"。若者の性を通して閉塞状況の打破を模索した野心作。

大江健三郎著　芽むしり仔撃ち

疫病の流行する山村に閉じこめられた非行少年たちの愛と友情にみちた共生感とその挫折。綿密な設定と新鮮なイメージで描かれた傑作。

大江健三郎著　性的人間

青年の性の渇望と行動を大胆に描いて波紋を投じた「性的人間」、政治少年の行動と心理を描いた「セヴンティーン」など問題作3編。

大江健三郎著　同時代ゲーム

四国の山奥に創建された《村＝国家＝小宇宙》が、大日本帝国と全面戦争に突入した!? 特異な構想力が産んだ現代文学の収穫。

大江健三郎著　空の怪物アグイー

六〇年安保以後の不安な状況を背景に"現代の恐怖と狂気"を描く表題作ほか「不満足」「スパルタ教育」「敬老週間」「犬の世界」など。

大江健三郎著　見るまえに跳べ

処女作「奇妙な仕事」から3年後の「下降生活者」まで、時代の旗手としての名声と悪評の中で、充実した歩みを始めた時期の秀作10編。

三島由紀夫著

青の時代

名家に生れ、合理主義に徹し、東大教授への野心を秘めて成長した青年の悲劇的な運命！光クラブ社長をモデルにえがく社会派長編。

三島由紀夫著

春の雪
（豊饒の海・第一巻）

大正の貴族社会を舞台に、侯爵家の若き嫡子と美貌の伯爵家令嬢のついに結ばれることのない悲劇的な恋を、優雅絢爛たる筆に描く。

三島由紀夫著

女神

さながら女神のように美しく仕立て上げた妻が、顔に醜い火傷を負った時……女性美を追う男の執念を描く表題作等、11編を収録する。

三島由紀夫著

サド侯爵夫人・わが友ヒットラー

獄に繋がれたサド侯爵をかばい続けた妻を突如離婚に駆りたてたものは？　人間の謎を描く「サド侯爵夫人」。三島戯曲の代表作2編。

三島由紀夫著

ラディゲの死

〈三日のうちに、僕は神の兵隊に銃殺されるんだ〉という言葉を残して夭折したラディゲ。天才の晩年と死を描く表題作等13編を収録。

三島由紀夫著

殉教

少年の性へのめざめと倒錯した肉体的嗜虐の世界を鮮やかに描いた表題作など9編を収める。著者の死の直前に編まれた自選短編集。

井上ひさし著

新釈遠野物語

遠野山中に住まう犬伏老人が語ってきかせた、腹の皮がよじれるほど奇天烈なホラ話……。名著『遠野物語』にいどむ、現代の怪異譚。

井上ひさし著

私家版日本語文法

一家に一冊話題は無限、あの退屈だった文法いまいずこ。日本語の豊かな魅力を爆笑と驚愕のうちに体得できる空前絶後の言葉の教室。

井上ひさし著

吉里吉里人（上・中・下）

日本SF大賞・読売文学賞受賞

東北の一寒村が突如日本から分離独立した。大国日本の問題を鋭く撃つおかしくも感動的な新国家を言葉の魅力を満載して描く大作。

井上ひさし著

自家製文章読本

喋り慣れた日本語も、書くとなれば話が違う。名作から広告文まで、用例を縦横無尽に駆使して説く、井上ひさし式文章作法の極意。

井上ひさし著

父と暮せば

愛する者を原爆で失い、一人生き残った負い目で恋に対してかたくなな娘、彼女を励ます父。絶望を乗り越えて再生に向かう魂の物語。

井上ひさし著

新版 國語元年

十種もの方言が飛び交う南郷家の当主・清之輔が「全国統一話し言葉」制定に励む！ 幾度も舞台化され、なお色褪せぬ傑作喜劇。

川端康成著
山の音

62歳、老いらくの恋。だがその相手は、息子の嫁だった――。変わりゆく家族の姿を描き、戦後日本文学の最高峰と評された傑作長編。

川端康成著
みずうみ

教師の銀平は、教え子の久子と密かに愛し合うようになるが……。「日本小説の最も注目すべき見事な達成」と評された衝撃的問題作。

川端康成著
名人

悟達の本因坊秀哉名人に、勝負の鬼大竹七段が挑む……本因坊引退碁を実際に観戦した著者が、その緊迫したドラマを克明に写し出す。

川端康成著
眠れる美女

毎日出版文化賞受賞

前後不覚に眠る裸形の美女を横たえ、周囲に真紅のビロードをめぐらす一室は、老人たちの秘密の逸楽の館であった――表題作等3編。

川端康成著
古都

祇園祭の夜に出会った、自分そっくりの娘。あなたは、誰？ 伝統ある街並みを背景に、日本人の魂に潜む原風景が流麗に描かれる。

川端康成著
千羽鶴

亡き父のかつての愛人と、愛人の娘と、美しき令嬢……時代を超えて受け継がれていく茶器と、それを扱う人間たちの愛と哀しみの物語。

新潮文庫最新刊

浅田次郎著

母の待つ里

四十年ぶりに里帰りした松永。だが、周囲の景色も年老いた母の姿も、彼には見覚えがなかった……。家族とふるさとを描く感動長編。

羽田圭介著

滅私

その過去はとっくに捨てたはずだった。順風満帆なミニマリストの前に現れた、〝かつての自分〟を知る男。不穏さに満ちた問題作。

河野裕著

さよならの言い方なんて知らない。9

架見崎の王、ユーリイ。ゲームの勝者に最も近いとされた彼の本心は？　その過去に秘められた謎とは。孤独と自覚の青春劇、第9弾。

石田千著

あめりかむら

わだかまりを抱えたまま別れた友への哀惜が胸を打つ表題作「あめりかむら」ほか、様々な心の機微を美しく掬い上げる5編の小説集。

阿刀田高著

谷崎潤一郎を知っていますか
―愛と美の巨人を読む―

人間の歪な側面を鮮やかに浮かび上がらせ、飽くなき妄執を巧みな筆致と見事な日本語で描いた巨匠の主要作品をわかりやすく解説！

高田崇史著

采女の怨霊
―小余綾《こゆるぎ》俊輔の不在講義―

藤原氏が怖れた〈大怨霊〉の正体とは。奈良・猿沢池の畔に鎮座する謎めいた神社と、そこに封印された闇。歴史真相ミステリー。

新潮文庫最新刊

早見俊著
高虎と天海
戦国三大築城名人の一人・藤堂高虎。明智光秀の生き延びた姿と噂される謎の大僧正・天海。家康の両翼の活躍を描く本格歴史小説。

永嶋恵美著
檜垣澤家の炎上
女系が治める富豪一族に引き取られた少女。政略結婚、軍との交渉、殺人事件。小説の醍醐味の全てが注ぎこまれた傑作長篇ミステリ。

谷川俊太郎
尾崎真理子著
詩人なんて呼ばれて
詩人になろうなんて、まるで考えていなかった——。長期間に亘る入念なインタビューによって浮かび上がる詩人・谷川俊太郎の素顔。

R・トーマス
松本剛史訳
狂った宴
楽園を舞台にした放埒な選挙戦は、美女に酒に金にと制御不能な様相を呈していく……。政治的カオスが過熱する悪党どもの騙し合い。

G・D・グリーン
棚橋志行訳
サヴァナの王国
CWA賞最優秀長篇賞受賞
サヴァナに〝王国〟は実在したのか？ 謎の鍵を握る女性が拉致されるが……。歴史の闇を抉る米南部ゴシック・ミステリーの怪作！

矢部太郎著
大家さんと僕 これから
大家のおばあさんと芸人の僕の楽しい〝二人暮らし〟にじわじわと終わりの足音が迫ってきて……。大ヒット日常漫画、感動の完結編。

輝《かがや》ける闇《やみ》

新潮文庫　か - 5 - 9

昭和五十七年十月二十五日　発行
平成二十二年七月十五日　三十三刷改版
令和六年八月五日　四十一刷

著者　開《かい》高《こう》健《たけし》

発行者　佐藤隆信

発行所　株式会社新潮社

郵便番号　一六二—八七一一
東京都新宿区矢来町七一
電話　編集部(〇三)三二六六—五四四〇
読者係(〇三)三二六六—五一一一
https://www.shinchosha.co.jp

価格はカバーに表示してあります。

乱丁・落丁本は、ご面倒ですが小社読者係宛ご送付ください。送料小社負担にてお取替えいたします。

印刷・株式会社光邦　製本・株式会社植木製本所

ISBN978-4-10-112809-2 C0193